A VILA DOS PEQUENOS HOMENS LOUCOS

CHICO
MENDONÇA

A VILA DOS PEQUENOS HOMENS LOUCOS

Quixote + Do
EDITORAS ASSOCIADAS

Para Adriana, sempre, nada menos que o amor.

Para Pedro Muriel, poema encarnado.

AGRADECIMENTOS

Este livro começou a ser escrito em 1997, mas tinha por destino imaginado, nessa época, colecionar meus primeiros contos. Somente por volta de 2002 começou a tomar forma de romance. Nesta lenta e longa trajetória de produção literária, contei com a leitura crítica de alguns amigos.

Mesmo correndo risco de deixar alguém de fora – pois muito tempo se passou -, quero agradecer a Afonso Borges, Raquel Carvalho, Rodrigo Carneiro, Pedro Costa, Ana Leopoldo e Silva, Inácio Muzzi, Tânia Fusco, Mércia Fraiha, Gisela Campos, José Sarney, Antonio Melo e Heloisa Nahás. Um abraço em Nivaldo Lemos e Valter Braga, revisores do texto, em períodos diferentes, de quem recebi preciosas lições sobre nossa amada língua portuguesa; e em Francisco Alcover, especialmente por algumas conversas inspiradoras. Por fim, minha gratidão ao amigo, sociólogo, cientista político, jornalista e escritor Sérgio Abranches, que escreveu a orelha desta edição. Fica registrado, ainda, o meu agradecimento e carinho aos meus editores Luciana Tanure, Alencar Perdigão e Cláudia Masini.

UM DEDO DE PROSA

Aprochegue-se e encha uma xícara de café. O biscoito de queijo, ainda quentinho, acaba de sair. Sirva-se e descanse um pouco nesse banco. Preciso dizer algumas coisas antes de contar minha história. Não por necessidade sua, mas por precisão minha de deixar tudo arrumado e confortável, para estarmos todos no mesmo lugar antes de dar ao começo, a meu ver, seu melhor início. Na verdade, não sei quando tudo começou. Talvez nada tenha um começo. A vida não começa nem termina onde a vista alcança. Todos os oceanos juntos são pequenos para tantas águas.

Hoje sei a grande distância que havia entre mim e tudo que é essencial. As aparências me tragavam. Os dias eram secos; os temperos, escassos, mas sobrevivíamos à aridez, encontrando alegrias até mesmo onde elas não estavam, de forma a lubrificar os olhos e não deixar dormir para sempre a esperança. A sede era ordinária, uma sede de tudo e, portanto, de qualquer coisa, principalmente de novidades e promessas – nosso recreio. Uma sede insaciável e, por isso, falsa. A sede verdadeira, de hidratação possível, quase não se percebia. Nem nos dávamos conta do deserto à nossa volta! Não exagero, você sabe. Até que chegue a hora do basta, a sobrevivência é suficiente, é a regra. Não fui exceção.

Se inicio esse relato de forma tão impiedosa, é porque as histórias só fazem sentido se tiverem um começo – e, no começo, era realmente o caos. A vida era assim, simplesmente assim, sem alternativa, e a falta de referência de coisa melhor fazia do caos a normalidade. Para acomodar meu mal-estar, eu tinha o mal-estar dos outros e a facilidade com que minha condição de desidratação permanente se encaixava na rotina dos dias: ninguém notava minha falta de lugar, mesmo nos dias mais difíceis, quando o desamparo saltava dos meus olhos como um suicida salta no abismo. Éramos todos muito sós. A sensação de abandono não requer viver a experiência de uma guerra. Basta o desamor, bastam as percepções equivocadas, tão próprias da nossa atávica incapacidade de traduzir a realidade. Basta o medo. Pois o berço em que dorme nossa inocência pode ser embalado pela mão do amor ou pela mão do medo.

Foi isso que experimentei. Não tenho dúvida de que, se o medo tivesse prevalecido, eu estaria ainda sentado no mesmo banco de praça, na mesma mesa de bar, alimentando as mesmas angústias, como quem joga alpiste para os passarinhos de estimação. Só que, nessa situação – um escuro sem janela para abrir, uma água estagnada e doente para beber –, passarinho vira fera, capaz de amputar a mão que o alimenta. Pudera: a inércia alucina os olhos, cria ilusões tão reais, miragens tão perfeitas, que a fantasia toma vida, assume autonomia.

Não é assim? Ora, todo mundo sabe que passarinho nunca vira fera nem ataca quem trata dele. Passarinho é passarinho sempre, especialista maior nas artes da delicadeza. Quem fere é o medo. É a água estagnada. Todo mundo sabe porque já sentiu um dia, mas olha para outro lado para não ver monstro feroz. E o monstro fica ainda mais feroz. Eu mesmo posso dizer porque olhei, e cheguei bem perto para melhor ver: o medo é bicho frágil e besta, fraco e até anêmico, largado na sujeira dos nossos porões – que todos nós os temos nos escondidos das arquiteturas individuais –, se alimentando das migalhas que encontra, quando encontra. Não tem poder nenhum por ele próprio. É a gente que dá poder a ele, é a gente que deixa as migalhas caírem da mesa farta, típica da nossa natureza. E aí a pessoa que se cuide, porque o apetite daquele bicho frágil é insaciável. Ele quer mais e, mesmo diminuto, ruge como fera. Você estremece, dá o valor que ele não possui, imagina o tamanho que ele não tem e, quando assusta, ele te engoliu inteiro. Aberta a porta do porão, a mesa fica coberta pelo escuro que vem de lá, e você nem enxerga mais a fartura ainda servida nos pratos e travessas. Fica parecendo que aquela opressão repentina veio do inferno ou de mau-olhado dos outros.

O medo é ardiloso. Espalhada a escuridão, ele primeiro despeja toda a nobreza dos cômodos, desaloja toda a poesia, seca o ser humano de todos os seus líquidos e lubrificantes. Cada movimento range e dói. E como ele consegue tomar um tesouro mesmo sem tirar para si uma moeda de ouro sequer? O segredo do medo é sua capacidade de projetar imagens na parede. O medo entende de fantasmas, tece ilusões, inventa versões, alucina, estarrece, paralisa e transforma quem ele domina na sua própria essência de água estagnada. A pessoa acredita que está sendo atacada pelos seus passarinhos!

Era assim o caos. E o caos não há mais, na verdade nunca houve. Era apenas escuridão deitada sobre minhas pálpebras cerradas. De início duvidei de inexistência tão magnífica. Era o contrário do que lia nos jornais diariamente, do que aprendi nos bancos da escola e das igrejas. Ao negar o caos, tive receio do sarcasmo das pessoas, do riso de deboche. Afinal, a escuridão é convicção coletiva e paira acima de ideologias e religiões. Mesmo os que comungam da fé ensinada de geração em geração ainda temem a Deus. Cabeças ilustres da academia projetam um futuro sombrio para humanidade, em versão agnóstica do inferno bíblico. Como se nada pudesse ser feito. Ignoram o amor! Desconhecem seu poder único e transformador, a poderosa energia capaz de mudar absolutamente tudo. Falo do amor não idealizado, pois a idealização produz do original cópia corrompida; do amor e não da moral, porque, apesar de inspirá-la, o amor volta e meia a subverte e contraria. Falo do amor revolucionário. A única revolução verdadeira. Nenhum mal, físico, moral ou espiritual, resiste à sua força. Só essa alavanca pode mover o mundo. Graças a ele, encontrei tanta gente que me ajudou a limpar do meu rosto o barro seco.

Quando identifiquei as repetições de onde jorravam o meu sofrimento, não houve mais aridez. A dúvida escorreu de mim como água servida. Meu olhar sobre os acontecimentos não é mais o mesmo, embora a sucessão de problemas continue, e a angústia me incomode com alguma frequência. Não procuro mais novidades e distrações, movido pela sede sem remédio, nem tampouco o paraíso, sempre mais à frente. Me basta estar atento a mim e às pessoas, é suficiente o ar que respiro agora.

Por fim, peço perdão se durante parte da narrativa me escondo na terceira pessoa. Evito o risco de, por autopiedade, emprestar cores a fatos que aconteceram em tons de cinza. No mais, agradeço sua atenção e companhia, mas tenho que me ausentar por um breve tempo. Preciso ir. Minha família me espera. Não podemos nos atrasar no caminho até a estação rodoviária, sob o risco de perder o único ônibus do dia. Teríamos uma despesa a mais com hotel e estamos ansiosos por chegar. Vamos indo, nós quatro, de volta pra casa.

DE OLHOS FECHADOS, A GENTE
SÓ ACREDITA NO ESCURO

Capítulo 1

Ângelo observa o homem taciturno, fechado em seu silêncio. Sobre a cabeça, uma touca azul agrega ao semblante triste e cinzento do personagem uma vigorosa pincelada de ridículo. As sobrancelhas ficam espetadas na testa, alçadas pelo meio, a demonstrar permanente espanto. Pequenos, o nariz, as orelhas e a boca, de lábios finos e róseos, emprestam discrição ao rosto. O queixo, silencioso como o dono. Tudo somado não resulta em beleza ou feiura, mas na expressão exata de uma alma em varal esquecida.

Os dedos longos e elegantes subitamente descrevem um largo gesto e param no ar, em pose congelada, como um achado, um gesto poético, a sugerir ao hipotético pintor, ausente da cena, que o imortalizasse. Ângelo acompanha a cena, contempla aquela solidão. Trata-se de um velho conhecido a quem costuma dedicar alguma atenção em manhãs de hálito grosso e ferrugem nos ossos. O homem observado, como de costume, experimenta diferentes expressões faciais, como se a escolha correta de uma delas fosse capaz de encontrar seu lugar no mundo – um talento subitamente descoberto no meio da multidão, embora multidão não houvesse, apenas o vazio em torno dele. É um personagem familiar, mas desconhecido, incapaz de motivar um bom-dia, sem traço atrativo que fosse fio condutor para uma aproximação.

Ângelo o contempla furtivamente, dividindo o mesmo pedacinho de manhã, testemunhas da mesma sensação de ocaso existencial, cada um ilhado em seu próprio abandono. Sente rejeição e desprezo pelo estranho, algumas poucas vezes piedade. Ao gesto congelado do personagem matutino se associa um olhar inquietante, portador de uma sombra que vem de dentro dele. Feito janelas, os olhos se abrem pela manhã, mas não iluminam a escuridão interna. Ao contrário, projetam sombra.

Ao desarmar o gesto, fica do personagem o corpo magro de braços compridos e algumas espinhas no rosto, igualmente deselegantes. Os ombros lhe parecem largos, o que poderia dar ao estranho certa distinção, possivelmente invejados pelos mais fracos e, talvez, admirados pelas mulheres. Ângelo se alegra com a possibilidade de ter encontrado um flagrante de esperança para aquela infeliz criatura. A partir de um traço favorável, fazer brotar uma força, desdobrar essa força em outros atributos capazes de dar firmeza à imagem projetada. Espia com mais atenção. O homem, subitamente, dá-lhe as costas, e, de seu posto de observação, Ângelo revira-se para não o perder de vista. Quem sabe se, ao voltar-se novamente, chegue diferente, amparado por surpreendente piedade divina, esbelto e confiante, até mesmo alegre? Quem sabe surja, por detrás dele, uma morena bonita, de olhos negros e corpo torneado, representação da felicidade que se aproxima? Quem sabe?!

Ao virar-se, porém, é o mesmo homem quem surge, a ridícula touca azul, os mesmos olhos sem expressão, despossuído de atrativos, incapaz de nutrir simpatia, apenas tolerância. A sombra continua lá, onde deveria o cristalino. A sombra, intui Ângelo num estalo, é da raiva que consome o homem! Estúpida e de todo indomável, é raiva amordaçada e acorrentada em escuro porão, isolada da convivência com as pessoas por precaução e medo de morte. É de lá que vem a ausência de luz. A raiva seguramente guardada na cela em que o homem se transformou, submissa ao propósito de seu hospedeiro – qual seja, o de impedir que ela, a raiva, ganhe as ruas, com sua sede de sangue e desespero. Ambos presos, ele, o homem ridículo, e ela, a raiva, algemados um ao outro. Para libertar-se desse terrível destino, o carcereiro, provavelmente, sonha conduzir sua prisioneira sobre o lenho para amarrá-la ao tronco central da fogueira armada, mas teme que ela, a raiva, o envolva em abraço derradeiro e definitivo enquanto sussurra a seu ouvido: "É a ti que aguardo esse tempo todo, é a ti que desejo com volúpia".

"Idiota", Ângelo sussurra, e desiste. Acredita que o veredito está dado. Define o lugar daquele homem no mundo: a invisibilidade. Se pudesse, se livraria dele. Mas não pode, não pode. Está definitivamente atado ao estranho por sua imensurável solidão e pelo rancor que nutre por ele. Nada mais os une, todo o resto os distancia.

Ângelo entra no box do chuveiro, confere o perfeito alinhamento da touca azul sobre o couro cabeludo. Apraz-lhe a sensação de novidade que a descoberta recente trouxe à sua rotina, a de que lavar a cabeça diariamente enfraquece e faz cair os cabelos. Comprar o shampoo para fortalecê-los, comparar as toucas disponíveis na farmácia e escolher a de melhor custo-benefício, marcar na folhinha e observar os dias certos de proteger a cabeleira castanha, cuidar para que nenhum tufo de cabelo fique exposto foram medidas capazes de dar nova dinâmica às suas manhãs, revelaram-se afazeres eficazes para ocupar o cérebro com pensamentos úteis e relevantes. Ângelo abre a torneira e esfrega o corpo com sofreguidão. Está decidido a limpar, com água e sabão, a memória do desencontro que acaba de testemunhar mais uma vez. Daqui a pouco, diz a si mesmo, a multidão na rua fará tudo voltar à normalidade.

Capítulo 2

Em 30 anos de existência do Bar Danúbio, apenas um freguês comentou com Biguá sobre o erro cartográfico. Na parede do salão, o rio Danúbio corria aos pés do vulcão Etna, ambos desenhados com tubos de neon e compostos com palha de aço iluminada por microlâmpadas verdes, para as águas do rio, e vermelhas, para a lava incandescente do vulcão. O dono do bar viu o homem se aproximar do balcão, as mãos enfiadas nos bolsos, constrangido, identificou-se como professor, mas não disse seu nome, apresentou pedidos antecipados de desculpas e, depois de indisfarçável esforço, conseguiu enfim encontrar a ordem das palavras para formular a pergunta:

– Que vulcão é aquele às margens do rio Danúbio?

Biguá olhou-o surpreso. Seu inoportuno interlocutor era franzino, tinha um olhar apagado e os cabelos mal cortados. O dono do bar já o tinha visto várias vezes, mas não o conhecia, o que era incomum. Não expressou a contrariedade que sentia, apenas sacou o inseparável pano de prato de cima do ombro e colocou-o esticado sobre o balcão, traçando a fronteira entre ele e o tal professor.

– É o Etna.

– Mas... é que... eles não são próximos um do outro. Ao contrário, estão bem distantes.

– Licença poética, meu caro, licença poética. Eu também peço desculpas, mas preciso fechar o caixa. Com licença.

Recolheu o pano e caminhou sobre o piso de ladrilho preto e branco do estreito corredor entre o balcão antigo que ele comprara num depósito de antiguidades e as prateleiras de tábuas de demolição, onde se enfileiravam as garrafas de bebida. No salão, distribuíam-se com algum aperto 20 mesas de madeira, feitas por bom carpinteiro, pois estavam ali desde a inauguração, cobertas de toalhas sempre quadriculadas de branco e preto para combinar com o piso. O Danúbio era dos bares mais antigos do centro da cidade e mantinha fiel uma clientela heterogênea de funcionários públicos, microempresários da região, comerciários, jornalistas, estudantes, profissionais autônomos e empregados de escritório. O responsável pela longevidade do estabelecimento tinha os cabelos grisalhos e os deixava longos e soltos na altura dos ombros para compensar a calvície que lhe encompridava a testa. De média estatura, estava sempre de calça jeans e suspensórios em substituição ao cinto, sem barriga que justificasse a troca. Chinelos de couro, presos com fivelas nos calcanhares, compunham a figura peculiar e bonachona do dono do Bar Danúbio. Era ele, mais que a cerveja gelada, os tira-gostos honestos e o aconchego do lugar, quem garantia a fidelidade da freguesia. A cada um conhecia pelo nome, a todos recebia como se tivessem chegado à sua casa para uma visita particular, aos mais aflitos costumava dar atenção maior e sentava-se à mesa para uma conversa mais demorada, aos novos ofertava como brinde um copo com o nome da casa e se divertia com mesuras de boas-vindas. Companhia alegre e atenciosa, era o conselheiro sempre solicitado.

Perto da máquina registradora, Biguá encontrou Joel, freguês dos mais antigos, sentado num dos bancos em frente ao balcão, a cabeça amparada numa das mãos e o pensamento longe dali. Para chamar sua atenção, chicoteou o braço do amigo com o pano e o esticou em seguida um palmo além da boca para sublinhar o sigilo do comentário que estava prestes a fazer. Teatral de propósito, teatral sempre, Biguá comunicava-se de acordo com seu código peculiar, festejado pela freguesia. Era assim: em lugar de alterar o tom de voz, usava o pano para marcar as ênfases e sublinhar os sussurros, para demonstrar raiva ou alegria, ironia ou afeição, ou qualquer outra emoção que pautasse sua participação no diálogo. Com raiva, não gritava, torcia o pano como se esganasse alguém; para dar força a seus argumentos e demonstrar como eles jogavam luz sobre o assunto em discussão, estendia-o ao lado do rosto, segurando suas extremidades com as pontas dos dedos, enquanto falava; se estava alegre e jovial, jogava-o para o alto e deixava-o cair sobre sua cabeça; se preferia não dizer o que estava pensando, simplesmente colocava o pano sobre a boca. A voz, no conjunto da performance, era costumeiramente serena, mero acompanhamento para o solo do pano de prato: uma diversão segura para qualquer interlocutor.

– É cada um que me aparece! Um professor infeliz, que se identifica pela profissão e não pelo nome, vem querer me dar lições de geografia, incapaz de distinguir, ele próprio, uma obra de arte de uma página de atlas geográfico. É preciso ter paciência!

– De quem você está falando?

– Aquele ali – e apontou com os olhos. Um sujeito esquisito, inseguro e antipático. Está sempre por aqui, mas não sei de quem se trata. Estranho, era para eu saber, pelo menos, o nome. Professor de merda!

O pano de prato voltou ao ombro do dono do bar. Ele puxou o cabelo para trás como se fosse prendê-lo em rabo de cavalo, mas o soltou novamente. Entre dentes, disse a si mesmo:

– Saudade, meu vô, saudade...

Capítulo 3

O inusitado encontro do Danúbio com o Etna, especialmente concebido por Biguá, ao arrepio da geografia mais elementar, foi uma homenagem ao seu avô. O velho Nicolau, depois de 12 anos de sumiço, entrou pelo jardim da casa da família numa tarde de domingo, com cara de quem chega da noitada. Interrompeu a degustação do carneiro assado e deu pausa à tristeza crônica da filha única. Provocou, ainda, protestos indignados da esposa tanto tempo abandonada, e foi um turbilhão, um acontecimento inesquecível, na vida do neto que não conhecia.

A infância de Biguá, desde então, foi povoada por heróis e bandidos, donzelas de uma beleza inimaginável – até o surgimento da seguinte, sempre mais bela –, cavalos fogosos, cães inteligentes e leais, todos vivendo em exuberantes cenários europeus. Segundo o relato teatral do avô, à beira das águas azuis do rio Danúbio, montado em seu corcel negro, ele, Nicolau, jovem e formoso, enfrentou emboscadas de assaltantes e caçou toda sorte de feras, sempre sozinho, para salvar vidas, muitas vidas, especialmente de mulheres lindas, o que parecia a Biguá a sorte natural dos homens valentes e bonitos. Afinal, beleza e heroísmo sempre andaram juntos, como gêmeos siameses, acreditava ele.

Insone pela imaginação indomada, o menino observava o avô roncando sobre o colchão improvisado ao pé de sua cama, os olhos miúdos, a boca aberta deixando entrever dentes estragados, o nariz grande como uma batata, a pele esburacada pelas espinhas da puberdade, o queixo emendado ao pescoço pela papada. A aversão da avó Catarina a seu marido, imaginava o menino, só podia ser resultado da incapacidade da velha de aceitar Nicolau desprovido da beleza de outrora. Afinal, como alguém poderia rejeitar um herói, capaz de deixar a própria casa para salvar pessoas que sequer conhecia?! Segundo o julgamento do neto, a avó deveria ter se jogado nos braços do marido, orgulhosa dos seus feitos. O natural seria oferecer a ele todos os mimos, os doces que gostava, o cafuné para deixá-lo relaxado. Deveria organizar uma grande festa para recebê-lo com todas as honras, com muitos convidados, incluindo seus colegas de colégio. Afinal, ninguém tinha em casa, como ele, um herói de carne e osso. Mas, não, a avó Catarina, sempre irritada, ficou pior ainda, insuportável, amuada o tempo todo, passando os dias na rua, em visitas, compras e missas. Biguá, ainda tão menino, não podia imaginar que, depois de tantos anos de abandono, Catarina não perdoasse, em si mesma, o coração teimosamente apaixonado.

De todas as histórias contadas pelo velho, a preferida de Biguá era a da erupção do Etna. Nicolau lhe contava em pormenores, quantas vezes o menino pedisse, a correria da multidão desesperada, homens, mulheres, velhos e crianças já sem fôlego de tanto correr, e o rio de fogo se aproximando cada vez mais, esquentando seus calcanhares. De cima de seu cavalo, ele ia e vinha, levando o maior número de pessoas que conseguia carregar, mas sem poder evitar a morte de várias, cobertas pela lava: mães que entraram na corrente em busca do resgate impossível de seus filhos; homens que se atrasaram para salvar amigos e acabaram submersos. Biguá acompanhava o relato com os olhos arregalados e o coração aflito, depois ficava horas repassando as cenas, imaginando quanto sofrimento seria evitado se o Danúbio fosse vizinho do Etna, oferecendo suas águas azuis como obstáculo à lava incandescente. Poderia ter sido um rio heroico, não fosse a distração de Deus em colocá-lo tão longe do vulcão.

Impotente para dar solução tão natural ao problema, Biguá precisou crescer e virar comerciante para corrigir o erro divino. Pelo menos na parede do Bar Danúbio, o problema estava resolvido como queria o menino. O adulto tinha outro objetivo ao projetar a obra de palha de aço e gás neon: diminuir a saudade sem remédio do avô amado, que se foi um ano depois de seu reaparecimento. O mundo, apenas mais um lugar por onde ele passou rapidamente em sua interminável aventura.

Capítulo 4

De estatura baixa, pele clara e coberta de sardas, Joel tinha o cabelo suavemente encaracolado e ruivo. O contador era homem de poucas palavras, portador de habitual angústia, tão familiar quanto o tique de piscar em exagero. Sentia um torpor agradável, resultado da garrafa extra de cerveja e das duas doses de cachaça artesanal, escondida pelo dono do bar para fregueses especiais.

O pensamento encontrou Edith e despertou mal-estar. Quinze anos de casamento, amor ou hábito Joel não distinguia se era. Pensava às vezes em deixá-la, mas um abatimento o esmagava em seguida, à luz de uma dor maior, não traduzida, atribuída à reação dos filhos pequenos e à cara horrenda da solidão. De modo que Joel costumava reagir à hipótese da separação com o esforço de jogá-la no baú dos pensamentos indesejados, trancado a muitas chaves.

A imaginação, porém, tornava sempre inúteis tantos cadeados. Edith, repetiu Joel para si mesmo, já entorpecido pelo delírio do sofrimento, parecia esconder em seu íntimo uma outra pessoa, que ele desconhecia e temia. Submissa na mecânica dos dias, sempre prestativa e solidária, cultivava silêncios. O olhar se perdia nesses momentos de ausência, como se vivesse outra realidade, como se alimentasse sonhos secretos. Cheirava à rebeldia, à traição, parecia uma bomba emocional perto de explodir. Joel, esquecido até de respirar, imaginou um amante, ela nua enlaçada a outro homem, feliz, bem mais feliz do que a seu lado. Coração acelerado, sentiu raiva, a temperatura do corpo subindo. Pensamento armado e descontrolado. Amor ou medo, ele não sabia se era.

Biguá o tirou do devaneio sem pedir licença. Estava irritado e esticou o pano de prato para manter o sigilo da conversa entre eles:

– É cada um que me aparece! Um professor infeliz, que se identifica pela profissão e não pelo nome, vem querer me dar lições de geografia, incapaz de distinguir, ele próprio, uma obra de arte de uma página de atlas geográfico. É preciso ter paciência!

– De quem você está falando?

– Aquele ali! Um sujeito esquisito, inseguro e antipático. Está sempre por aqui, mas não sei de quem se trata. Estranho, era para eu saber, pelo menos, o nome. Professor de merda!

Joel observou com desprezo o tal sujeito, percebeu o olhar de esguelha do homem a acompanhar sua conversa com Biguá. Pareceu-lhe ridículo e desprezível personagem. Acompanhou a indecisão do Professor sobre o que fazer, mediu o abatimento do outro, sentiu prazer em testemunhar o sofrimento alheio. Babaca!, agrediu, em silêncio. Na intimidade daquele momento de raiva desgovernada, gostaria mesmo de socá-lo, com força, furiosamente. Resolveu ir embora. Tombou a cabeça para trás, sorveu um último trago do cigarro e soltou a fumaça vagarosamente. Depositou o copo de cerveja sobre o balcão e despediu-se de Biguá com uma piscadela. Antes de ganhar a rua, deu um encontrão involuntário em Malaquias, o filósofo, personagem que encantava o dono do Danúbio, mas despertava em Joel profunda antipatia. Cumprimentaram-se secamente e seguiram seus trajetos, levando cada um a desagradável memória epidérmica do contato indesejado.

Quando estacionou o carro na garagem e abriu a porta de casa, Edith estava, como de hábito, abrindo uma cerveja sobre a mesa da copa. Para o marido. Ela bebia pouco, nunca durante a semana. De banho tomado, o esperava com olhos ausentes e prazos determinados. Pensava no despertador já programado do seu lado da cama para as 5h30 da manhã e na necessidade de ir dormir, no máximo, às 10 da noite. Poderia ser outro tema qualquer a ocupar-lhe a mente, desde que fosse capaz de deixar escondidos em seus escuros, invisíveis aos olhos de Joel, os extremos pontudos da costela rejeitada. Temia que ele percebesse, por um olhar distraidamente tristonho, o seu desalinho interno, a sua incapacidade de amá-lo como merecia, a indesculpável vontade de jogar pelos ares o papel familiar que tinha prometido assumir e zelar. Ele se aproximou para o beijo de boa-noite, ela retribuiu sorridente. Sentaram-se à mesa e conversaram os assuntos do dia – pedra chapinhando sobre a superfície da água. Um dos meninos, o mais velho, tinha brigado na escola.

– Bateu ou apanhou?

– Não sei. Chegou tristonho, com o rosto arranhado, mas não quis contar o que aconteceu.

Joel fez um muxoxo e redirecionou a raiva. Falou mal de "um sujeito que você não conhece e nem vai conhecer", novo freguês do Danúbio e merecedor, "por razão que me foge à compreensão", de especial atenção de Biguá. Um tal de Malaquias, "se isso é nome de gente de bem".

– Mas por que você não gosta dele?

– Não gostar não precisa de explicação – ele respondeu à beira de um palavrão.

Breve silêncio. Sem outro assunto, Edith contou sobre um mal-entendido com uma freguesa da farmácia que buscava cola para dentadura. Foi, então, de repente, que o dique se rompeu ruidosamente. Desataram a rir, sem intervalo suficiente para retomar o fôlego, a musculatura do abdome a queimar, repentina alegria ou incontida tensão, abafada com esforço para não acordar as crianças.

Interrompiam o riso para recomeçar em seguida, perplexos com excitação tão intensa no lugar em que estavam, segundos atrás, os caninos da desavença. Aliviados, enxugaram as lágrimas. Os olhares se encontraram pela primeira vez depois de muito tempo e se deixaram assim na presença um do outro. Joel acariciou o rosto da mulher, ela apertou a mão dele contra o ombro, e descansou. Um remanso bucólico, com vacas leiteiras pastando, um lago bonito de águas verdes, os dois sob a sombra de uma árvore copada. Joel e Edith, em modo de pausa.

Ele levantou-se de repente, eufórico, e abriu outra garrafa. Estava embriagado e apaixonado quando decidiram ir dormir. "Amanhã o dia começa cedo", disse ela, de volta ao esconderijo. O marido desligou o interruptor do quarto, tirou a camisola da esposa e deitou-se sobre ela. Depois, Edith foi lavar-se no banheiro. Joel virou-se na cama, para o seu lado de estar só, e chamou em silêncio pelo pai. Que o orientasse e protegesse. Reviu o rosto do velho Agenor, grande, geométrico como se talhado a formão, a expressão endurecida pela impiedade do tempo. Brotando em meio à pedra de granito, os olhos marejados de lágrimas, lágrimas que nunca foram derramadas, retidas na beira de lá da solidão, contidas na margem interna da dor. Dentro da cabeça do filho uma frase ecoou medonha, dita pela imagem do pai: "Você colhe o que plantou".

Edith chegou relaxada ao banheiro, mas, quando se sentou no vaso, seu olhar já não estava mais. Ela se deixou estar por falta de querer outra coisa que não fosse ficar à parte da correnteza, por um momento interromper o tempo, olhando rejuntes de azulejos. Chorou, pelo tempo que quis, a sua tristeza amordaçada, sabendo que o marido já estaria dormindo. Interrompeu de súbito o devaneio à chegada de uma lembrança: enxugou as lágrimas, ajeitou o corpo sobre o vaso.

– Meu Deus, eu faço 40 anos daqui a dois meses!

Levantou-se, ajeitou os cabelos como se fosse à padaria e começou a fuga do banheiro-movediço, o trajeto de volta, vagarosamente, pelo estreito corredor de paredes nuas, sombrio mesmo à luz do dia, a caminho da cama de casada, a passos lentos, adiando a chegada. De longe, ouviu o ronco de Joel.

O vago.

Capítulo 5

Seu Agenor fitou o filho caçula, dos seis o mais inteligente, o diferente, a barba adolescente despontando no rosto ainda refém da infância. Apenas 18 anos e já anunciando a partida para a capital, agraciado por uma bolsa de estudos, prêmio pelo primeiro lugar geral no colégio. Todos os outros irmãos ao lado do pai, da cena testemunhas mudas, sequer interessados em livros. Logo ele, o nosso mais novo, gemia o pai com sua voz rouca de pouco uso. Apesar de oprimido pela visão daqueles olhos úmidos em rosto sempre tão seco, Joel tomou fôlego e confirmou seu desejo de partir. "Você se ilude, garoto. Aqui, pra ser melhor que os outros, basta meia hora de livro. Na capital, vão engolir você. Mas se quer mesmo, pode ir. A porta é a serventia da casa. Eu e seus irmãos um dia vamos esquecer que você também se foi".

Agenor não o impediu, mas ausentou-se na hora do filho ir para a rodoviária. Joel passou pelo quarto do pai para se despedir das coisas do velho, do seu cheiro e dos sinais de seus hábitos. Repousou o ombro no marco da porta para observar o colchão assimétrico da cama de casal, o lado de cá deformado pelo peso do corpo cansado de quem o criou, o outro lado sem marca alguma, liso, poupado de qualquer trabalho. Uma metade repleta de referências; na outra, apenas ausência. Joel nunca viu sua mãe repousando naquele espaço, pois que, no dia em que veio ao mundo, ela se despediu, sem direito sequer à primeira mamada. Deixou para trás seis órfãos e um homem desconsolado.

A mais velha dos seis, única filha do casal, era ainda adolescente quando o pai chegou banhado em tristeza e fechou-se no quarto por dois dias. Nunca perdoou o irmão caçula por ter lhe tirado a referência, a segurança e o bálsamo para curar a melancolia dos dias. Negou ao caçula, sem constrangimento, o regaço, o zelo e o afeto, mas assumiu a tarefa de cuidar dele, confiada a ela por Agenor. Sem envolvimento e dedicação, apenas outro afazer doméstico. Joel cresceu ignorante dos cuidados de amor. De cafuné não teve a experiência. Só se sentia parte quando, aos domingos, o pai dedicava aos filhos um banho de mangueira. Nessas ocasiões, o velho permitia às próprias mãos afagos e abraços apressados. Rápido demais, é certo, mas na velocidade suficiente para deixar nos filhos a certeza do bem-querer. Ao caçula, em momentos imprevistos na rotina dos dias, ainda perguntava sobre os estudos, dirigia um sorriso esforçado, encerrava a conversa curta com três tapinhas na cabeça. O menino ficava agradecido como se tivesse ganhado um colo macio.

Nos demais dias da semana, havia pouco tempo para brincadeiras. Os irmãos ajudavam o pai na horta, Joel dedicava-se ao estudo, na mesa da cozinha ou sob a sombra solitária do abacateiro no quintal. Apenas ele dispensado do trabalho braçal, somente ele interessado em estudar. Silencioso e introvertido, tinha pouco assunto dentro de casa, sentia-se um estrangeiro, impossibilitado de compartilhar com os outros a saudade, as lembranças do jeito dela, os pratos que só ela sabia fazer, o gosto de cantar na cozinha, o aconchego de seu colo. Para todos, Joel era o único que não sofria a falta, por não ter conhecido quem faltava. Não compartilhavam com ele a dor. Nos momentos de falar dela, em torno da mesa de refeição, o caçula ficava invisível. Não lhe dirigiam a palavra nem o olhar. Ninguém supunha o vazio de sua existência, abandonado por um amor que não recebeu, sem histórias para contar, uma que fosse, até mesmo de um beliscão ou um carinho apressado. Não pertencia, por falta de repertório comum.

Em todos os cômodos, a falta dela se apresentava. A assimetria do colchão da cama de casal indicava a Joel sua presença excessiva, menino cada vez mais miúdo diante de perda tão grande – substituição absurda e inaceitável. O pai via o desassossego do caçula, apiedava-se, mas não tinha forças para exigir dos outros filhos mais atenção, sendo ele próprio o mais desconsolado. Engolia a seco a mistura de compaixão e raiva. A mulher, para sempre central sob o telhado daquela casa, na memória de cada um. O mais novo da prole, condenado à periferia da arquitetura familiar, no limite da exclusão. Culpa Joel não sentia. Era a solidão que o estragava por dentro. Deixava, naquele dia, a casa em que cresceu, na esperança de encontrar algum lugar para pertencer.

Capítulo 6

Um grupo de adolescentes esperava por Ângelo, de tocaia. Quando ele cruzou o portão da escola, os garotos o seguiram, imitando seus modos. Pelas costas do professor, estufavam o peito e andavam com pernas abertas e a passos largos, o olhar soberbo. Ângelo percebeu a zombaria pela reação dos demais alunos concentrados no pátio, à espera do alarme de início das aulas. Apertou no bolso da calça uma miniatura de sineta, seu talismã. Deliciou-se. Considerava as recorrentes ações de deboche uma reação natural e inócua à autoridade que dele exalava. Quanto mais os meninos se rebelavam em surdina, com mais prazer experimentava seu próprio poder. Mais certeza se formava de que a troça juvenil jamais seria transformada em enfrentamento direto e objetivo. Por medo.

O diretor da escola o tinha em alta conta, apreciador da disciplina que conseguia impor às turmas e de sua versatilidade, capaz de substituir professores de outras matérias em férias ou, eventualmente, impossibilitados de cumprir sua carga horária de trabalho. Os alunos, apesar da crítica à pavonice, gostavam das suas aulas. Por tal eficiência, o diretor passou a chamá-lo de "O Professor". Por ciúme e inveja, estimulava os outros professores a entrarem em disputa por igual notoriedade. Ângelo percebia o estratagema e a ele servia com dedicação, inebriado com o título. Nunca, porém, demonstrou, com intensidade proporcional, o contentamento experimentado. Por ser desmedido o prazer, mas também por parecer inexplicável ao homenageado a deferência, a ponto de despertar nele uma desconfiança de equívoco por parte do diretor. "Será que ouviu algum elogio de um pai importante para outro professor e se confundiu? Estranho do jeito que é esse diretor, é bem possível", perturbava-se. O título, de qualquer forma, foi logo assumido como identidade pessoal, um salvo-conduto para sua existência solitária, uma boia salva-vidas em que se agarrou com todas as forças para sobreviver ao mar bravio.

O Professor virou-se repentinamente e surpreendeu os três garotos em plena performance:

– Quanto prazer encontrá-los aqui! Ora, ora, o que estão fazendo? Exercícios de laboratório teatral, eu presumo. Quanto talento! Pela altivez da postura de cada um, me parece que se trata de uma homenagem a alguém que admiram bastante. Ou seria escárnio, sarcasmo, pura ironia? Por favor, continuem para que eu consiga adivinhar.

Um numeroso grupo de alunos cercou os três colegas. Ruborizados e constrangidos, não sabiam o que fazer nem como reagir aos risos e piadas.

– Vamos lá! Não se intimidem com o tamanho da plateia! Estamos todos muito interessados em descobrir quem é o homenageado ou a vítima da representação teatral – insistiu. O nível de excitação elevou-se ao extremo.

– Bem, já que se recusam a esclarecer a todos nós a natureza da performance, se reverência ou deboche, deixemos isso para um debate dentro de classe. Vocês terão os minutos finais da aula para nos contar. Eu sugiro que comecem nos dizendo o significado das palavras escárnio e sarcasmo, bem como nos orientem sobre qual deve ser a reação a pessoas que agem movidas por tais intenções. Caso, porém, trate-se de uma homenagem, vamos todos nos ombrear nas deferências a tal personagem, digno de nossa admiração.

Deu as costas e deixou os três adolescentes jogados ao apetite da turba.

Ao final daquele dia, o Professor resolveu esbaldar sua satisfação consigo mesmo no Danúbio. Certamente as pessoas perceberiam rapidamente seu estado de espírito, perguntariam o motivo do bom humor, e ele teria a oportunidade de relatar os fatos, bem como a astúcia com que reagiu a eles. O dia era realmente promissor, estava certo, apesar de reviver o desconforto de entrar no bar sem ser percebido por Biguá, pessoa a quem admirava como a um artista de televisão, tal o afeto e respeito que por ele sentia. Sonhava sentar-se um dia ao lado de Joel e compartilhar, como um dos amigos preferidos, da intimidade do dono do bar. A oportunidade de se conhecerem melhor chegaria e, talvez, fosse naquele dia tão especial.

Para sua alegria, estava lá a turma com quem costumava sentar-se para conversar e beber. Acomodou-se entre eles e riu com exagero ainda maior das piadas alheias, deu opinião sobre diversos assuntos, chegou a fazer ironias e assumir protagonismos inabituais para alguém de perfil retraído. Ao que perguntaram: "Mas o que foi que te mordeu, Professor?". Agarrada a oportunidade, ele relatou com detalhes, alguns reais, outros nem tanto, o episódio dos três adolescentes. Os demais se surpreenderam com o comportamento do colega, habitualmente tímido e demasiadamente cordial, riram e chegaram a duvidar das proezas. "Sempre tão bonzinho, andou bebendo no trabalho?" E voltaram a seus assuntos. Ângelo desconsiderou a desconfiança, lamentou o pouco tempo de atenção ao seu tema e desejou, com intensidade, estender a luz de sua glória a outras pessoas.

De peito estufado, procurou Biguá na ponta do balcão, perto da rua e do banco onde Joel sentava-se habitualmente. Estava convencido de que aquele era o momento certo para abordá-lo e, depois de algum comentário espirituoso, construir a oportunidade de contar também a ele os acontecimentos na escola àquela manhã. O dono do Danúbio, com a gentileza costumeira, certamente o ouviria atentamente e se admiraria ainda mais que seus colegas de mesa. Talvez, no seu estilo brincalhão, colocasse o pano de prato sobre seus ombros, como uma capa, a ungir um novo herói. Seria o suficiente, com certeza, para destacá-lo da multidão e lhe reservar um dos bancos de amigo preferido na entrada do Danúbio. Biguá, no entanto, não estava no lugar esperado, mas bem defronte à mesa do Professor, lendo uma revista, encostado ao balcão, o que fez fortalecer em seu íntimo a certeza da oportunidade. Coincidências não são gratuitas, pensou.

Levantou-se num impulso, ensaiou a postura adequada à importância do relato, que estava prestes a fazer, e caminhou até o balcão com um sorriso estudado. Deu-se conta, no trajeto, de que não tinha pensado no comentário espirituoso a fazer. Alarmado, vacilou. Biguá levantou os olhos da revista e ficou à espera, observando-o. O Professor percebeu a própria precipitação, sentiu a proximidade do mar bravio, mas não tinha mais como desviar-se.

– Pois não?

– Ahn... boa noite...

– Como o amigo se chama mesmo?

– Hum... Professor

– Professor?!

– Apelido...

– Ora, ora, e então, Professor?

– É que...

E os olhos de náufrago vagaram ansiosos até encontrar na parede a representação do Danúbio e do Etna em esponja de aço e neon. Por não lhe ocorrer outro assunto, lançou-se às águas revoltas:

– É que, se o senhor me permite a pergunta... Não quero incomodá-lo ou ser inconveniente...

– Vamos lá, pergunte o que quer saber. Desembucha, meu rapaz!

– Me perdoe, mas que vulcão é aquele às margens do Danúbio?

O dono do bar fechou o sorriso acolhedor.

– É o Etna.

O Professor, forçando um riso descontraído, sem encontrar uma mudança de rumo para a conversa:

– Mas... é que... eles não são próximos um do outro. Ao contrário, estão bem distantes.

Biguá estirou o pano de prato sobre o balcão para explicitar o desejo de distância entre eles. O outro percebeu que estava perdido, sem forças para evitar o naufrágio

– Licença poética, meu caro, licença poética. Eu também peço desculpas, mas preciso fechar o caixa.

O Professor não soube o que dizer. Apenas seguiu, sem respirar, os passos de Biguá até a ponta do balcão. Viu o pano de prato ser aberto entre o dono do bar e Joel, biombo contra a sua curiosidade, adivinhou a conversa por detrás do tecido de algodão barato, percebeu o olhar agressivo de Joel em sua direção. Ouviu, em seguida, a expressão "Professor de merda". Imobilizado, não conseguia se mover para fora da tragédia. Precisava voltar à mesa, mas encontrar palavras e compostura para despedir-se dos outros lhe pareceu tarefa acima das suas possibilidades. Foi ao banheiro e, na volta, encontrou uma mesa vazia no fundo do bar. Sentou-se e pediu ao garçom uma cerveja e uma dose de cachaça. Tirou do bolso da calça e depositou sobre a mesa a miniatura de sineta, comprada havia poucas semanas. Em um artigo sobre a força do pensamento positivo, aprendera a utilidade de ter um objeto para simbolizar um objetivo de vida, a ser lembrado e reforçado a cada toque. O Professor encontrou a sinetinha em uma loja de souvenir de um mosteiro e a badalava várias vezes ao dia e à noite a chamar seu sonho de felicidade ao mundo real.

Capítulo 7

Joel terminou de regar a horta no quintal de sua casa, direcionou a mangueira para o alto e aumentou a pressão do dedo sobre o jato de água para a alegria dele próprio e dos filhos – um garoto de oito anos de idade e uma menina de seis. O chuveirinho refrescou o calor daquele final de manhã de domingo e inundou o terreiro de pertencimento: as crianças corriam para fora do alcance dos pingos e voltavam mais depressa ainda sob uma sinfonia de gargalhadas e gritos de excitação, pulavam sobre as poças d'água e abriam novas rotas de fuga, transformadas elas em alvos, a mangueira em arma e o pai no tirano mais divertido do mundo.

Joel sentia seu corpo preenchido de felicidade, seja pelo desfrute do contentamento dos filhos, seja pelo perfume da horta molhada que entrava por suas narinas e despertava uma nostalgia da infância na roça, quando o pai, matuto analfabeto, rígido e autoritário, abandonava a pose aos domingos, logo depois de molhar as dezenas de canteiros de hortaliças que garantiam o sustento da família, para dar banho de mangueira nos filhos. O pequeno Joel, em seu ritual infantil, parava o tempo um segundo para espreitar o surgimento do verdadeiro rosto daquele homem que ele amava e temia tanto. Saboreava o instante exato em que caía a máscara de braveza e, então, perdia a cautela. Lançava-se sobre o pai com sofreguidão, mergulhava de cambalhota em águas ansiosamente desejadas. Abraçado ao velho, esperneava de prazer por não conhecer outro jeito de extravasar a energia que eletrizava seu corpo. Um corpo pequeno e já tão castigado pela solidão.

Era nessas águas que Joel banhava-se de novo, cobrindo a si e a seus descendentes com o manto sagrado da memória que ele continuava tecendo, zelosa e metodicamente, sem desperdiçar um dia sequer, para abrir aos filhos o acesso ao mundo aconchegante da família por ele idealizada: um chão firme para pisar, o coração aquecido de proteção e cuidado, os olhos límpidos para ver.

Edith surgiu à porta da cozinha e se deteve para assistir ao espetáculo de alegria acontecendo em intensidade dominical, em cores tão incomuns. Levou ali alguns minutos, recostada no marco da porta, até ser vista pelas crianças e ameaçada com um quase certeiro jato d'água. Correu para dentro, aos gritos de "o almoço está servido!", e voltou minutos depois com toalhas para todos. Os meninos reclamaram o fim da brincadeira, mas o apetite logo perdoou a intervenção materna. Entraram. Joel ficou mais alguns minutos terminando de enxugar o corpo e enrolando a mangueira ao pé da torneira. Saboreava aquele estado de plenitude, esvaziado de preocupações, os olhos prestando apenas para observar borboletas.

Capítulo 8

Na casa onde Edith cresceu nunca faltou amor e rigor, além de linhas de costura de diferentes calibres e cores, agulhas de diversos tamanhos e formas, panelas de ferro, barro e alumínio, colheres de pau e metal. Os livros eram escassos, aninhados no quarto da menina, quase um estorvo, por falta de intimidade entre o grupo familiar e as letras. Houve uma vez que D. Celeste usou um volume, dedicado ao ensino de história, para calçar a mesinha da cozinha. E foi um Deus no acuda à procura do livro, "que eu tenho prova amanhã bem cedo". Até que a mãe voltasse da feira e resolvesse o mistério, com a cara mais surpresa com aquela aflição toda, ninguém foi capaz de supor destino de calço para uma obra pedagógica.

– Uai, essa menina nunca gostou de história! – defendeu-se D. Celeste.

Naquela casa de tanto movimento de pessoas e bichos domésticos, de um vaivém intenso de coisas, temperos e afetos, estudar pertencia a outro universo, fechado numa bolha incomunicável com toda a magia em volta. A escola falava outra língua. E não era nem mesmo a língua de Edith, apesar de sua curiosidade implacável. Desde muito pequena, suas pegadas pela casa criaram os caminhos para dar solução aos problemas do cotidiano. Foi assim com o sistema de irrigação do quintal, composto por uma rede de mangueiras conectadas em várias bifurcações desde a torneira até os pés das árvores; foi assim com o saco de areia amarrado a um cordão grosso que passava por roldana parafusada à porta da cozinha e ia atar-se, na outra ponta, a um gancho na parede, de forma a evitar que ela batesse com a força do vento constante.

O pai, Sebastião, ou Sô Bastião, divertia-se com o espírito prático da filha. Diante de tanta alegria e otimismo, costumava dizer que, se Edith encontrasse bosta de cavalo na porta de casa pela manhã, iria anunciar para a família inteira que alguém tinha deixado um animal de presente para eles. O fato é que a menina cresceu acostumada à harmonia doméstica, segura do sucesso de seus empreendimentos, sem entender de onde vinha o pessimismo do irmão do meio diante de qualquer dificuldade. Para Edith, o mundo era um ninho de oportunidades e diversão. Tudo dava certo, bastava seu empenho. A realidade era apenas o resultado dos seus sonhos e projetos. À noite, na cama, passava horas imaginando um marido bom e trabalhador, alto e de olhos claros, com quem pudesse rir muito e ter uma penca de filhos.

O sonho surgiu encarnado na figura de Joel, desde muito pequeno. Ele vinha de tardinha e passava o tempo ajudando D. Celeste na cozinha. Gostava de recostar a cabeça no quadril dela, rodeando a cintura num abraço, enquanto a vizinha mexia o doce de leite no tacho de cobre. Sentia-se acolhido a cada vez que era solicitado a botar mais lenha no fogo ou a reorganizar o braseiro para reavivar as chamas. A mulher, tomada de amor, lhe fazia elogios e o recompensava com beijos e carícias. À noite, a voz do velho Agenor vencia a altura do muro para cumprimentar a vizinha e chamar o filho para a janta. Joel atendia de imediato e não ia para cama antes de estudar e fazer os deveres da escola.

Com 15 anos começou o namoro secreto com Edith. Aos 20, numa das vezes que veio de visita à família, ficou noivo. Dois anos depois, levou-a embora para a capital, como esposa. Joel não era alto, não tinha olhos claros nem comportamento alegre, mas trabalhava com muita dedicação e carregava bom coração. Tal como Sô Bastião, seus modos eram de homem rigoroso e conservador. Além de carente, muito carente, "mas isso, coitado, é compreensível para quem não conheceu a própria mãe. A gente entende e tolera. Com meus carinhos e os filhos que virão isso passa", pensava Edith.

Não passou. O vazio do marido não era de preenchimento possível. Tarde demais, ela lamentou desconsolada, em noites de choro escondido, o desmoronamento da vida de antes. A tristeza chegou com malas cheias para longa hospedagem. A mesma tristeza, velha cruel, a quem só conhecia de ver nos outros, dividia, então, os mesmos cômodos com ela. O ciúme e a necessidade constante de Joel por atenção e cuidado tiraram da rotina sua graça e da mulher a espontaneidade. Quando o primogênito nasceu, Edith acreditou que teria o direito de cuidar de outra pessoa, dividir com o marido o esforço da atenção, mas Joel aumentou suas exigências, carregou nas reclamações, fez cenas de desamparo e abandono.

Na vida de Edith, o espaço da curiosidade e do otimismo chegou à beira do desaparecimento. Ela se viu cercada, em quantidade dobrada, de cobranças e demandas, de expectativas e horários inflexíveis. "Bosta de cavalo! Só papai para inventar uma bobice dessas". A segunda gravidez foi um descuido. Edith se desesperou ao acreditar definitivamente sem volta o passo equivocado. Ao contrário do que tinha sido até os 20 anos, o mundo agora não mais obedecia a seus planos. E ela sonhava começar tudo de novo. Apenas sonhava. Sentia culpa por não ser a mãe e esposa que todos esperavam dela. Separação era coisa que Sô Bastião jamais aceitaria. Amargura demais ver os netos sem família. Lembrava-se do sussurro de D. Celeste ao seu ouvido, quando soube do noivado:

– Esse moço tão bom vai viver agarrado na sua cintura. Ele não tem força própria nas pernas.

Edith não entendeu. Ou não quis ouvir.

Capítulo 9

A primeira vez que entrou no Bar Danúbio, o funcionário público, filósofo e poeta Malaquias Pereira Lemel tinha o olhar em outro mundo. Sequer respondeu à efusiva saudação de Biguá e foi sentar-se a uma mesa de duas cadeiras, encostada à parede. Cristão-novo há muitas gerações, ex-católico desde os 20 anos e ateu por hipótese, cabelos grisalhos, revoltos e grandes, largados como tudo no personagem, sempre de terno, caracteristicamente amassado, sem gravata e asseio, sacou do bolso do paletó uma caneta, desdobrou guardanapos de papel e escreveu sofregamente por horas seguidas. Quando pediu a conta, havia duas garrafas de cerveja vazias e uma pilha de versos gravados nos guardanapos com a energia do cinzel. Ele procurou o garçom, fez um rabisco no ar e pagou a conta sem erguer os olhos. Depois meteu a papelada no bolso e saiu da mesma forma que chegou, como se os outros não existissem.

Malaquias voltou com frequência ao Danúbio, e a bolha de silêncio em torno dele ganhou destaque no salão do bar, mais que o vozerio e as habituais gargalhadas da freguesia. A indiferença do poeta em relação a todos foi tinta de sobra para desenhar a imagem de afetado e arrogante. Até Biguá, quando o via passar, torcia o nariz e, às suas costas, ironicamente esticava o pano de prato ao lado da cintura enquanto dobrava o tronco em teatral saudação. A clientela ria sem qualquer discrição. Malaquias reagia com a mesma indiferença.

Mas entre os fregueses havia o dono da tradicional banca de jornais da esquina, homem alto e muito magro, de cabelos tingidos de preto-petróleo, camisa sempre de mangas curtas e gravata surrada, bigode rigorosamente aparado – o Pavio. Pela aparência, o apelido óbvio talvez fosse "palito", o de fósforo, mas Pavio era uma menção não apenas condizente com o físico do personagem, mas também com o humor incrivelmente inflamável a qualquer mudança na paisagem da rotina. Foi o Pavio, portanto, o primeiro a reagir. Tropeçou de propósito na mesa de Malaquias e derrubou a pilha de poemas no chão. O filósofo percebeu a intencionalidade do incidente, levantou-se e caminhou até onde estava sentado o provocador. Olhou-o atentamente, deteve-se no seu rosto, aproximando a cabeça para mais perto como se observasse em detalhes um ser empalhado. Por fim, deu-lhe as costas, recolheu a papelada no chão e sentou-se novamente em seu lugar.

O bar inteiro acompanhou a cena em silêncio. Sentindo todos os olhos sobre si, Pavio saltou da cadeira, girou sobre os calcanhares e seguiu até a mesa de Malaquias:

– Eu não o conheço, lamento tê-lo visto antes, não sei e não quero saber seu nome, mas não posso deixar de dizer – fez uma breve pausa, dobrou o calibre das ventas, levantou o braço com a mão espalmada, como se fosse dar um tapa no desafeto, e bradejou:

– Vá pra puta que o pariu!

Era o que todos esperavam. Gargalhadas e até algumas palmas o acompanharam no glorioso caminho de volta a seu lugar. Porém, para surpresa da entretida plateia, Malaquias, o pequeno filósofo, dedicado poeta e anônimo servidor público, pôs-se de pé e dirigiu-se a toda a clientela:

– Agradeço, com toda a franqueza, a fala do prezado colega de bar, de quem, desafortunadamente, não conheço, de igual forma, sequer o nome. Sou grato porque precisava dessa ponte, mesmo que de arriscada travessia, para quebrar meu isolamento involuntário. A timidez, agravada pela excessiva rigidez de uma mãe sempre irritada com a algazarra de nove filhos, costuma me oprimir em ambientes que pouco conheço. Desculpem-me se pareço soberbo, mas, na verdade, tenho a sensação de ser um estorvo para todos que me rodeiam, sempre que me encontro em lugares tomados por pessoas que não são do meu relacionamento. A angústia de estar aquém das expectativas nessas situações me tolhe a naturalidade, me sequestra a palavra. Soa arrogância o que é tirânica menos-valia. A fala do elegante senhor, mesmo ofensiva, me obriga a tomar a palavra e derrubar o muro da separação. Me salva, portanto, o aparente algoz do meu próprio inferno. Agradeço, repito, sinceramente, por mais absurda que possa parecer a gratidão por uma ofensa, de todo justificável diante do meu comportamento anterior. Afinal, a intolerância, o preconceito e muitas formas de violência são ditadas pelas aparências. Me chamo Malaquias, sou filósofo por formação, paixão e dedicação, poeta por acidente e servidor público por vocação. Ofereço, portanto, ao senhor de cabelos incrivelmente negros e bem cuidados a minha outra face.

O sempre irritadiço Pavio perdeu de imediato parte da plateia. Ele próprio não soube reagir, até que o grupo de jovens estudantes, sentados sempre no fundo do bar, trincheira de rebeldia e contestação, aplaudiu efusivamente a fala de Malaquias. O dono da banca reconheceu seus adversários de sempre e, com alívio, recolheu-se a seu espaço de costume. Antes, ergueu o dedo médio em riste, com a força de uma escultura em valioso mármore, pairando sobre todas as cabeças. Tomou uma sonora vaia, devolveu os palavrões e continuou, no círculo de seus companheiros de mesa, o discurso de inconformismo com a juventude.

Do fundo do bar, partiu em missão um moço de cabelos longos, presos em rabo de cavalo. Chutou levemente a cadeira de Pavio, serviu um sorriso de deboche em troca do palavrão e foi levar o convite do grupo a Malaquias para dividirem a mesa. O filósofo aceitou de imediato, ajuntou seus guardanapos no bolso e foi conhecer sua nova turma no Danúbio. No caminho, dirigiu um educado cumprimento a Pavio. O dono da banca, o rosto afogueado, respondeu efusivo:

– Seu bosta!

A moçada comemorou com gritos e batucada a chegada do novo aliado. De seu banco, na entrada do bar, Joel dirigiu a Biguá um par de olhos revirados. O dono do bar, no entanto, nem percebeu o amigo. Estava se divertindo.

Capítulo 10

Pavio nasceu em família abastada. Os pais eram sócios num pequeno laboratório de análises clínicas. Estavam sempre juntos, incluindo almoço em restaurantes perto da empresa, frequentes jantares a dois e longas conversas dentro do quarto do casal, a porta fechada, aonde se refugiavam depois do telejornal. Aos dois filhos dedicavam atenção condizente com as necessidades da sobrevivência e da educação, além de idas ao cinema em fins de semana, uma vez ao mês, alternando-se os dois na tarefa. Cuidavam para que não faltasse nada na geladeira, na mochila escolar e no armário de roupas. A disciplina, rígida, os cuidados, aqueles exigidos pelos bons modos e cultivo do hábito da leitura. Ela dizia “nos faltou uma menina”, ele respondia “nos sobram dois meninos”. Pavio era o mais novo e uma vez sonhou que tinha os braços engessados e estendidos, à espera de um abraço que não acontecia. Cresceu, a exemplo dos pais, frio e distante, mas nunca conseguiu encontrar uma parceira para trancar-se no quarto depois do telejornal.

Capítulo 11

Malaquias mentiu quando se apresentou aos fregueses do Danúbio. Inventou sete irmãos, atribuiu à mãe, uma professora de ensino fundamental doce e carinhosa, uma rigidez e irritabilidade em nada coincidente com seu perfil. Criou, em tempo ínfimo, um novo personagem em que abrigar a sua pessoa. O bar, ao qual adentrara pela primeira vez por falta de alternativa melhor onde jogar o próprio corpo e sua vida inútil, foi transformado repentinamente em um laboratório, a base de lançamento de um projeto que ele queria redentor para a humanidade. A busca de um caminho para um novo mundo, mais verdadeiro e libertário. Se melhor ou pior, Malaquias não tinha ainda a menor ideia.

Quando começou a frequentar o bar Danúbio, o filósofo andava como um possuído por espírito obsessor, inquieto e ansioso, em constantes devaneios, procurando não respostas a uma questão central, mas a própria pergunta. Sentia-se carregado de teses e nenhum tema relevante. Se o mundo se move em torno das mesmas questões existenciais há séculos, aturdido por velhas angústias, dividido entre lutar pela sobrevivência e procurar um sentido para a vida, deveria haver uma pergunta ainda não formulada. Um tema mantido imperceptível, soterrado pela poeira do tempo e pelos livros escritos durante séculos de história. Algo posto debaixo dos olhos da humanidade sem nunca ser percebido. A essência de tudo, encoberta pelo grande erro ao qual a humanidade foi conduzida pelas religiões, escolas filosóficas, modelos políticos e econômicos. Para Malaquias, era cada vez mais evidente o fracasso da civilização. Ao contrário de reconhecê-la como a maior conquista da humanidade, o filósofo a considerava a verdadeira prisão, resultado de hipóteses reincidentemente equivocadas, premissas erradas, interpretações míopes da realidade. Tudo isso, sistematizado num código moral que servia a uma classe, em detrimento de todas as outras, mantenedor dos privilégios de uma casta às custas da infelicidade coletiva.

Malaquias só pensava no seu dilema filosófico, mal dormia, não conversava, sequer cumprimentava os colegas de serviço, andava pelas ruas como um autômato, atravessando-as sem olhar, e só não foi atropelado algumas vezes por pura sorte, pois que obra de anjo da guarda não poderia ser sem ofender seu ateísmo militante. "Se eu morrer que se dane. Pelo menos será tentando achar o caminho verdadeiro. Fora desse desafio, não há vida que mereça ser vivida", atormentava-se.

Quando foi interrompido em seus pensamentos obsessivos pelo irritadiço Pavio, Malaquias estava exausto. Havia se transformado em um estorvo para si mesmo, não suportava mais seu diálogo interno monotemático e sem pausa. Aquele homem tosco e agressivo lhe pareceu um salva-vidas, uma porta aberta por onde pudesse fugir de seu confinamento. E foi grato a ele. Malaquias compreendeu de imediato a oportunidade apresentada e agarrou-se a ela. Fez seu discurso de improviso, no meio do bar, com a alegria de quem reaparece à superfície depois de longo tempo de porão. Enquanto falava, deu-se conta de que precisava dos outros, das contribuições involuntárias das pessoas para seguir adiante com sua busca, desta vez com olhos e ouvidos bem atentos para surpreender as leituras equivocadas da realidade no momento exato dos acontecimentos.

Sentiu-se livre para criar um personagem novo, liberto dos valores comuns da sociedade, disposto a compartilhar seus diálogos internos e usufruir das reações, atento a tudo, a todos e a todas as palavras desde seu posto de observador. O garoto solitário e independente, elogiado por sua inteligência e cultura precoce, e o solteirão metódico que a ele sucedeu cederam espaço a um Malaquias renascido, no papel de astuto pesquisador, sem qualquer compromisso com o senso comum. Os outros seriam, a partir daquela apresentação de si mesmo, suas cobaias, reagentes aos experimentos que desenvolvesse, sem hipótese inicial a ser demonstrada, mas tendo por ponto de partida a convicção de que a derrota da civilização era um fato concreto e incontornável. O filósofo estava decidido a desenvolver seu trabalho sem vínculo com o código moral reinante, suportando conflitos e contradições. Afinal, o fracasso histórico da humanidade em dar sentido à vida poderia ser decorrência do próprio código. A moral como a mordaça oculta a silenciar a filosofia e a ciência.

Capítulo 12

– Ângelo!... Ângelo!... Ângelo!

A voz gritava lá fora toda a sua fúria, ressoava entre os prédios do centro da cidade, batia e rebatia nos paredões e fachadas de janelas fechadas, ia e vinha e a cada volta se tornava mais potente, como um tornado. O chamado, incessante, veio se aproximando vagarosamente do Bar Danúbio e entrou quando tinha alcançado sua força máxima – quase meia-noite –, a ponto de levantar as pontas das toalhas xadrez de preto e branco e esfregar-se nos rostos dos fregueses com tanta sofreguidão que os deixou com a tonalidade do pavor. Não apenas pela fúria em si, mas porque a voz não estava encarnada na pessoa do caçador quando invadiu o bar. Era apenas som e nada mais. As pessoas estavam assustadas com a possibilidade de ter entre elas ou dentro delas um criminoso cruel, capaz de atrair tanto ódio e de mobilizar perseguição tão implacável. Mesmo que atendessem por outro nome. O Professor tremia como um sentenciado.

A ventania percorreu as mesas até o fundo do bar, bateu a porta do banheiro masculino e cessou. Segundos depois, saiu lá de dentro um homem de cabelos castanhos, abundantes e de grossos fios, lisos, mas impróprios para pentes pequenos. Os olhos de igual cor eram grandes e profundos, o nariz adunco, em harmonia com o restante do rosto. Rugas ele as tinha, bem marcadas, na testa, nos cantos da boca larga e na lateral dos olhos, denunciando mais de 60 anos, o queixo protuberante, quase quadrado, as orelhas não exatamente pequenas, mas discretas, tudo nele arranjado em corpo magro de média estatura, não mais que um metro e setenta, comum em todos os aspectos, sem nenhuma característica que o diferenciasse na multidão. Caminhou entre as mesas, numa rota improvisada. Sussurrava:

– Procuro Ângelo, o virtuoso, aquele a quem já quis entregar minha filha em casamento porque se mostrava possuidor de todas as qualidades. Procuro o infeliz que se apoderou das virtudes e as usou apenas para se exibir. Procuro um homem admirável por reconhecimento e repugnante por essência. Aquele que, parecendo tão bom, é o mais medíocre, sendo tão perfeito, é incapaz para a felicidade, de tão caridoso não tem qualquer sabedoria. Procuro Ângelo, a quem pretendo devolver todas as palavras que me disse. Imperdoável pela traição que cometeu. Procuro o homem que tem asas de anjo e o hálito de demônio. Procuro o cão!

O caçador chegou à porta do Danúbio, voltou-se uma vez mais, aspirou profundamente para sorver do público todo o oxigênio disponível, e apontou para a mesa onde estava Ângelo:

– Eu te espero em qualquer esquina...

O Professor acordou com falta de ar e uma sensação de morte. Levantou-se e atravessou a pequena sala até alcançar a janela. Abriu-a com ansiedade e respirou profundamente. O chamado do caçador ainda ressoava dentro de sua cabeça: Ângelo! Ângelo! Ele está no meu encalço! Vai revelar quem sou, todos vão rir-se de mim e me esquecerão em quarto escuro. Preciso escapar!

Capítulo 13

Desde seu acolhimento pelos jovens frequentadores do Danúbio, Malaquias transformou-se em atração do bar. De tão animada a conversa, atraiu outras pessoas para o estabelecimento de Biguá e foi necessário juntar quatro mesas e cada vez mais cadeiras ao fundo do salão. Ao perfil folclórico do personagem, do desalinho da cabeleira ao descuido com a roupa, somou-se sua habilidade em conduzir o grupo por um terreno arriscado de provocações em torno de temas existenciais e comportamentais.

Malaquias só se interessava em causar inquietações, embora usasse de delicadezas pontuais para não perder o público. Mágoas só eram importantes até o limite de causar defecções no grupo. Antes desse divisor o filósofo esticava seu repertório de provocações ao máximo, contando com o pano de prato criativo e afetuoso de Biguá para apagar incêndios. O dono do bar, nos momentos de grande tensão, sacava de sua inseparável peça de algodão grosseiro e saía em socorro de quem estava sob a fuzilaria do filósofo, abanando o alvo da vez como o treinador que tenta reanimar o pugilista ensanguentado no canto do ringue. Quando estava ele próprio na berlinda, a variação cênica com o pano era ainda mais rica, ora cobrindo a cabeça como se fosse lenço, ora espiando com um olho só por trás do tecido, ora enforcando-se. Neto de quem era, o dono do Danúbio não se amedrontava, ria de si mesmo, dos seus medos e fragilidades. Nenhuma mágoa resistia a tanto carisma. Disso se valia Malaquias para desenvolver seus experimentos, sempre atento às reações. Para a jovem plateia, cair na berlinda era motivo de excitação. Pura adrenalina!

Certa vez, um casal chamou a atenção de Malaquias pela troca constante de carícias e olhares apaixonados. Em pouco tempo, aninharam-se confortavelmente um na presença do outro, sem prestar qualquer atenção ao que acontecia à mesa.

– É uma beleza o amor romântico, não é mesmo?! Ah, quanta ternura, quanto cuidado, quanta delicadeza – começou o filósofo. Como vocês se chamam, meus queridos?

O moço se encolheu de vergonha e temor. A moça, decidida de tanta alegria, respondeu:

– Juliana e Marcelo.

– Juliana e Marcelo estão vivendo uma fase intensa e marcante de suas vidas. Pensará, cada um deles, que o outro é sua cara-metade, que nunca amou tanto assim, que sequer consegue imaginar viver longe da outra pessoa. Desejam o tempo todo a presença do amado, anseiam pelo momento do encontro. Demoram a pegar no sono, pensando no que o outro estará fazendo, se é nele ou nela que pensa, se já está dormindo ou conversa com outra pessoa ao telefone. Oh, destino! Será que o outro conta tudo o que lhe acontece, será que existe algo ou alguém não revelado? Quanto desconforto!

Os colegas de mesa riram e cutucaram, alegremente, o casal. Biguá revoava em torno deles, o pano feito capa de fada a ondular suavemente no ar. Malaquias suspirou e, ironicamente, deitou o rosto sobre as próprias mãos entrelaçadas. Piscou exageradamente. A plateia entendeu o momento e se ajeitou nervosamente nas cadeiras, à espera do desfecho:

– Pena que vai acabar! A vida real, meus queridos pombinhos, um dia virá cobrar seu preço. Se revelará muito diferente dos sonhos que vocês alimentam. Simplesmente porque esse amor não existe! É pura fantasia. Seu namorado, depois de dois anos, terá um corpo tão convidativo quanto um sucesso musical ouvido centenas de vezes. E você vai começar a procurar novos lançamentos, se é que me entende. Sua namorada, Marcelo, passado esse tempo, estará entediada e irritada, dedicada a discutir o relacionamento por qualquer motivo. Claro, você não será mais um sonho, ao contrário, terá a cara desanimadora da rotina. Por sua vez, você desejará outros peitos, outras bundas. O sexo, Marcelo, é o único motivo real e verdadeiro para a existência dos casais. Aprendam de uma vez por todas, meus pombinhos, os românticos são apaixonados por si próprios e passam a vida procurando quem esteja disposto a aplaudir suas qualidades e talentos.

Silêncio. Biguá pousou de seu breve voo. As mãos do casal, antes entrelaçadas, repousavam em seus respectivos colos. Em todos os rostos um desapontamento.

– Mas, calma, isso pode funcionar melhor do que vocês possam imaginar. Nesses momentos, é só usar a imaginação. Se o reconhecimento de suas qualidades não acontece, você pode correr ao violão e compor uma música sobre a ingratidão. Vai vender milhares de discos! Isso não é fantástico? Meus amigos, somos todos iguais: só conseguimos amar a imagem que nos aparece ao espelho. O amor é papo furado!

Biguá amarrou o pano sobre a boca, como se fosse um assaltante de carruagem dos seriados de TV, sacou uma pistola imaginária e atirou. Atingido, Malaquias jogou o corpo para trás, e sobre sua cabeça se lançaram dezenas de mãos, deixando-o com a aparência de um louco ainda mais coerente. Juliana levantou-se e foi ao banheiro. Despistava lágrimas, buscava ar. Não percebeu os olhos do filósofo sobre ela.

Assim, com astúcia e humor cáustico, o novo personagem das noites do Danúbio buscava desconstruir crenças, desamparar, estimular a reação agressiva para observar as vísceras do interlocutor em exposição, amparando-se sempre na performance de Biguá, de quem a leveza e a jovialidade brotavam tão espontaneamente que eliminavam na origem o fel eventual das hostilidades. Formavam uma parceria perfeita e produtiva, embora ingênua em uma de suas metades. Biguá não queria salvar a humanidade da escuridão e desconhecia qualquer projeto sobre esse tema. Simplesmente amava a companhia das pessoas, especialmente os jovens.

Os debates foram inicialmente batizados de Provocações Filosóficas, mas o próprio Malaquias, percebendo os riscos de deserção no grupo, mudou o nome para Sobreviva se For Capaz, para criar um clima de jogos, menos pessoal e mais instigante e competitivo. Escolheram a quarta-feira para sua realização semanal. Neste dia, o trabalho dos garçons era dobrado porque, além do movimento mais intenso, ainda tinham que fechar as contas e providenciar troco, tarefas que Biguá lhes delegava uma vez por semana.

De onde estivesse, o Professor acompanhava a performance, indiferente aos assuntos de seus colegas de mesa. Aparentemente invisível em seu silêncio, inquietava-se com as falas do filósofo. Descobriu, surpreso, que poderia haver outros sentidos para a vida, explicações possíveis para assuntos desconfortantes, possibilidade de alívio para dores antigas, respostas inquietantes para o que parecia ser chateações ordinárias. A agressividade de Malaquias, porém, dava-lhe constantes sustos e o enchia de temor. Sentia-se, ao mesmo tempo, angustiado e atraído. Preferia não chegar perto da mesa dos debates, por medo de que os olhos do filósofo o achassem. Quando estava em mesa distante, fingia ir ao banheiro e ficava de pé, num canto, para escutar. A excitação não o deixava perceber que Malaquias já o monitorava há algum tempo. Na verdade, o descabelado personagem, cada vez mais admirado por seu discreto observador, andava insatisfeito com os resultados alcançados em seus jogos e ávido por encontrar outras cobaias para seu projeto.

Capítulo 14

A sinetinha sobre a mesa, rodeada por garrafas vazias de cerveja. "Mas eu o admirava tanto, gostava tanto dele, e ele me ofende, despreza, não teve sequer piedade, ficou claro que nem me reconheceu, sou o único freguês que ele não conhece, pior: ele me destratou, me chamou de professor de merda o filho da puta, como se eu fosse de uma categoria inferior ao pior de seus fregueses, como pode ser isso, tamanha desconsideração? eu, que frequento seu bar quase que diariamente, mas, também, pra que eu tinha que perguntar uma coisa dessas? nunca tinha me dirigido a ele, exatamente por medo de ser desconsiderado, fui me arriscar a fazer uma pergunta assim despropositada, invadindo a privacidade do homem, me arriscando à toa, cutucando a onça com vara curta porque, certamente, boa resposta não poderia vir, por se tratar de uma ignorância geográfica ridícula botar o Etna ao lado do Danúbio, quando todo mundo sabe que um fica na Itália e o outro nasce na Alemanha e passa bem longe da Sicília, eu sou mesmo um imbecil de ter feito uma pergunta dessas a um dono de bar ignorante, fui querer puxar conversa, agradar o sujeito e me transformar em amigo seu, tinha mesmo que me estrepar, com tamanha humilhação, não posso mais voltar aqui, o que não vai fazer diferença nenhuma, afinal ninguém aqui é meu amigo, se eu não voltar não vão dar pela minha falta, não, não, eu não vou chorar aqui na frente de todo mundo, não vou mesmo, sou um merda e como um merda vou engolir cada lágrima, chorar pra dentro pra ninguém perceber, nem sei o que vim fazer nesse mundo, não tem lugar aqui para mim, eu não sirvo pra nada, melhor seria acabar com tudo".

Quando saiu do Danúbio, o Professor estava embriagado. Além de bêbado, era um mendigo que se atirava à rua, roto na alma, envolto nos seus molambos. Perambulou pelas ruas sem destino. Não queria voltar para o apartamento por medo de ficar só, sem defesa contra a sua própria pessoa. Andou pelas ruas desertas do centro da cidade tropeçando em si mesmo, de início murmurando, depois repetindo cada vez mais alto um nome que mesmo aos seus ouvidos soava estranho: "Ângelo!". Uma raiva sem medida, energia desvairada, subiu do estômago na forma de refluxo e explodiu na boca um grito desesperado, ao qual responderam várias lâmpadas dos apartamentos vizinhos, antes apagadas:

– Ângelo, Ângelo, Ângelo! Eu não te suporto mais!

O carro de polícia chegou pouco tempo depois. Mas o homem jogado contra a parede pelos policiais já não tinha medo. Ao contrário, sentia grande alívio pela ameaça ali presente, potencializada as chances de destruir quem ele odiava tanto. Um soldado colou o rosto ao dele e berrou um punhado de agressões. Quase agradecido, o Professor o estimulou a realizar sua tarefa.

– Vá gritar com sua mãe, seu escroto!

Um chute o fez cair. Foi imediatamente imobilizado, algemado e levado para dentro da viatura. Apanhou até chegar à delegacia. Numa sala de piso de cimento vermelho com um ralo grande ao centro, depois de mais uma sessão de socos e pontapés, arrancaram sua roupa e aplicaram uma ducha de compressor e mangueira tão forte que parecia feita de agulhas, um punhado delas penetrando a pele do preso. O jato perseguia, alternadamente, genitália, estômago, as laterais da barriga, as solas dos pés. Ângelo se retorcia de dor e mal conseguia respirar. Quando pensou que não aguentaria mais, desligaram o equipamento. Alguém o puxou pelo cabelo e falou bem perto do ouvido:

– Pra você aprender a respeitar a autoridade e, de quebra, curar a bebedeira. O serviço é gratuito, sempre que precisar é só chamar.

Em seguida, a porta se fechou e Ângelo ficou só, tremendo de frio e abandono.

Capítulo 15

Malaquias Pereira Lemel presenciou maravilhado a cena, protegido pela persiana do apartamento tão desconjuntada quanto o inquilino do imóvel de primeiro andar. Ajeitou os óculos sobre o nariz, respirou profundamente e riu de prazer. Apesar de abominável, o que acabara de presenciar era tudo de que precisava. Acompanhou a prisão do Professor e seguiu com o olhar a viatura até ela desaparecer na primeira esquina. Depois, ligou o velho gravador de fitas cassete e sentou-se à mesa de fórmica azul-clara, ao som de *A Cavalgada das Valquírias*. Sobre o bloco rabiscou anotações, logo abandonadas. Os olhos brilhavam, ainda arfava, excitado. Levantou-se e percorreu incontáveis vezes a pequena sala enquanto planejava a melhor forma de aproveitar o acontecido no dia seguinte, durante o Sobreviva se For Capaz.

Sua intuição lhe dizia que aquele homem chamava por si próprio e não a uma outra pessoa. O grito de desespero, já avançada a noite, tinha uma carga poética perfeita, uma força que ele jamais poderia tirar da imaginação. E para tornar ainda mais forte seu efeito, o homem era frequentador do Danúbio, Malaquias lembrava-se perfeitamente dele, embora não soubesse seu nome, apenas o apelido: Professor. Era o personagem perfeito para iniciar uma nova fase da sua busca, em lugar das improdutivas provocações das quartas-feiras: a poesia viva, sem papel ou caneta, as palavras jogadas sobre o público do Danúbio como uma bofetada, sem dó nem piedade, paralisando a todos, cercando-os sem deixar escapar nenhum, por terem a propriedade de tocar na dor coletiva, expondo a vergonha descarnada, despindo-a de todo pudor, arrancando-lhe as vestes da hipocrisia para contemplação pública, não mais como os segredos risíveis dos outros, mas como a intimidade inconfessável de cada um, subitamente revelada como dor comum, passível, portanto, de compartilhamento. Sem nenhuma concessão mais, sem qualquer cuidado e piedade, acima da ética e da moral.

Aquele homem desesperado, ao tatear tão intensamente a própria fragilidade, acabava de se revelar o personagem que faltava para a compreensão do drama humano. Seria o fio condutor para trazer às raias do sentimento – arame farpado roçando a carne viva – fato teoricamente destrinchado, literariamente cantado durante séculos nos mais diferentes idiomas, mas nunca experimentado coletivamente, como obra viva. Mais do que revelar uma novidade, a poesia viva permitiria, pela primeira vez, experimentar um traço humano em tempo real, sem o distanciamento que cega o leitor ou a plateia, fazendo sofrer em si o que cada um julga ser tragédia alheia. Estaria, assim, aberta a porta do cárcere, pensava Malaquias.

Sorveu com uma careta o café frio esquecido na caneca de asa quebrada. No encontro seguinte, os convivas aboletados em sua mesa, para os jogos semanais, tomariam um susto. Muito além do diálogo costumeiro, que sempre acabava numa grande brincadeira coletiva, o próximo encontro envolveria todos os frequentadores do bar. Mesmo os mais resistentes, que observavam à distância, como o próprio Professor, seriam trazidos para o centro das ações. Começaria pelo caso particular da prisão daquele homem e seus gritos na noite até chegar ao coletivo. Seria a noite do desamparo, da solidão e da insegurança. E ele, Malaquias, teria, enfim, a chance de escarafunchar os escondidos, pesquisar, averiguar e comparar entranhas, fazendo uma experiência vivencial de impacto, coletiva, forte e transformadora. Impossível prever os desdobramentos: poderia ser dramático, aterrorizante, por certo violentador, mas isso pouco importava. O benefício era evidente: a dissolução da dor em lágrimas coletivas, a eliminação do sofrimento pela percepção de que ele era inerente ao ser humano e não o resultado de uma história pessoal, de uma incapacidade particular de lidar com a memória ou de um sentimento único de abandono. Deus dera as costas a todos! Ele, Malaquias, seria um louco, um bárbaro a deflorar pudores e esquartejar hipocrisias, a violentar medos e executar, sob fria sentença, sem piedade alguma, a moral e sua fábrica de incapazes e infelizes. Se o resultado final demonstrasse a impossibilidade da bem-aventurança, como ele estava convencido, que a esperança desse lugar de vez ao pragmatismo de uma vida sem tantos limites. Mas, se, ao contrário, do pântano surgisse o ser humano essencial, livre dos andrajos da mendicância, seria um experimento redentor, um divisor de águas na vida dele e de cada um dos frequentadores do Danúbio. O início de uma revolução. E ele seria o primeiro a pedir perdão a Deus e a se regozijar pelo reencontro com o Criador. Era o que planejava Malaquias, dando voltas na mesa de fórmica azul, como um possuído.

Capítulo 16

O Professor não apareceu no Danúbio nos dias que seguiram à sua prisão. Faltou ao colégio no dia seguinte sob a alegação de um súbito mal-estar. Como era muito raro não comparecer ao trabalho, o diretor aceitou a explicação de bom grado e abonou-lhe a falta sem pedir atestado médico. De fato, o Professor acordou pela manhã com dor de cabeça e depressão. Estava surpreso e desnorteado com o quanto havia ultrapassado os limites. O homem pacato e bem-comportado, sempre discreto por insegurança incontornável, cedera lugar a um desconhecido. Pensava em Biguá e na cena de origem da tragédia e sentia por ele um profundo ressentimento. "Professor de merda", mais que uma expressão depreciativa, tinha se transformado numa tatuagem gravada na pele, maculado sua própria identidade. A raiva inicial foi aos poucos se travestindo de vergonha. Depositou sobre os ombros toda a culpa pelo acontecido, mas tratava de reduzir o peso da carga com a lembrança de que, à exceção de Joel, ninguém sabia de sua conversa com Biguá. Não havia, tampouco, testemunhas da sua prisão. Se tivesse ficado retido na delegacia mais tempo, a notícia chegaria ao diretor do colégio e seria seu fim. O corpo doía, mas não tinha hematomas visíveis, apenas nas laterais do abdome e nas pernas, regiões invisíveis para qualquer observador.

Desceu e foi à farmácia vizinha. Conseguiu comprar, sem receita, um remédio para dormir. Não queria pensar, queria esquecer aquilo tudo e nunca mais voltar ao Danúbio. Tomou dois comprimidos e apagou. Na manhã seguinte, porém, a dor estava lá, intocada. Havia um vazio tão grande que temeu não se encontrar refletido no espelho. Uma tristeza muito velha arreganhou seus dentes, e ele sequer encontrou as velhas muletas para enfrentar o mundo. As dores alheias já não serviam mais. As suas incharam a ponto de não permitirem mais comparação, vetustas, gozando a primazia sobre todas as outras, por mérito e pujança. Acordava à noite com falta de ar, em estado de desespero. E a respeito de desesperos ele preferia não se deter em investigar de onde vinham, porque o resultado não seria maior lucidez sobre o que eles fossem, mas a dor absoluta de imaginar o que eles poderiam ser.

Enquanto isso, no Danúbio, um garçom mostrou a Malaquias uma sinetinha encontrada sobre uma das mesas do bar. Disse que era de um freguês muito discreto, um tal de Professor, há dias sumido.

– Pode deixar que eu entrego – respondeu Malaquias.

Capítulo 17

O Professor voltou ao Danúbio na quarta-feira da semana seguinte. A solidão o levou. Era de todo impossível fechar-se à noite no apartamento, depois da escola, sem ser aprisionado por um medo avassalador, capaz de retirar das suas mãos os poucos controles que ainda lhe restavam. Ângelo tinha medo da convivência consigo mesmo, sem intermediários. Seu temor não era pular da janela, mas de perder o juízo. Supunha que a simples presença de gente seria suficiente para lhe dar segurança e impedir a queda. Foi ao bar em busca de salvadores, especialmente no dia do Sobreviva se For Capaz, por ter certeza de distração.

O desconforto inicial foi grande, não queria conversar, apenas estar no meio das pessoas. Evitou olhar em direção ao caixa para não encontrar os olhos de Biguá e de seu amigo Joel. Procurava uma mesa de conhecidos onde pudesse sentar-se e ficar quieto quando Malaquias veio em sua direção com uma cordialidade desconcertante:

– Professor, que alegria revê-lo! Você sumiu! Venha sentar-se à nossa mesa porque nossos jogos esta noite prometem se transformar num divisor de águas, e sua participação é indispensável. Sem você, eles não acontecerão.

O Professor ficou surpreso e assustado com aquela recepção. Nunca tinha participado do Sobreviva se For Capaz e era estranho que, de repente, fosse a ele reservado um papel tão relevante na atividade. Não bastasse, o temor que nutria por Malaquias e a sensação de aguda fragilidade aconselhava-o a fugir dali.

– Veja só, Professor, encontraram seu amuleto da sorte e me pediram para te entregar. Não é um sinal de que esta será a sua noite? Sinal de sorte também para nós, que o apreciamos.

A sineta ressoou nos ouvidos do Professor como badaladas no paraíso. Será que tudo estava diferente porque, sem ele perceber, a felicidade chegara para recompensá-lo pela humilhação recente? Como explicar a inesperada gentileza do filósofo – profeta do apocalipse, é verdade –, mas também um sábio, disso ninguém discordava, à exceção do Pavio. O bálsamo das boas-vindas, associado à doce melodia da sinetinha, naquele momento de profunda dor, o relaxaram. Uma alegria sem margens subitamente acariciou-lhe o corpo inteiro, e ele quis passar o resto da noite agradecendo Malaquias pelo bem realizado. Dirigiu ao caixa um olhar sério e cumprimentou Biguá com um leve aceno de cabeça. Ele respondeu com um sorriso amável, e o Professor, então, teve certeza de que o mundo tinha mudado. O filósofo o conduziu pelo ombro para a mesa, e um rápido arrastar de cadeiras deixou-o lado a lado com o admirado intelectual.

– Resolvemos inovar desta vez e passamos a ocupar mesas centrais do bar para dar início à nova fase do nosso Sobreviva se For Capaz. Vamos fazer algo inusitado, eu espero que nosso bondoso Biguá não se importe se tumultuarmos um pouquinho o ambiente. De qualquer forma, é somente por hoje. Esta noite faremos uma obra coletiva.

Malaquias tomou uma respiração profunda e levantou-se. Pediu para afastarem as mesas e, aos vizinhos, que ajudassem a manter um espaço vazio no centro do bar. Botou ali uma cadeira e foi buscar seu convidado especial para sentar-se nela. O Professor agarrou-se à borda da mesa, disse que não gostava de exposição, não, não, por favor, o senhor chame outra pessoa com perfil mais adequado. Mesmo muito assustado, ele não encontrou forças para resistir à insistência do filósofo, tão gentil com ele, tão cordial. Não poderia ser rude e recusar-se. Ângelo dirigiu-se à cadeira apontada, obedecendo à determinação de quem o havia tratado tão bem. Apertou o amuleto no bolso e sentou-se.

Malaquias pediu a atenção de todo o bar, no que foi prontamente atendido:

– Desculpem, mas não há como falar em desamparo, nosso tema de hoje, sem tocar no coração de cada ser humano. Não há exceções nesse assunto. Por isso, o nosso Sobreviva se For Capaz tomou lugar tão central esta noite no Danúbio, com a devida autorização do nosso querido Biguá.

O dono do bar, jovial, encolheu os ombros e fez um muxoxo teatral, transferindo, assim, o controle da situação para o filósofo.

– Por quantas vezes, nossos olhares surpreenderam a frieza desses prédios e o andar apressado das pessoas pelas calçadas, indo e vindo do trabalho, da escola, de seus afazeres, sem outro sinal vital que não seja a respiração, alheias à própria penúria? O chefe esbraveja, a injustiça pune com sarcasmo de carrasca, a escola tradicional e burra entristece a criança, a esposa chora a indiferença do marido, o esposo atormentado desconfia de que é traído, o proprietário tem medo de perder tudo, nós ligamos a televisão à noite para não ouvir o que realmente importaria – a voz amordaçada. Surdos, planejamos comprar uma geladeira para criar uma novidade, depois um som digital para sentir que estamos progredindo, um *home theater* para parecer cinema e chamar os amigos, um carro para andarmos mais rápido, um apartamento para termos um futuro mais seguro, uma passagem aérea para bem longe, uma namorada ou um namorado para ficar bem perto, casar e ter filhos para cumprir nossa missão, ir à igreja para sermos merecedores, progredir na carreira para termos valor, fazer terapia para consertarmos a cabeça, criticar ou elogiar o governo para termos opinião e, principalmente, para fazermos parte de um grupo e não precisarmos olhar para nossa solidão.

Pausa. Malaquias mediu a reação do público e animou-se com o silêncio em praticamente todas as mesas. Biguá havia saído do caixa e se sentara mais próximo. A noite estava fresca. Ninguém percebeu o suor a escorrer pelo rosto do Professor.

– Apesar de tantas atividades, se não despertos, mas ao menos sonhando, descobrimos que continuamos completamente sós, por mais que esposas, maridos, filhos, colegas, amigos e parceiros estejam ao nosso redor. Quem resta ao lado se dentro não encontramos ninguém? Escolas, trabalho, ruas e avenidas, geladeiras, sons digitais, carros e viagens, igrejas e terapias, nada, absolutamente nada disso tem valor frente a esse espanto, perante esse torpor: o que a vida é e, principalmente, o que ela poderia ser. Nada pode justificar esse abismo entre o que sonhamos e o que realizamos, entre o que idealizamos e o que conseguimos ser, entre a essência que se insinua e o arremedo que somos dela. Meus amigos, sinto dizer que, na melhor das hipóteses, ainda não nascemos. Estamos mortos! Existimos, talvez, mas viver é outra coisa ou deveria ser outra coisa. Há que se abrir os olhos para saber, mas quem tem coragem? Quem se atreve a olhar se há vida depois dessa morte? Quem se arriscaria a trocar esta morte que vivemos pelo desconhecido? E, assim, completamente cegos pela névoa da ignorância, completamente dedicados a nossos afazeres, desistimos de reagir em troca de um paraíso que está mais à frente, certos de que, por essa promessa de felicidade, não pularemos do último andar. Pura ilusão, já pulamos! Só não nos demos conta de que estamos em plena queda. Mas não se apavorem: se estamos mortos, como poderemos morrer mais? Fiquem tranquilos, ninguém está cobrando nada de ninguém, nenhum de nós tem obrigação de ser feliz. Calma! Relaxem! O sofrimento, é seguro, vai continuar, ninguém precisa ficar inquieto.

Malaquias caminhou na direção da cadeira solitária no centro do espaço vazio:

– Qual o seu nome?

Ângelo tomou um susto de pular na cadeira. As pessoas riram. Tentou se recompor.

– Me chamam Professor...

– Não! – gritou Malaquias e sua voz ressoou ameaçadora pelo salão. Não falo do seu apelido-biombo, falo do seu nome de batismo, que poucos conhecem. Ângelo, foi assim que batizaram este homem. Eu o vi na semana passada sair daqui, deste bar, trocando as pernas, mais de solidão que de embriaguez, embora o cheiro de álcool que vertia de sua boca impregnasse todo o quarteirão. Quem o conhece, quem aqui sabia seu nome?

Não houve resposta.

– Ninguém, na verdade, sabe quem ele é, embora o vejamos aqui regularmente. Alguém se lembra de alguma opinião deste homem, de um gosto, de um *hobby*, de uma característica qualquer?

Silêncio.

– Professor de que ele é? Pode ser de matemática, química, quem sabe história, ou será de maquiagem? – continuou Malaquias.

Alguns riram, outros murmuraram. Ângelo pensou em juntar forças para se levantar e fugir, mas a mão de Malaquias pousou preventiva sobre seu ombro. Pesada.

– Não entendo o que este Professor de não sei o quê pode ensinar e temo pelas crianças ou adultos que aprendem com ele. Pois bem, na semana passada o Professor, como ele faz questão de ser chamado, deixou o Danúbio, trôpego, amargurado, bêbado, abandonado, reduzido aos seus farrapos. Como uma sombra vagou pelas ruas, desesperado, procurando algo que ele não tinha, algo cuja ausência ameaçava sua própria existência. Da minha janela acompanhei o seu caminhar cambaleante, meus olhos se impressionaram com tamanha fragilidade, fratura exposta sangrando no meio da rua, sem ninguém para acudir. No meio do desespero, este homem gritou um nome com toda a energia que lhe restava, na verdade gritou o nome daquele que poderia lhe salvar. O único que poderia fazê-lo. Ele chamou por Ângelo repetidas vezes, como quem procura um desconhecido, e era certamente um desconhecido que ele chamava. Ele juntou as forças que tinha e berrou várias vezes, acordando os moradores, meus vizinhos de quarteirão, mas Ângelo não veio. E como o abandono estava lhe matando e a fonte da esperança secara por completo, ele interrompeu sua caminhada e anunciou a sentença: "Ângelo, eu não te suporto mais!" Pronto! Estava ali formalizado, para que não pairassem dúvidas, o fim da busca. Ângelo não veio, e ele rompeu com Ângelo. Restou um homem largado no meio da madrugada, sobrou sua dor esparramada na calçada. Uma criança rejeitada pelo pai no vazio da noite, metáfora eterna da existência, até ser recolhida por um carro de polícia. Sim, este homem foi preso antes que, bandido asqueroso que é, assaltasse sem piedade o nosso sono e nos despertasse do torpor eterno.

O corpo de Ângelo deslizou pela cadeira, buscou o chão e, na ausência de sepultura, enroscou-se no menor tamanho possível, um caroço sem rosto, sem mãos, sem braços e pernas. Biguá correu até ele e, inutilmente, tentou reerguê-lo.

– Malaquias, você foi longe demais! Isso não estava combinado – protestou.

– Você está judiando de um pobre coitado – apoiou alguém lá do fundo do salão.

– Está chutando cachorro morto! – disse outro.

– Para com isso, pelo amor de Deus! – pediu uma mulher.

O filósofo suava, os olhos bem abertos e brilhantes, saliva acumulada nos cantos da boca:

– Vocês sentem pena dele? Pois eu tenho uma novidade para contar. Este homem nada mais é que uma caricatura de vocês, de todos nós. E digo caricatura não como paródia da realidade. Não, de forma alguma, falo em caricatura como arte que exagera alguns traços para que o retratado possa reconhecer suas principais características. Este homem, pobre criatura, é o que somos sem disfarce, sem armadura. A fragilidade dele, seu estado de abandono nos dói tanto porque é o mesmo que sentimos e, na maioria dos casos, conseguimos esconder, como quem esconde a ferida supurada com muita gaze. A ferida, embora não vista, apodrece debaixo do curativo, adoece o resto do corpo e fede. Meus amigos, este homem e sua miséria somos nós sem tirar nem pôr, exatamente como fomos criados, seja quem for o responsável! Se existe um criador, esta é a sua obra, podem admirar à vontade, é de graça. Estamos todos desamparados, não importa se ligamos a televisão para pensar em outra coisa, se procuramos um terapeuta para melhorar o curativo, ou se, simplesmente, nos embebedamos. O fato é que essa ferida coletiva fede!

Pavio levantou-se de sua cadeira e vociferou:

– Você é um louco e não pode impor a nós as suas maluquices. Biguá, ou você toma uma atitude ou eu vou tomar e, depois, não volto mais aqui. Eu venho ao seu estabelecimento para relaxar e me divertir, não para ser agredido por esse boçal. O Danúbio é um bar ou um hospício?

– Malaquias... – tentou o dono do bar.

– Eu sou, realmente, um louco – gritou o filósofo. Espeto minha lança bem no meio da ferida que dói tanto. A ferida que é minha e de cada um, a nossa ferida. Mas a lança e o sofrimento adicional que ela provoca têm a esperança de despertar reação, de mobilizar as mãos caídas ao lado do corpo, reunir as forças que ainda subsistem no moribundo para rechaçar a agressão, arrancar do agressor a arma e, enfim, assumir o poder sobre a própria vida. Do desamparo à ação. Da falta de lugar a um caminho, seja ele qual for. Será, sem dúvida, melhor do que simplesmente se deixar morrer num banco de igreja enquanto esperamos a redenção divina que nunca veio. Pobre Pavio, sua raiva te delata, sua ira acusa a solidão das suas noites, a inquietação do seu sono. Quanto mais irritado fica, mais se mostra aos olhos curiosos de quem o rodeia, mais se oferece para ser vasculhado e transformado em bode expiatório por quem julga e espia em ti a podridão da própria ferida. Como prefere espernear em lugar de abrir seus olhos, chama para ti o apetite dos abutres. E os abutres somos nós, cada um dos presentes, sem exceção, ansiosos por imolar uma vítima que nos poupe de enxergar nossa própria miséria. Confesso que estou faminto.

– Eu vou te cobrir de porrada, falso profeta, charlatão, seu urubu de merda! – reagiu o Pavio, sendo contido por alguns e apoiado por outros.

Malaquias não recuou. Sua voz subiu um tom a mais, seus gestos fizeram dele o personagem de que o acusavam, o profeta que não era, alucinado, possuído pela missão atribuída a si mesmo:

– Se fosse eu teu rei, o puniria sem compaixão. Se não queres respirar todo o ar que poderias, retiraria de ti o oxigênio na proporção exata do que não usas. Manteria o suficiente apenas para as necessidades básicas de funcionamento do teu organismo, para ter certeza de que não morrerás enquanto sofres. Assim como o fazes hoje, de forma que possas te nutrir de energia pouca à temperatura de mornidão. A luz também cortaria, acostumado que estás à vida em caverna. Mandaria confiscar as tuas outras vestes para que sigas vivendo nos mesmos andrajos de agora. Mas não sou teu rei e não tenho poder sobre ti. Não te alegres, no entanto, não te sintas aliviado por não sentires sobre a cabeça o peso de minha mão, pois o que eu faria teu verdadeiro rei já o fez. E com requintes de crueldade que eu jamais teria, porque ainda me resta da compaixão algumas sobras. Só os teus olhos, por ignorância cultivada com dedicação, não percebem que já falta tudo a ti. És apenas um pobre coitado.

– Eu te pego, seu filho da puta – esbravejou o contador.

Biguá girou o pano de prato sobre a cabeça e interveio:

– Tudo bem, tudo bem, a brincadeira chegou ao fim. Vocês não perceberam, era tudo uma improvisação, uma performance do nosso grande filósofo Malaquias! – e estendeu o pano de prato com as pontas dos dedos ao lado do seu corpo como se segurasse o cartaz do espetáculo. Mas acabou, acabou de acabar! À saída, vocês podem cumprimentá-lo pelo desempenho e pedir autógrafo, mas agora acabou.

Uma moça veio para o centro das ações e parou ao lado do filósofo.

– Biguá, nada disso é brincadeira. Malaquias levantou esta noite o véu. É o que somos, é assim que nos sentimos, mas não sei o que fazer a respeito.

– Vocês enlouqueceram – esbravejou o Pavio, puxando um coro de aprovação. Não sei se é muita novela ou falta de homem...

Em meio aos risos da claque, a moça gritou insultos. Das mesas de origem dos jogos Sobreviva se For Capaz partiu uma sonora vaia, ofensas e palavrões.

Um estrondo, seguido do som de vidro se estilhaçando, cessou a confusão. O Professor acabara de arremessar uma cadeira sobre a prateleira de bebidas e já se preparava para jogar a segunda quando um punhado de braços o lançou ao chão. Ressuscitado por uma fúria descomunal, estava determinado a quebrar tudo e a surrar quem se atravesse a impedi-lo. E foram necessários muitos homens para segurá-lo. Eles iam entrando no combate à medida em que o esforço crescia e se mostrava em vão. Se amontoavam sobre o corpo do Professor, o estrangulavam pelas costas, o abraçavam pela barriga, mas suas pernas, os braços e os dentes manuseavam energia excessiva. A luta seguiu intensa até que Joel conseguiu contê-lo e gritou aos outros: "Chega!" As pessoas se afastaram e no clarão que se abriu restaram apenas os dois. O Professor, arfante, a camisa aberta, o rosto molhado de suor e sangue, repousava a cabeça no ombro do contador, os olhos fechados. Joel, esquecido das pessoas, abraçava-o com energia, mas não era mais para impedir seus movimentos. Dos olhos do contador desceram lágrimas vigorosas. Soluçava.

Poucos minutos depois, chegaram duas viaturas, uma da polícia e outra dos bombeiros. Três homens fardados entraram no bar, vestiram no Professor uma camisa de força, sem encontrar resistência, e o levaram para alguns dos piores dias de sua vida.

Capítulo 18

Toda a memória daqueles dias está sublinhada por um cheiro forte de urina. Um cheiro que empesteava o ar e impregnou as narinas do Professor durante muito tempo. Havia, também, por todos os lados, a catatonia dos internos do hospital e o humor seco de boa parte dos funcionários. Não podia ser de outra forma: as enfermarias, seus corredores e o pátio configuravam o fim da vida para muitos dos que estavam ali, embora para cada um deles ainda houvesse um saldo de dias infindáveis por viver. Nas primeiras semanas, os remédios sequer permitiam ao Professor entender onde estava. Depois, quando a sedação diminuiu, compreendeu ter perdido tudo o que lhe restava: o emprego, o apartamento, pois não teria dinheiro para pagar o aluguel, e o Danúbio. Tentou reagir, explicar a necessidade urgente de voltar a dar suas aulas. Não tinha uma reserva financeira para bancar suas despesas nem quem o socorresse. Ia ser despejado à revelia, insistia, mas não funcionou. Para conter a ansiedade, recebia sedativos.

Daqueles primeiros dias, ficou na memória o registro de três visitas: a primeira foi do diretor da escola. Ficou olhando da porta da enfermaria seu antigo e exemplar funcionário, sempre avesso a conversas não pertinentes à vida profissional. Alguém muito próximo e um completo desconhecido. Foi-se embora levando olhos consternados, sem ter chegado perto de quem tinha ido visitar. Faltou-lhe coragem e assunto.

A segunda foi a de Biguá. O dono do bar trouxe uma caixa de bombons e, logo depois do "bom dia, como tem passado", um esclarecimento: que não se preocupasse, os prejuízos tinham sido cobertos pelo seguro. O Professor estranhou a notícia, sequer tinha pensado em conta a pagar, certo de que era ele o maior prejudicado, mas não disse nada. Biguá perguntou se precisava de alguma coisa e se tinha alguém para ser avisado e receber informações e recados dele. Mesmo sem receber resposta, contou a história de seu avô Nicolau e o motivo de ter representado o Danúbio e o Etna vizinhos um do outro na parede do bar.

– Eu imagino que você seja um bom professor. Afinal, foi o único nesses anos todos a me questionar. Peço que me perdoe o erro geográfico, foi um desejo de criança colocar o rio tomando conta do vulcão, uma vontade de consertar o mundo.

Enquanto falava, seus olhos estacionaram no espaço revendo cenas do passado, calças curtas e suspensórios. Deixou a enfermaria soluçando, os olhos desidratados de suas lágrimas mais sinceras, absorvidas por um pano de prato acostumado a lidar com emoções fortes.

A terceira visita foi de Malaquias. Ele se aproximou com olhar fugidio, sentou-se na ponta da cama, limpou a garganta, mas não disse nada. Alisou as calças na altura das coxas incontáveis vezes, baixou a cabeça e depositou um caderno sobre o lençol:

– A caneta me tomaram na entrada, mas se você quiser escrever alguma coisa, contar o que está sentindo, basta pedir que eles te emprestam uma. Se quiser, pode me escrever uma ou quantas cartas quiser. Eu sei que me deve ter em péssima conta, mas eu não tinha a intenção de te causar dano, pelo contrário...

Ângelo parecia dormir, mas denunciou o visitante. Agitou-se sobre a cama e chamou a atenção de um enfermeiro. A Malaquias foi pedido para se retirar. Antes de se sair, o filósofo sussurrou perto do ouvido do interno:

– Professor, preciso muito que me perdoe. A sua ruína me perturba muito. Não posso, sequer, voltar ao Danúbio. Não sou mais bem-vindo. Não bastasse, nada encontrei do que estava procurando. Me perdoe, por favor.

Capítulo 19

Quando diminuíram os remédios, o Professor sentia medo. A perplexidade com os acontecimentos no Danúbio e com o desmoronamento da vida não existia mais. Ele era um interno de hospital psiquiátrico, e ponto. Mais de si não sabia. Não tinha conseguido resistir às dificuldades de seus desafios e caíra louco, como temia. Agora já não fazia muita diferença. Sentia-se derrotado e afastado à força do convívio das pessoas normais por incapacidade de lidar com a rotina de estar vivo, colocado fora do jogo por absoluta falta de compreensão das regras e inadequação para cumprir a sua parte.

A vida tinha simplesmente parado numa estação abandonada, dali não havia mais linha a seguir. Restava a ele um tempo estranho. O passado, rejeitado para manter a dor o mais distante possível. A conjugação do presente era dada pelo cheiro de urina. E uma escuridão onde o futuro deveria estar. No consultório do chefe do serviço médico fora informado de que a prisão uma semana antes da quebradeira no Danúbio pesara na decisão de interná-lo. Projetavam um tempo indeterminado de internação. Demasiadamente longos, os dias passavam.

Nesse porto de desolação surgiu um sujeito de aparentes 30 anos ou pouco mais, profundas olheiras, cabeça raspada, corpo bem delineado pela prática de exercícios físicos regulares, dentes brancos e riso amplo. Chamava-se Abnor. Dormia na enfermaria 1, distante da 5, onde ficava a cama do Professor, mas aparecia com frequência, algumas vezes sereno e discreto; outras, gargalhando e gritando:

– Viva a loucura, bendita esquizofrenia, santa paranoia!

Abraçava efusivamente e dava parabéns a cada interno, levantava os lençóis por onde passava e batia os objetos metálicos uns contra os outros, produzindo algazarra e uma grande agitação nos pacientes. Não tardava, os auxiliares de enfermagem o levavam, e ele ficava alguns dias quieto, sem aparecer. Era benquisto pelos funcionários, embora desse a eles algum trabalho em suas crises de exaltação à loucura. Diariamente fazia ginástica e levantava peso no pátio. Algumas vezes por semana, de manhã bem cedo, praticava luta marcial com um vigilante. Também era visto com frequência na acanhada biblioteca do hospital. Curioso, lia de tudo e relia.

Certa vez, surgiu no pátio, em silêncio, no momento em que Ângelo voltava para a enfermaria. Abnor puxou-o pelo braço, e sentaram-se num banco. Apresentou-se, puxou conversa para engabelar a rotina. A prosa fluiu com facilidade, tal a simpatia de Abnor e a falta de motivo do Professor para continuar escondendo suas fragilidades. A situação de vida em hospital psiquiátrico e a falta de utilidade das velhas defesas deixavam à vista o que antes ele mantinha escondido. O paciente da enfermaria 5 se dispôs a contar a própria história e, para sua surpresa, quanto mais drama e autopiedade incluía no relato, mais risadas provocava. O constrangimento inicial foi superado e, ao final, ambos estavam se divertindo.

– Vamos trazer o Malaquias pra morar aqui – disse Abnor. Ele vai transformar este lugar no hospício mais divertido do mundo!

– O Biguá tem que vir junto. Um não vive sem o outro. O difícil vai ser escolher em que enfermaria vai ficar o Danúbio. Vamos ter que decidir no voto.

Quando, porém, o Professor manifestou sua curiosidade sobre Abnor, a conversa refluiu. À pergunta sobre suas atividades lá fora, o novo amigo limitou-se a responder que era "mais um pária" e contou, telegráfico, da sua família de origem, do casamento fracassado e da mulher por ele abandonada. Se para a vida particular o relato era tão econômico, para a tagarelice geral os temas de Abnor revelavam um outro jeito de olhar para o mundo, completamente inusitado para seu surpreso interlocutor. Ambos gostaram do que ouviram e se despediram sorridentes, deixando no corpo do outro as pegadas vigorosas de uma nova amizade, mãos apertadas, abraço ligeiro.

Dias depois, Abnor reapareceu na versão festiva:

– Viva a loucura, bendita esquizofrenia, santa paranoia!

Quando passou pelo Professor, foi seguro antes que aparecessem os enfermeiros.

– O que você ganha com essa louvação maluca? Vai ser levado daqui a pouco.

Ele interrompeu o barulho e sentou-se no banco do pátio.

– Graças à loucura, caro Professor, estamos salvos do mundo lá fora. Graças a ela, não preciso fazer o que eles esperam de mim: assumir meu papel na sociedade. Graças a ela não dou satisfação a ninguém e rio até não me aguentar dessa gente emburrada que trabalha aqui. Eles morrem de inveja de mim, mas têm um dever a cumprir. São uns panguás, bando de gente infeliz, só repetem o que foi mandado fazer para garantir o salário no final do mês. Nenhuma vida para aproveitar.

Abnor estava excitado, dizia coisas sem sentido para o Professor.

– Não entendo. Estamos abandonados. Isso aqui é o porão do mundo. Como posso ficar agradecido de estar aqui? Não tenho para onde ir, mas quero sair o mais rápido possível.

Abnor silenciou seu palavrório, incapaz de seguir adiante com seu personagem, flagrado com explicações pouco convincentes. Com um sorriso maroto pendurado no canto da boca, puxou o amigo para perto, não por necessidade de segredo, mas para esconder o próprio rosto dos olhos do outro:

– Faço isso quando a tristeza me derrota e fico muito perto de desistir. Com esse barulho todo, eles me dão o sossega-leão que eu preciso tanto para dormir e esquecer...

Sua mão soltou o braço do Professor. Abnor suspirou profundamente, fechou os olhos e enfiou a cabeça entre os ombros largos. Quando parecia pender o corpo em direção ao abismo, o sorriso brotou repentino, ele retomou a respiração, como quem retorna de apneia, e ergueu-se do banco.

– E meus parabéns por você estar aqui nesta casa de gente corajosa e sadia!

E lá se foi, desfilando sua alegoria até ser agarrado por dois enfermeiros.

Desde aquele dia, as conversas se tornaram frequentes. Jogavam baralho e falavam sobre tudo com a informalidade e fluência de velhos amigos.

– Não se deixe enganar por esses malucos, a angústia é nosso maior tesouro. É sapato pros nossos pés. Não fosse ela, eu estaria até hoje casado, decerto com um bando de filhos, ensinando a eles minha infelicidade, sem chance de fazer o que é de meu, criando gente triste e mal resolvida. Estaria igualzinho a todo mundo, com medo de seguir meu caminho verdadeiro. Claro: quem fica parado, derrotado pelo prevalecimento das coisas como estão, apenas repete a infelicidade aprendida. Como dizia meu pai, de olhos fechados a gente só acredita no escuro! Não é assim?

– Mas estar aqui é seu caminho verdadeiro? Não entendo! Do que você tem tanto medo? – disse o Professor, assustado ele próprio com a pergunta, como se tivessem falado através da sua boca, sem pedir autorização. Como se tivesse atirado contra si mesmo a pergunta.

Capítulo 20

Abnor Jordão dos Reis era o nome registrado na carteira de identidade encontrada no meio da rua e apresentada no hospital pelo novo interno com o objetivo de não ser encontrado pelos familiares.

Eram parecidos, ele e o verdadeiro dono do documento. Abnor chamava-se, na verdade, Saluripe, resultado da junção dos nomes de seus pais, Salustiana e Eurípedes.

– Mas devia ser Salurípedes – observou o Professor.

– Na roça, as pessoas só usam o que precisam. Por isso, meu pai sempre foi conhecido por Euripe, do jeito mesmo que se apresentava.

Salustiana e Euripe, contou o filho deles, namoraram até o último minuto da vida dela. Viviam alegres e, tirando as horas de trabalho, onde ia um o outro ia junto. Quando capinava pasto, Euripe não levava marmita para dar motivo a Salustiana ir encontrar-se com ele. Comiam o almoço preparado por ela e ficavam de prosa, as mãos dadas, os olhares se visitando de vez em quando para beber um do outro a alegria do momento. "Ela é a fechadura do portão; eu, o ferrolho. De forma que Salu tem o único furo que eu conheço", dizia Euripe, fazendo graça para os amigos. Aos 5 filhos entregaram carinho equivalente ao amor dos dois e os criaram sem a opressão das regras rígidas. Tudo podia, desde que não ofendessem os outros e perturbassem a tranquilidade da casa. Mas havia uma lição, repetida por eles incansavelmente, a cada dia, em todas as oportunidades, de forma a nunca esquecerem: "A felicidade não é um direito da pessoa humana, é sua missão e dever. Cada um docês pode fazê o que quisé da vida, de menos prejudicá os ôtro. Só não pode fracassá nessa missão".

Salustiana se foi primeiro, vítima de uma pneumonia, antes de atingir 50 anos. Ele a seguiu horas depois, atacado por um enxame de abelhas, no apiário de um vizinho. A alergia já diagnosticada ao veneno fechou a glote de Euripe. De sorte que aos filhos ficou clara a intenção do pai de procurar a morte, por remédio para a tristeza. Saluripe, o caçula, e os irmãos, todos homens, foram divididos entre as casas dos tios. Uma tristeza medonha, tantas as perdas, tantas as separações. A vida, claro, nunca mais foi a mesma, embora se vissem com alguma frequência os que moravam na mesma cidade, em almoços familiares de fim de semana. Todos foram bem cuidados em suas necessidades de afeto, educação e saúde. Em alguns, as perdas nunca foram aceitas e semearam um sentimento de derrota; em outros, foram superadas pela lição sobre o dever de ser feliz. Cresceram e se espalharam pelo mundo. Saluripe foi morar na capital, formou-se técnico em computadores e casou-se com Nina, namorada desde a adolescência na roça. Amavam-se, mas não eram felizes. Ela, serena e adaptada às suas condições de vida; ele, avesso ao que fazia, mantinha o emprego para não faltar nada em casa. Moravam longe, no subúrbio, acordavam muito cedo e voltavam tarde, sempre cansados. Aos domingos, Nina levantava pela hora do almoço e já encontrava o marido largado pelos cantos da casa, diante da TV ou no bar. Saluripe se aconchegava no seu colo e não reclamava. Queria voltar para a roça, mas a casa da sua infância tinha sido vendida logo depois da morte de seus pais. Não bastasse, Nina era urbana, não gostava da vida no interior. No coração de Saluripe o tempo foi construindo um sofrimento insuportável: estava fracassando no cumprimento da única tarefa deixada pelos velhos.

– Fui embora, antes que nascesse o primeiro filho. Não queria criar uma família de fracassados.

Saluripe pediu demissão no emprego e voltou para a sua cidade, no interior. Pulou de fazenda em fazenda, trabalhando na lavoura, cuidando de gado, ganhando um dinheiro mirrado, o mínimo necessário para sobreviver. Descobriu logo que aquela vida de antes não existia mais. Sem rumo, voltou para a cidade e vagou pelas ruas, dormindo debaixo de marquises, comendo se lhe davam ou as sobras encontradas em mesas de restaurante ou em latas de lixo. Resolveu, então, pregar em praça pública, com ênfase e energia, sua profissão de fé na felicidade como missão e não apenas como direito. Incomodou tanto os transeuntes e comerciantes locais a petulância daquele mendigo ensinando as artes de ser feliz que não tardou a chamarem a polícia. Foi parar no hospício, por falta de delito em que pudesse ser enquadrado.

– E por que você não procura Nina e seus irmãos?

– Tá maluco?! Eles não têm culpa do que aconteceu comigo, não me prejudicaram em nada, não vou ser peso pra ninguém. Que adianta eu voltar praquela tristeza? Pra causar mais sofrimento? Pra ser infeliz e ensinar infelicidade? Meu amigo Professor, eu conheci a alegria e a liberdade e, se o mundo não teve a mesma sorte, quem precisa mudar? Se eu me adaptar ao mundo vou trair a memória de Salustiana e Euripe, e isso eu não faço.

O Professor não conhecia seu lugar no mundo, não tinha sequer endereço, nada sabia de si mesmo. Levantou-se por falta de ar, o desconforto de viver assim tão confuso. Mesmo completamente vazio, ele precisava falar, mesmo sem conteúdo na estante, ele precisava dizer algo, palavras desconhecidas a forçar passagem pela boca calada. Simplesmente destravou o maxilar, sem saber ainda as frases que diria.

– Me desculpe, Saluripe, eu sou apenas uma sombra de pessoa, mal consigo parar em pé, tão fraca é minha estrutura. Mas não posso acreditar que a felicidade exija tanto sofrimento como recompensa, se uma é a negação do outro. Não posso compreender que um homem livre precise de tranquilizantes para viver.

– Você não entende nada mesmo...

– Há quanto tempo você está aqui?

– Quatro meses. Dez meses que saí de casa...

E o Professor, como um possuído, jorrava palavras como fonte de praça:

– Euripe e Salustiana te ensinaram uma coisa, você entendeu outra. Eles te deram amor, sabedoria, alegria, e você conseguiu fazer dessa herança um inferno. Como virou tudo do avesso, você pensa que é leal, mas trai a memória deles todos os dias. Ou acredita que abandonar a mulher amada e viver num hospício são provas do cumprimento da missão de ser feliz? A Nina deve estar sofrendo muito sem saber se está vivo, pensando que talvez tenha fugido com outra mulher ou que tenha morrido longe dos cuidados dela. Saluripe, eu tenho um tumor aqui no peito no lugar do coração. Agora, graças a você e sua história de equívocos, começo a pensar que a prisão de cada um é sua própria cabeça, o que passa dentro dela no escuro da noite. Você me disse: De olhos fechados a gente só acredita no escuro. Agora eu compreendo o significado do ensinamento. Talvez eu já tenha o que me falta. Poderia verificar se isso é verdade se houvesse luz suficiente, se a escuridão fosse menos intensa. Não quero mais andar de olhos fechados, meu amigo, mas não sei como os abrir. Levante-se daí, abra os seus olhos e, então, me ensine como abrir os meus. Rápido, antes que seja tarde. Esse barulho todo em nossos ouvidos, essa agonia tratada com sossega-leão, é o medo, Saluripe, é o medo.

As sobrancelhas do outro perderam a interjeição. Ele olhava, todo úmido, para o Professor. O amigo era um espelho: as lágrimas desceram ao mesmo tempo em cada par de olhos, abundantes.

– Eu tenho vergonha, Professor, eu tenho tanta vergonha! Eu recebi muito e não consigo dar nada. Eu só precisava que o mundo fosse como antes, mas tudo se quebrou, e eu não consigo mais juntar as partes. Não consigo! Nada mais faz sentido! Eu tinha tudo, amor, família e bom conselho, agora sou um mendigo preso num hospício. Nina, meu Deus, quanta saudade! Não, não, eu não posso pensar nela, no sofrimento todo que eu causei, ou essa dor me mata. Eu nem ia ligar de morrer, mas essa dor mata devagarinho demais! Eu não suporto, não suporto!

Saluripe derramou-se, verteu toda a salobra água há muito tempo represada. Seu corpo foi tomado por uma crise de tremores, ele mal conseguia manter-se sobre o banco do pátio. Abafou como pôde o ruído do choro e, quando acabou a enxurrada, estava ofegante e vermelho. Meteu as mãos nos bolsos à procura de algo e levantou-se de um salto. Agarrou o marreco debaixo da cama ao lado, bateu com ele repetidas vezes na cabeceira de metal e foi-se. Gritava como se louco fosse:

– Viva a loucura, bendita esquizofrenia, santa paranoia!

O Professor estava assombrado. Sentia a dor de Saluripe e, ao mesmo tempo, um alívio imenso, como se todas aquelas palavras tivessem aberto uma trilha no meio de densa floresta. Tudo era muito novo e, por isso, incomparável, difícil de compreender. Nunca havia experimentado aquela sensação de alegria no meio do caos. Deu-se conta, também, de um grande cansaço repousando sobre seus ombros. Entre dentes, sussurrou uma prece:

– Deus, você existe? Se existe, me diga por que as suas portas são todas de fechar? Não existe uma sequer de abrir? Me mostre, eu imploro, a porta de ir embora, me mostre o caminho de voltar nunca mais. Diga, ao menos, qual o endereço, qual o rumo do lugar onde eu devo me procurar.

– Que chororô é esse, Professor? – perguntou a médica de plantão. Saudade de alguém especial? – e apontou a foto amassada de uma moça de olhar suave, deixada sobre o lençol.

– Me deu nostalgia de uma antiga namorada – despistou, recolhendo a foto. No verso, havia um telefone.

Quem atendeu foi Nina, e o Professor teve que fazer grande esforço para controlar a emoção e contar a ela sobre o paradeiro do marido. Saluripe deixou o hospital dias depois, acompanhado da mulher e de uma comitiva de parentes. Apesar de toda a alegria do reencontro, estava incomodado e inquieto. Abraçou demoradamente o amigo, passou telefone e endereço, disse muito obrigado repetidas vezes, prometeu agir para tirá-lo dali.

– Onde estão seus familiares? Me dê os telefones deles.

– Eu não tenho família. Meus pais já morreram e meus irmãos já não os vejo há tantos anos que nem sei onde encontrá-los. Já somos estranhos uns para os outros para trocar notícias ruins. Se, quando livre, não nos interessávamos em conviver, agora, certamente, não vão querer saber do meu atual paradeiro. Seria aborrecimento para eles e para mim. Sinceramente, não os quero aqui.

– Posso falar com algum amigo do Danúbio ou da sua escola...

– Não quero me encontrar com ninguém conhecido, obrigado.

– Pois, então, eu volto para te buscar. Eu prometo!

Saluripe se foi, e quando a porta gradeada se fechou entre os dois o Professor se deixou ficar de pé no meio do corredor, dentro do vazio. O medo. Como seria o resto de seus dias sem Saluripe? Mas não havia risco perceptível de novo desmoronamento da sua pessoa. Ao dizer tudo o que disse, havia ajudado um amigo e o devolvido de volta à família perdida. Esse evento, de alguma forma, juntara cálcio aos seus ossos. Em meio à tempestade, suas pernas pareciam firmes, sem risco de fratura.

Capítulo 21

Aquela parecia ser apenas mais uma manhã terrivelmente difícil. O Professor pensou em conseguir um sossega-leão, mas isso em nada ajudaria seu novo objetivo: sair dali o quanto antes. Levantou-se, tomou café e foi procurar o chefe do serviço médico. No caminho de sua sala, encontrou-o atravessando o pátio em passos apressados. Ansioso, puxou-o pelo avental. O homem não fez qualquer esforço para esconder a irritação.

– Doutor, eu preciso ir embora, já estou recuperado e quero retomar minha vida.

– Me procure no consultório, mas não temos previsão de alta para você.

– Mas, doutor, eu me sinto bem, eu estou pronto para sair...

– Você pode achar o que quiser, mas sua alta só será dada quando decidirmos que é chegado o momento.

E retomou seu caminho. O Professor voltou para sua cama ciente de que tinha feito uma bobagem. Agarrou-se à promessa de Saluripe. Quem sabe ele conseguiria, realmente, tirá-lo dali? Quanto tempo isso demoraria? Além de convencer o médico, teria de contratar advogado para obter autorização do juiz? Como pagaria tudo isso?

Um enfermeiro de cara amarrada entrou na enfermaria, interrompeu seus pensamentos e ordenou que se levantasse.

– Você é um sujeito de sorte. Vai ser transferido ainda hoje para um outro hospital novinho em folha.

O Professor deu um pulo da cama, atordoado com a ideia de não ser achado por Saluripe.

– Eu não vou, não quero ir.

– Não tem de querer. Vai ser melhor pra você, homem. O hospital acabou de ser construído, fica numa cidadezinha muito calma, e a equipe médica, com certeza, é bem menos estressada que essa daqui. Gente insuportável!

– Mas eu não vou, ainda mais pra outra cidade. Em breve, vou sair, preciso voltar pro meu trabalho. Eu não vou ficar aqui pro resto da vida.

O enfermeiro, um mulato alto e forte, parou de recolher os lençóis e elevou o tom de voz:

– Esquece, Professor, você não tem previsão de alta. Além do mais, não possui familiares nem amigos que se responsabilizem por você. Ninguém vai te levar de volta pra casa, entendeu? Você tem que fazer o que a gente mandar. Tem muita sorte porque vai pra um lugar melhor. Por isso, fique quieto e não aumente o meu trabalho. Ou sua alta vai ficar ainda mais distante.

– Você está enganado. Eu não vou! E vou falar com o diretor agora!

Outros enfermeiros chegaram em socorro, dominaram o interno e o sedaram.

Capítulo 22

O sol quente no rosto acordou o Professor horas depois. Ele sequer conseguiu ajeitar o corpo no banco da Kombi, tal era o torpor, mas, antes de dormir novamente, reconheceu dois outros internos no banco do meio. Fechou os olhos e se viu entrando no antigo apartamento. Na pequena sala, Biguá e Malaquias conversavam animadamente, enquanto garçons serviam cerveja para os convidados.

**ENQUANTO ISSO, EM CASA PEQUENA,
O GENERAL SEM PERNAS E A MOÇA
QUE SOLTAVA PASSARINHOS...**

Capítulo 1

A gota de suor escorreu da sobrancelha, correu devagar a extensão do nariz do homem dormindo e foi se acumulando na ponta, em gota cada vez mais pesada, até despencar sobre o trombone. Gustavo reparava com atenção o sono inquieto do trombonista. Em seguida, observou os outros músicos, todos parecendo derreter dentro de seus uniformes de gala, e a multidão espalhada por trás e pelos lados da banda. Os homens, com cheiro de trabalho mesmo em roupas de domingo, se agrupavam em rodas de conversa e moviam a cabeça com frequência invariável, parecendo concordar sempre com seus interlocutores. As mulheres, com vestidos coloridos e perfumes variados, falavam quase sem pausa. Aquela gente produzia, assim, uma mistura de cheiros e vozes que formava uma outra coisa, de natureza diferente e invisível, à qual Gustavo costumava chamar de "barulhinho perfumado". Essa coisa ficava boiando sobre as cabeças dos adultos e, naquele dia, parecia também balançar as bandeirinhas de papel de seda que atravessavam de ponta a ponta a plataforma da estação de trem.

De pé sobre o caixote de madeira, o menino percebeu a agitação de Geraldo Amadeu. O homem tirava e punha no bolso do paletó o texto do discurso, consultava o relógio, vigiava o movimento dos pássaros no céu e olhava os trilhos insistentemente para certificar-se de que o trem não havia chegado sem que tivesse se dado conta. De repente, os olhos dele e os do menino se cruzaram. Gustavo fechou a cara, Amadeu desviou o olhar para a grande faixa que havia mandado pendurar sobre a linha: "O prefeito Geraldo Amadeu e o povo de Casa Pequena saúdam o general Antônio Manoel Fragoso." Se a notícia da mudança do general para a cidade tivesse se limitado à notinha publicada no jornal *Diário de Casa*, certamente a expectativa sobre sua chegada não seria tão grande. Mas o prefeito Amadeu, percebendo a oportunidade, transformou a notinha na maior notícia dos últimos tempos em Casa Pequena. Convocou o jornalista Aprígio Mattana, dono do *Diário*, e deu uma longa entrevista, destacando o general Fragoso como uma grande personalidade das Forças Armadas, um herói de guerra, de mudança para a cidade graças à fama, na capital, de sua administração. Ele próprio – informou – havia recebido o telefonema do general, comunicando a decisão e dando os parabéns pelas benfeitorias entregues à população. Em seguida, Amadeu mandou localizar o tal general e enviou a ele um telegrama dando as boas-vindas e informando da presença da banda de música municipal para homenageá-lo em sua chegada. Despachou, por fim, um projeto de lei para a Câmara de Vereadores, aprovado a toque de caixa, dando a Fragoso o título de cidadão honorário. Estava criado um fato de impacto na pequena e pacata Casa Pequena.

O apito do trem soou ao longe. O vozerio cedeu lugar a um suspiro coletivo e voltou em volume dobrado, inflando a estação feito uma bexiga. Sob o comando do prefeito, os foguetes estouraram no céu da cidade. Nos pequenos intervalos entre as explosões em série, entreouvia-se os acordes de *Cidade Maravilhosa*, que a banda, competitiva, tocava a plenos pulmões.

Aquela gente aglomerada aguardava agitada o aparecimento do glorioso general, e foi um espanto quando, do interior do vagão estacionado defronte a Geraldo Amadeu, surgiu se arrastando um toco de homem em uniforme verde-oliva. Um tronco sem pernas amparado nas duas mãos, calçadas em pedaços de borracha como se sapatos fossem. Um quepe que, de tão ajustado no crânio, parecia continuação do rosto anguloso e circunspecto do esperado visitante, o queixo guardando distância estudada do peito, do qual pendia uma penca de medalhas enfileiradas a régua. Visto da cintura para cima, Antônio Manoel Fragoso tinha o porte elegante de um busto de praça sobre pedestal, que, de igual forma, nem pernas são.

Amadeu deixou cair o maxilar, a multidão e a banda – com o atraso do distraído homem do prato – se calaram de imediato.

– General Fragoso?! – conferiu o prefeito.

– Em pessoa – respondeu, grave, a metade.

O prefeito fez uma pausa de observação, ouviu a tosse nervosa e o limpar de garganta da multidão atrás de si e, por fim, constrangido, decidiu-se:

– O povo de Casa Pequena o saúda e espera que o senhor passe dias felizes em nossa cidade.

De cima do pequeno tablado, Amadeu apontou ao general o lugar a seu lado para, em seguida, arrepender-se do gesto imprudente. O momento de vacilação foi abreviado pelo cabo de polícia. Homem de muita iniciativa, ele suspendeu o general com facilidade surpreendente, como se carregasse isopor quando todos esperavam bronze, e o colocou sobre o palanque improvisado.

Em silêncio de chumbo, a multidão aguardava sem piscar o par de olhos. Incomodado com aquele homem lhe roçando os joelhos, o prefeito desistiu de sancionar ali mesmo a lei que concederia a Fragoso o título de cidadão honorário. Nunca o faria. Com um gesto brusco interrompeu os movimentos iniciais da banda quando o maestro ameaçou retomar o *script* com a execução do Hino

Nacional. Os olhos severos de Amadeu ameaçaram o fotógrafo do *Diário de Casa*.

– General, é com prazer que esta cidade o recebe. Seja bem-vindo – discursou o prefeito, cumprimentou Fragoso e comandou uma salva de palmas. Permitiu, então, o hino e se retirou escoltado pelos acordes musicais.

– Como você não descobriu que se tratava de um aleijado, Anacleto? Um homem sem pernas é incapaz de brigar com o vizinho, quanto mais comandar um exército! Que vexame, o prefeito rendendo homenagem a um incapaz! Você me paga! Ah, essa você me paga – vociferava Amadeu para seu chefe de gabinete, um homenzinho de olhos grandes e pés muito pequenos que o acompanhava apressado, protegendo-o com um guarda-chuva de grandes proporções.

Sozinho no meio do tablado, o general viu-se cercado por um vozerio farfalhando a meio-tom. Um zumbido de ex-palavras amontoadas e perdidas dos seus significados, incapazes de gerar compreensão, mas eficazes em produzir um ruído que espremia o peito de Fragoso e descompassava sua respiração. Ele procurou, imóvel, sem encontrar, uma escada, as mãos espremendo polegares, a escada, os dentes se mastigando, sem encontrar a escada, onde a escada, onde? A vergonha e a humilhação pariram uma raiva improdutiva, nenhum gesto possível, palavra alguma à disposição para uso de emergência.

As mãos do cabo de polícia invadiram novamente as axilas de Fragoso, suspenderam o tronco fardado a uma boa altura para a observação pública e o libertaram no chão, a algumas dezenas de metros do carro de praça que o levaria ao casarão da Rua do Brejo, comprado por um enviado dois meses antes de tão marcante chegada.

Capítulo 2

Gustavo pulou do caixote e ganhou a rua. Corria para contar a novidade a Amanda: o general era um homem diferente, como ele nunca havia visto igual. Nem o cego Jeremias, com sua corcunda e as pernas tortas, era parecido, nem a dona Amália, com aquele caroção no pescoço. Muito diferente, mas talvez fossem parentes ou mesmo velhos amigos, porque, tanto quanto de Jeremias e de dona Amália, Gustavo gostava dele, assim, daquele jeito grande, impossível de explicar falando, mas muito fácil de entender com os olhos fechados. Qualquer um deles poderia conhecer o esconderijo do telhado sem estragar tudo, sem sair contando pra todo mundo. Era diferente, muito diferente, Amanda, aquele general. Sem as duas pernas, andava sentado, as mãos eram pés e, apesar dessa esquisitice toda, parecia forte com aquele paletó verde, de ombros largos, se arrastando no chão. Imagina, Amanda, o uniforme dele é tão engraçado que não tem calças, só o paletó, cheio de medalhas, e um boné grande e bonito na cabeça. E o mais legal é que, mesmo sem pernas, ele é bonito e tem cara de valente. Só acho meio triste o general sem pernas, Amanda. Bem que você poderia morar mais perto, assim eu não me cansava tanto. E ainda falta toda a Ladeira do Mercado. O prefeito não gostou do general, ele nem leu o papel guardado no bolso, falou um pouquinho só e foi embora rápido, com cara de bravo. Deve ter sido por isso que eu gostei mais daquele homem sem pernas, Amanda. Mas deu pena dele, parecia passarinho de asas cortadas.

Sentada à mesa da pequena copa de sua casa – miúda, de cômodos apertados e janelas grandes, enfeitadas com vasos de violetas e cortinas azuis –, Amanda acompanhou atenta o relato de Gustavo. Como ele, simpatizou com o general. Todo mundo, aliás, de quem Amadeu não gostava já podia se considerar amigo dela e das crianças da cidade. Essa raiva existia desde o episódio dos passarinhos, quando Amanda e os meninos e meninas de Casa Pequena juntaram dinheiro e compraram todos os que encontraram engaiolados. No domingo seguinte – o calor assando as casas como bolinhos no tabuleiro da cidade – espalharam cartazes e faixas em defesa da liberdade das aves. Quando a multidão saiu da igreja, ao final da missa, soltaram os bichos e construíram uma grande fogueira com as gaiolas.

O que aconteceu, então, mesmo as pessoas lá presentes de início duvidaram. Em grande número, foi aparecendo passarinho de tudo quanto é lugar, se juntando aos recém-libertos. Muitos nunca tinham sido vistos antes por ali e só foram reconhecidos, mais tarde, em gravuras de livros. Tinha sabiá, araponga, curió, azulão, papa-capim, seriema, beija-flor-estrela, beija-flor-de-gravata-verde, rabo-de-espinho, joão-de-barro, joão-teneném, trinca-ferro, bico-de-lacre, chorozinho-de-boné, arredio-do-rio, rabo-amarelo, téu-téu, trinta-réis, xexéu, noivinha, gralha-azul, alma-de-gato, martim-pescador, assanhadinho, fogo-apagou, anhuma, cambaxirra, garrincha-de-bigode, pintassilgo, sanhaço, bem-te-vi, jaó, saíra-da-mata, tucano-de-bico-verde, cardeal, uirapuru-estrela, tangará-dançador, tié, tem-tem, joão-chique-chique, pica-pau-chorão, graúna, benedito-de-testa-amarela, pochochó, risadinha, colhereiro, alegrinho-do-rio, chopim, melro, polícia-do-mato, papa-mel, acauã, olho-de-fogo, tuiuiú, canário-da-terra, tiziu, tesourão e até uma ararinha-azul apareceu. Formou-se uma nuvem de pássaros que escondeu o sol e refrescou o dia enquanto fazia evoluções sobre a cidade, passando por detrás da igreja, se espalhando em diferentes direções, se juntando sobre a praça para, em seguida, sobrevoar o grupo escolar, o mercado e o casario do bairro do Rola Pedra.

A coreografia, as cores e o canto das aves maravilharam as pessoas antes que elas pudessem sentir medo do inexplicável. Quem estava em casa correu para a praça, e, aos malabarismos dos pássaros no céu, seguiu-se uma dança improvisada nas ruas de Casa Pequena. A população estava alegre como devem estar os passarinhos; e os passarinhos, livres como devem ser as pessoas. Talvez por essa harmonia, as aves, mesmo as vindas de fora, nunca mais deixaram a cidade.

Vendo o sucedido naquele domingo, Amadeu, então candidato a prefeito, teve a ideia de repetir o feito com as gaiolas restantes nas vésperas das eleições, como símbolo de sua identidade com os sentimentos mais nobres da população. Amanda e as crianças se entusiasmaram a ponto de pedir votos para ele. Só tarde demais, depois da abertura das urnas, descobriram o golpe: os passarinhos libertados haviam sido capturados poucos dias antes, a mando do candidato, nas matas dos arredores da cidade.

Incapazes de corrigir o erro, Amanda e as crianças foram à redação do jornal e denunciaram a artimanha. A denúncia teve repercussão proporcional à coragem dos denunciantes, em se tratando de cidade tão pequena e da importância do denunciado. A história alimentou as conversas nas mesas de almoço e nos bares, nos grupos de novena e nos bancos da praça, no campeonato municipal de futebol e até mesmo no confessionário da igreja. Apareceu gente para contar que, realmente, na véspera da eleição, tinha visto movimento estranho no fundo do quintal e, ao verificar, acabou encontrando uma arapuca desarmada com penas de passarinho espalhadas pelo chão. Por fim, uma testemunha: um pobre posseiro a quem o candidato teria procurado com oferta em dinheiro para capturar passarinhos. Geraldo Amadeu negou a versão e acusou o posseiro de ter testemunhado às expensas da oposição. A Câmara

Municipal não quis enfrentar o prefeito recém-eleito, e tudo ficou por isso mesmo. Amanda e as crianças amargaram a frustração. Mas foi por pouco tempo.

Capítulo 3

A vingança caiu sobre a cabeça do prefeito eleito no dia da posse. Ele tentou limpar-se com um lenço emprestado, mas acabou por criar uma mancha esverdeada no cabelo penteado com gomalina. Inventou um sorriso e ordenou que prosseguissem com o hasteamento da bandeira nacional. Nova descarga atingiu seu terno branco, no ombro direito. Amadeu limpou-se uma vez mais, e os sulcos da contrariedade marcaram-lhe a testa. Na terceira vez, os risos não foram mais contidos, e decidiu-se pelo cancelamento da cerimônia. Assim, a primeira vez em que o prefeito entrou em seu gabinete estava tomado pela fúria. Acusava a incompetência do chefe de gabinete e ameaçava exonerá-lo antes mesmo de sua nomeação. Anacleto suava, os olhos arregalados não por compleição física, mas pelo permanente estado de susto.

A cidade comentou, entre gargalhadas e chistes, o que parecia ser incrível coincidência. Porém, a repetição incessante dos bombardeios sobre o prefeito logo revelou o curso de uma cobrança implacável da inominável traição. E foi alto o preço: o fenômeno perseguiu Amadeu até o último de seus dias, lambrecando ternos, emporcalhando o cabelo e afastando as pessoas de sua companhia.

De início, ele se desesperou e procurou a ajuda de novenas, remédios e chás, terreiros e altares, pais de santo, padres e bruxos, ou qualquer pessoa que prometesse solução para seu problema. Até uma velha tia, de cujo ramo familiar ele andava afastado por briga de fortes ofensas bilaterais, foi consultada, graças a seu talento de astróloga. Amadeu passou a usar chapéu e terno escuro e obrigava Anacleto a acompanhá-lo para onde quer que fosse com um guarda-chuva de diâmetro cada vez maior. Além de ser visto com menor frequência em público, passou a evitar as pessoas. Fugia da imundície e do constrangimento de ver seus eleitores se afastarem com medo das porcarias dispensadas do céu. Doía-lhe o ridículo clarão ao seu redor durante os festejos municipais. Era tratado como um doente pestilento, motivo de chacota dos adultos e da algazarra das crianças a repetir versinhos e apelidos escatológicos, postas a correr para voltar em seguida com os mesmos poeminhas maculados de cocô. Tudo isso Amadeu fingia ignorar, fazia-se de surdo, empinava o queixo e seguia seu caminho com ar de superioridade. Por dentro, contorcia-se de humilhação, raiva e uma sede crescente de vingança.

Antes, porém, do desmoronamento da postura e da popularidade, pôs em marcha um plano ardiloso para trocar de papel – de vilão para o de vítima – e, de quebra, expulsar da cidade quem ele identificava como a causadora de todos os seus males. Amadeu chamou a seu gabinete o proprietário do *Diário de Casa*, Aprígio Mattana, e lhe contou uma história tenebrosa. A tragédia vivida por ele, afirmou, era bruxaria de Amanda, porque ela ficara sabendo de sua demissão do quadro de professores do município pela nova administração. Mostrou o ato de exoneração já assinado para ser publicado no dia seguinte no jornal de Aprígio. Segundo o prefeito, a decisão era resultado de uma descoberta feita por seus auxiliares no final da campanha eleitoral. Alertados por denúncia anônima, eles a seguiram, por ordem sua, até um terreno baldio e presenciaram um ritual de magia negra, com sacrifício de animais, comandado pela professora.

– Mas por que o senhor não a demitiu logo no primeiro dia de sua administração? – indagou Mattana.

– Para não dar a impressão de que era retaliação pelas acusações infundadas que ela fez contra mim no caso dos passarinhos que mandei soltar. E antes que você me pergunte por que o estou fazendo hoje, confesso que, ao cabo de três meses de governo, estou cansado de ser injustiçado quando o que quero é defender a integridade das famílias e a segurança das crianças desta cidade. As ofensas que tenho ouvido estão além do que pode suportar um homem honrado.

Tal como ele, prosseguiu, qualquer pessoa em Casa Pequena contrária aos interesses da "bruxa" poderia ser vítima de seus poderes diabólicos. Por isso, pelo bem e a tranquilidade de Casa Pequena, defendia, além da demissão, a expulsão da professora da cidade. Se os rituais macabros de Amanda sacrificavam animais, no futuro a crueldade poderia recair sobre uma criança inocente. Por isso, anunciou, estava mandando à Câmara Municipal o ato de expulsão, visto que esta decisão não podia ser pessoal, mas um desejo da coletividade.

– Dada a gravidade do assunto, a força do seu jornal como formador de opinião e a importância da prefeitura para a sobrevivência da imprensa local, imagino que minha denúncia deva ser sua manchete de amanhã – ameaçou Geraldo Amadeu.

Caía a tarde quando Aprígio Mattana deixou a prefeitura e foi direto à casa de Amanda. Não gostava de Amadeu, mas a sobrevivência do jornal fundado por seu avô corria sério risco se entrasse em rota de colisão com o prefeito. Sentia-se obrigado a dar a principal chamada da primeira página para a acusação, mas concederia à professora pelo menos o direito de defesa.

Amanda custou a acreditar. Pediu desculpas e correu para seu quarto. Não podia imaginar a capacidade de Amadeu de inventar mentira tão absurda, nem conseguia conformar-se com o golpe traiçoeiro. O que seria da sua vida sem emprego e expulsa de Casa Pequena? Para onde iria? Jogou-se na cama e chorou um desamparo antigo. As lágrimas encharcaram o travesseiro e a congestionaram até a sensação de sufocamento. A queda só foi interrompida pela voz de sua mãe chamando por ela. Amanda levantou-se de um salto, assustada com a nitidez do chamado, mas não encontrou ninguém no quarto. Deu-se conta, então, de que só tinha uma chance: enfrentar a situação, desmentir a calúnia e desmascarar o prefeito.

Quando voltou à sala, os olhos inchados e vermelhos, ainda encontrou Aprígio sentado no sofá. Agradeceu a espera e lançou um desafio: se o prefeito tinha recebido uma denúncia tão grave contra uma servidora pública e resolveu verificar é porque pelo menos desconfiava de que poderia ser verdade. O bom senso, ainda mais em se tratando de um homem inteligente e estudado, indicava que ele, certamente, teria munido seus auxiliares de máquina fotográfica para produzir prova, evitando o risco de contestação judicial contra o ato de demissão. Que Geraldo Amadeu mostrasse, pois, as suas provas. Testemunhas simplesmente ela não aceitava, visto que um homem capaz de enganar uma cidade para ser eleito prefeito não teria impedimento ético para robustecer sua acusação com delações ajeitadas.

No dia seguinte, o *Diário de Casa* voltou a ser o assunto de toda a cidade. Algumas mães, resistentes à moça desde sua chegada à cidade, retomaram suas críticas com acidez: a origem de Amanda depunha contra ela, diziam. Na verdade, era a beleza da ex-professora a razão de alguma facilidade para angariar apoios à causa de Amadeu entre esposas inseguras, bem como para mobilizar os contrários à expulsão entre os apreciadores de seus dotes físicos. Desequilibrando a balança, o passivo de imagem acumulado pelo prefeito, desde o episódio dos passarinhos, não o credenciava como denunciante. Quem criou uma farsa uma vez poderia criar a segunda, comentava-se pelas esquinas. A única unanimidade estabelecida se deu entre as crianças: sob o comando de Gustavo, fizeram um boneco de pano com o nome de Amadeu escrito em placa de papelão e o malharam e queimaram na praça principal.

Percebendo as dificuldades, o prefeito insistiu com mais uma entrevista, desta vez à rádio local, fez discursos em solenidades públicas e falou pessoalmente com os conterrâneos simpáticos a ele. Por fim, organizou na Câmara Municipal, a troco de cargos públicos, o movimento para decretar a expulsão da "bruxa", termo que ele procurava, pela repetição, incutir na cabeça dos eleitores.

Seu propósito só não alcançou êxito devido à radicalização das crianças, episódio narrado com brilho jornalístico pelo matutino, sob o título *A rebelião dos meninos*. Em passeata pelas ruas, cada qual com uma mala surrupiada de casa, juraram acompanhar Amanda caso ela tivesse que deixar a cidade. Um grupo de pais se levantou, submeteu as esposas mais belicosas, e, somados a outros aderentes, todos sensibilizados pela indignação dos filhos, invadiram a Câmara e ameaçaram botar fogo na prefeitura. Amanda foi chamada pelos vereadores a se defender, e suas palavras, ditas da tribuna do plenário, ficaram marcadas nos anais da Casa como um dos mais emocionantes discursos já proferidos na história do Legislativo municipal. Veio em seu auxílio o mui respeitado e querido poeta, também professor aposentado, Demóstenes Gorjão, avô do menino Gustavo. Seu depoimento em defesa de Amanda foi a peça definitiva para o arquivamento do pedido de expulsão. A acusada permaneceu em Casa Pequena, ainda dividindo a cidade entre opiniões favoráveis e contrárias a ela, mas perdeu o cargo de professora. Passou, então, a viver de seu inegável talento de costureira e de aulas particulares. Geraldo Amadeu viu-se ainda mais isolado. Além dos pássaros, virou alvo também dos estilingues. Estava a tal ponto cercado pelas forças inimigas, atacado por todos os lados, que, mesmo sendo tão pequena a cidade, passou a se deslocar somente de carro, e com os vidros fechados – um tormento a mais: a viatura não tinha ar-condicionado.

Capítulo 4

Nos dias seguintes à chegada de Antônio Manoel Fragoso, Gustavo e um bando de meninos passaram a sair direto da escola, no final da tarde, para a casa do general, onde, de cima do muro do quintal, ficavam horas tentando espiá-lo. O casarão, por si só, já era um atrativo. Ali, até dois anos atrás, moravam um casal de velhos, 32 gatos, 18 cães, quatro cabras, 12 patos, quatro marrecos e quase uma centena de galinhas, distribuídos, sem limites de circulação, por seis quartos, duas salas, três banheiros enormes, uma cozinha maior ainda, escritório, biblioteca e um extenso quintal, em parte coberto por frondosas árvores frutíferas, demarcado seu fim no início do brejo. Não tinham filhos, quase nunca saíam de casa e faziam questão de demonstrar o quanto detestavam visitas. A morte simultânea dos dois só foi percebida dias depois com a crescente agitação dos bichos e o sobrevoo de urubus. O mau cheiro, por si só, ninguém estranhou, pois a casa exalava, por tradição, odor de lixo não recolhido.

A imundície, antes só imaginada, foi confirmada e dimensionada quando os vizinhos resolveram arrombar a porta da frente. Só conseguiram entrar com panos amarrados no rosto. Panelas e louça usadas se amontoavam sobre a pia, restos de comida apodrecida estavam pelo chão da cozinha. Em todos os cômodos havia dejetos dos animais, acumulados por um tempo muito anterior à morte do casal. Os dois corpos jaziam sobre a cama, já em adiantado estado de decomposição. Foi preciso uma semana para limpar e desinfetar a casa e encontrar abrigo para tantos animais. Quando o serviço já estava terminado, surgiu na cidade um homem de meia-idade que se identificou como sobrinho e afilhado de batismo dos mortos. Foi à prefeitura e ao cartório, provou ser o único parente vivo, entregou um testamento assinado pelos padrinhos 20 anos antes, recolheu os objetos de interesse e pôs a casa à venda.

As mortes ocorridas ali e o longo tempo de abandono do imóvel à espera de comprador povoaram a imaginação dos adultos e crianças de Casa Pequena. Contava-se, de preferência ao cair da noite, à beira do fogão de lenha ou na varanda, entre goles de café acabado de passar, que os dois estavam muito doentes e acamados. Assim, indefesos, acabaram devorados pelos cães famintos. Uma outra versão, dentre as mais impressionantes, relatava as paredes do quarto tingidas de sangue, quase cobrindo o branco da tinta original, e os corpos, decapitados, amarrados um ao outro num abraço de morte. Uma bacia com os restos das duas cabeças foi encontrada no quintal, posta ali para saciar o apetite das aves de rapina. As narrativas e os diferentes enredos disputavam a quantidade de medo produzido nos ouvintes, levando-se em conta a riqueza de detalhes tenebrosos e o grau de autoridade de quem contava. Quanto mais velho e criativo o narrador, mais pavor semeava. Foram, assim, às alturas os indicadores municipais de insônia e pesadelos, bem como o número de crianças somente capazes de derrotar tantos fantasmas se entrincheiradas na cama dos pais. Os mais corajosos estiveram à frente de excursões exploratórias à casa dos mortos, todas fracassadas ao simples ranger do portão de ferro do jardim, nunca antes cuidado e agora definitivamente tomado pelo mato. Território autônomo do medo, o casarão permaneceu fechado em seus mistérios por longos meses. Os relatos dos vizinhos sobre gemidos e barulhos estranhos ouvidos à noite ajudaram a afastar de vez os interessados no negócio.

Foi o general Antônio Manoel Fragoso, provavelmente desinformado dos riscos, o único a fazer uma proposta pelo casarão, aceita de imediato, mesmo que cobrisse pouco mais da metade do preço pedido. Para espanto de toda a municipalidade, ele mudou-se para lá e sequer substituiu os móveis, o que parecia significar, segundo Gustavo e os meninos encarapitados no muro, a sobrevivência da maldição ao seu novo morador. Talvez os fantasmas já o tivessem enlouquecido, talvez o general sem pernas já fosse, ele mesmo, a metade de um fantasma. As portas e janelas continuavam fechadas, não se via movimento e um silêncio de cemitério prevalecia a maior parte do tempo, só quebrado, vez e outra, pelas imprecações gritadas por Fragoso, sempre seguidas de desabalada carreira de meninos pelas ruas da cidade.

À medida, porém, que o novo habitante de Casa Pequena deixava de ser novidade, a plateia aboletada sobre o muro foi diminuindo até só restar Gustavo, mobilizado pela simpatia nutrida pelo novo personagem desde a chegada do trem na estação. Dada a dificuldade de vê-lo, porém, o menino já estava para eliminar o general da companhia de Jeremias e dona Amália, quando, num início de noite de muito calor, ele percebeu, escondido pelas folhas de uma bananeira, a porta da cozinha se abrir. Fragoso saiu para o quintal com seus estranhos sapatos calçados em cada mão, o tronco nu, vestido apenas com um calção. Sondou antes o muro em toda a sua extensão e foi sentar-se ao lado, justamente, da bananeira, em uma pedra escura que, com os anos, havia aprendido o ofício de banco.

O general observou a quietude das copas das árvores e o manto de estrelas sobre elas, sobre a cidade, sobre ele. As estrelas veem tudo, sabem de tudo, mas são completamente indiferentes à vida aqui embaixo, desprezam as tragédias por elas testemunhadas assim como faz o público de teatro medíocre, pensava o general enquanto percorria com os dedos da mão direita a angulosidade do próprio rosto. Da parte superior da testa, os dedos desceram, venceram as sobrancelhas, fecharam as pálpebras e foram parar, em concha, sobre a boca. A cabeça do general pendeu sobre o peito, e um suspiro profundo sublinhou o canto melancólico de um casal de saracura-sanã no brejo vizinho. Os gemidos abafados, vindos de tão perto, estremeceram o pequeno Gustavo. Ele acompanhou, com a respiração presa, o estranho movimento do general se curvando e abraçando as próprias pernas. As pernas impossíveis! O menino pôde observar o tronco dobrado, agarrado ao que não possuía, e constatar como era magro aquele homem sem o paletó verde e todas as medalhas. Reparou nas costelas forçando a pele das costas. Como grades! Não pôde conter a revelação:

– O homem-gaiola!

Antes que Amadeu pudesse reagir, Gustavo saltou do muro e, minutos depois, entrava correndo pela casa de Amanda:

– O homem-gaiola! O general é o homem-gaiola!

Amanda acalmou-o, deu-lhe um copo d’água e deixou que recuperasse o fôlego. Depois de contar sua descoberta, o menino permaneceu alguns minutos calado e, em voz baixa, apertando as mãos pequenas entre as pernas, disse à amiga:

– Amanda, eu acho que o coração dele está preso.

Capítulo 5

A bela Amanda chegou a Casa Pequena com o Gran Circo de Sevilha. Era uma jovem determinada, porém calada e quieta. As tantas vezes em que era vista sozinha, pensando, deixava nas pessoas a impressão de personagem esquecida no cenário. Os pais tinham sido os principais trapezistas da companhia. Não eram mais. A mãe descera das alturas depois de suave voo, o desenho elegante de um salto duplo no ar, rápido-quase-lento, velocidade inventada por ela para uso próprio; Amanda, ainda muito criança, deslumbrada com o pouso no trapézio, a corda ignorando a leveza do movimento, rompendo-se, a mãe caindo sem ensaio, em grotesca coreografia, com a deselegância de quem não previa a morte, as pernas em desalinho, os braços agitados, o corpo subitamente pesado em queda rápida-feito-relâmpago. Nem rede havia. De pé, ao lado do corpo inerte, a pequena Amanda, tão menina – o cordão rompido do espartilho –, descobriu, os olhinhos assustados – fios de sangue correndo dos ouvidos, do nariz e da boca semiaberta –, que, ao contrário do que pensava, mamãe não tinha asas.

Seu pai, o homem mais forte e mais bonito do mundo, ela podia apostar, desceu apressado lá de cima, onde vivia a maior parte do tempo, derramou-se em pranto e nunca mais subiu de volta. Cada vez mais desligado do mundo, acostumou-se muito mal à nova vida. Os pés, ignorantes de chão, estavam sempre em bolhas, tropeçavam em tudo e provocavam tantas quedas que os curativos viraram peça do vestuário e ninguém sabia dizer, ao final, se protegiam hematomas ou a ferida maior. Só a pequena Amanda, a quem cabia renovar os esparadrapos, sabia. Sabia tão intensamente que, anos depois, não se surpreendeu quando deram pela falta de seu pai. Não se moveu do lugar porque já tinha descoberto que para aquele tipo de desaparecimento não havia busca que resolvesse. Temperou suas lágrimas com o juramento de, o mais breve possível, deixar o circo para não pôr os pés nele de novo.

Recusou-se a aprender a arte circense porque estava certa de que tanto ela quanto os animais foram feitos para outra coisa, diferente de jaulas e performances. Repetia pelas manhãs um mantra: criaturas sem asas não deveriam subir em trapézios. E dizia a si mesma que os leões, se deixados em paz, jamais pulariam círculos de fogo por iniciativa própria. De olhos fechados e o corpo bem relaxado na cama de campanha, imaginava encontrar a alegria somente em coisas mais fluidas, de natureza incerta e impensada, pertencentes ao tempo do tipo "tão de repente", sem planejamento, sem necessidade de ensaio. A felicidade possível, dizia sua intuição, estava guardada em algum lugar dentro dela. Precisava arrumar espaço para essa possibilidade nascer e circular com liberdade, entrando e saindo, passando por ela como quem usa uma ponte para atravessar um rio. Era o que seu coração lhe contava nessa época, em segredo. Era o que lhe ditava a fé.

Assim, quando o circo chegou a Casa Pequena – o primeiro e único a visitar aquelas paragens – e demorou-se tanto, impossibilitado de partir por falta de recursos, Amanda aproveitou o tempo e começou a estudar com afinco. Enquanto os outros integrantes da companhia ficavam pelas esquinas fazendo truques e apresentações para ganhar algum dinheiro, ela dividia o tempo entre os livros, o trato dos animais e um emprego no comércio. Guardava todo o dinheiro possível. A vida fora do circo a encantava e absorvia, e, para não perder nada de importante, Amanda observava tudo e todos com atenção de aprendiz dedicada. Tornou-se, com o tempo, expansiva e conversadeira, movida por uma necessidade inesgotável de absorver conhecimentos e entender o mundo fora da lona. Sempre que podia, passava horas falando com as pessoas. Dedicava-se tanto à observação que até os objetos ganharam, a seus olhos, segredos e detalhes imperceptíveis à luz da rotina. Era capaz de passar horas observando o movimento das roupas ao vento, dependuradas no varal, ou acompanhando a luz do sol avançar sobre as sombras do quarto, até sentir um formigamento no corpo e experimentar a sensação de estar sendo, também ela, balançada e iluminada.

Capítulo 6

Seis meses depois de sua chegada, o Gran Circo de Sevilha definitivamente não partiu. Era terça-feira, e o dono, Pepe Dominguez – nome artístico de Gotardo Peçanha, um pernambucano tão espanhol quanto a origem andaluza da companhia –, levantou-se tarde, como de costume, tomou um chá de boldo para curar a ressaca de cachaça ordinária e anunciou sua decisão: iria embora sozinho. Reuniu a trupe no centro do picadeiro e pediu desculpas, desnudou sua angústia na frente de todos. Entre soluços, disse que ninguém tinha nada a ver com sua vida pessoal e não era justo que todos pagassem pelo seu infortúnio, vivido em pleno auge da carreira. Recordou como eram belos e concorridos os espetáculos, como eram saudáveis os animais e próspera toda a trupe. Amaldiçoou, com a concordância de todos, o dia em que Florinda, a dançarina mais formosa de que se tinha notícia, cruzou o seu caminho.

Ela trabalhava numa casa de espetáculos para turistas estrangeiros e fisgou Pepe com um sorriso de dentes muito brancos e olhos convidativos, dirigidos a ele dentre tantos outros homens. Depois, com ar distraído, o chamou de "meu bem", e ele teve certeza de que também ela sentia aquela atração irresistível. O dono do Gran Circo de Sevilha deixou-se tomar pela sensação de que nada no mundo era tão desejável quanto aquela mulher, sendo seu corpo estonteante a projeção da beleza de sua alma. Não tinha outro assunto nem pensamentos, enxergava nela as melhores qualidades, e os defeitos evidentes nem eram, na verdade, defeitos, mas manifestações de um sofrimento intenso e silencioso que ele, sem dúvida alguma, poderia curar com seu amor. Pepe Dominguez entregou-se à tórrida paixão como quem se joga das alturas, sem interesse nenhum em saber se o esperava lá embaixo um colchão d'água ou o precipício. E, para o mal dos seus pecados, era o precipício.

Os dois mal saíam do trailer, mergulhados cada um no outro, a conversa monotemática, as palavras, só juras de amor, servidas depois que as bocas e as línguas se cansavam da tarefa impossível de sugar o outro até a certeza de não perder nunca mais. Quando o dia de ir embora chegou, ao término do contrato de aluguel do terreno, Pepe tentou renová-lo e não conseguiu. Tomou-se de desespero e conseguiu convencer Florinda a largar o emprego e seguir com ele. Daria a ela a chefia do corpo de dançarinas e a direção de coreografia de todos os números, além de uma apresentação solo na abertura de cada espetáculo. Os artistas, como era de se prever, rejeitaram Florinda e imaginaram serpentes saindo de sua boca no escuro da noite para destruir o amante ingênuo e desprotegido. Não bastasse a condição de intrusa, agia como uma diva compulsivamente atirada à tarefa de enfeitiçar todos os homens da trupe — comportamento que as mulheres das vítimas de sua magia faziam chegar aos ouvidos indiferentes de Pepe. Os conflitos supuraram, e o veneno do ciúme adoeceu o ambiente antes alegre dos bastidores. Só não destruiu a companhia porque o sucesso do Gran Circo de Sevilha nas periferias das grandes cidades e nos municípios menores do interior tinha o dom de adiar a explosão para o dia seguinte.

Mal equilibrada sobre essa corda esticada ao limite, a situação não mudou até o dia em que, passeando com Florinda num parque de diversão vizinho, o papagaio de um realejo entregou a Pepe o papelzinho dobrado de sua sorte. Ele o abriu e leu: "O tempo liberta os dias de todas as sombras, mas nada pode fazer em auxílio de quem não quer enxergar. Acorde antes que seja tarde". Pepe Dominguez sentiu o corpo estremecer, amassou o papel e o enfiou no bolso. Tomado por um ciúme sem coleira, passou a vigiar todos os passos de Florinda. Quase todos, porque aqueles que o levariam ao flagrante Pepe não percebeu. Dois dias depois do alerta do realejo, ele saudou o público na abertura de mais um espetáculo e anunciou "a mais formosa dançarina do Ocidente" – e a cada adjetivo engolia em seco –, "a deslumbrante, a felina, a maravilhosa Florinda Dominguez!" A banda tocou seus metais e martelou seus tambores, mas a estrela não apareceu. Pepe pediu desculpas e a chamou de novo, auxiliado por acordes ainda mais altos, mas a formosa, a deslumbrante, a felina, a maravilhosa Florinda não entrou no picadeiro. Com as mãos empapadas de suor, o dono do circo arrumou uma explicação – "acabam de me informar que nossa estrela não está se sentindo bem" –, chamou o próximo número e correu para seu trailer. Encontrou o cofre arrombado: Florinda tinha fugido com toda a féria da temporada. Disparado o alarme, logo descobriram o desaparecimento do domador de animais. Desde então, o Gran Circo de Sevilha entrou em franca decadência, a começar por seu dono, que, traído e ultrajado, entregou-se ao álcool tal qual o fizera com a paixão: sem limites e a toda hora.

Pepe Dominguez enxugou as lágrimas e prometeu voltar muito antes do que poderiam supor, com dinheiro no caixa, caminhões e trailers novos, uma lona sem remendos. Jurou nunca mais tocar em bebida. Podiam ter certeza, o Gran Circo de Sevilha viria buscá-los para reviver seus dias de glória. Seriam todos felizes novamente, mesmo se lhe custasse a própria vida, prometeu, antes de se entregar mais uma vez a um choro inconsolável, a sacolejar a banha do abdômen e dificultar a respiração. Só não foi embora sozinho porque o grupo achou por bem levar consigo o palhaço Fumaça, ameaçado desde que foi surpreendido de braço dado com a noiva do cabo de polícia — aquele mesmo, o de muita iniciativa. Pepe reservou um momento para se despedir em separado de Amanda:

— Não preciso dizer para você se cuidar porque é a mais ajuizada de toda a companhia. Saiba que seu pai e sua mãe foram os melhores artistas que este circo já teve em toda a sua história. Respeito seu desejo de mudar de vida, mas reflita: a arte circense está no seu sangue, você nasceu entre nós, e esta marca não sai no banho. Um dia, eu espero, você estará no trapézio ou em qualquer outro número de sua escolha.

Entregou a ela um cartaz antigo do Gran Circo de Sevilha, estrelado pelos seus pais. Abraçou-se à jovem demoradamente, e ela desejou prolongar aquele momento indefinidamente. No macio corpanzil daquele homem reencontrou o cheiro e a magia da infância, quando viver era o espetáculo e os dias tinham sempre o sabor eletrizante de uma estreia. Da coxia, ela assistia ao mundo acontecendo no picadeiro, único lugar em que a vida parecia definitiva e real. Todo o resto, afligia-se, era pura improvisação, perigosamente transitório e precário, uma arrumação incapaz de resistir a um simples imprevisto, como uma gripe forte do malabarista, uma torção do tornozelo de um cavalo, uma tristeza súbita que fizesse chorar o palhaço. Amanda só se sentia plenamente segura quando a banda começava a tocar e Pepe recebia os primeiros aplausos. Aí sim, ela relaxava e se deixava contaminar pela alegria do circo, porque tudo começava a funcionar como um relógio, nada acontecia sem ter sido ensaiado. Divertia-se observando a reação do público aos números que ela conhecia de cor, ria-se dos sustos e das gargalhadas, antecipava as exclamações diante das piruetas de seus pais. Essas tréguas diárias de segurança e conforto, em contraponto ao desarranjo da vida entre as apresentações, se perderam para sempre com a morte de sua mãe. Desde então, vinha se esforçando por entender onde estava o lado confiável do mundo. Se tal pedaço existia, dizia a si mesma, não era mais no circo, mas em algum lugar onde viver dispensasse ensaio, onde não se esperasse proezas dos seres humanos e o sentido da vida estivesse em permanecer em sintonia com as regras básicas da natureza, e não em desafiá-las. Num lugar assim, imaginava, a tranquilidade amanhece junto com os dias, as noites não escondem perigos e as pessoas são felizes sem, para isso, depender da admiração das outras.

Quando Pepe partiu, Amanda preferiu não morar com os artistas da trupe, embora gostasse deles como sua família. Era a chance tão esperada para viver uma vida na plateia. Passou no concurso público, foi nomeada professora do grupo escolar municipal e alugou a casa da Ladeira do Mercado. A oposição das mães em entregar seus filhos aos cuidados de uma "artista de circo" não resistiu à alegria das crianças com a nova professora e aos progressos escolares, mesmo dos alunos mais atrasados. As últimas palavras de protesto foram tragadas pela indiferença da rotina. A vida pareceu a Amanda um paraíso, e ela não desperdiçava um minuto sequer de gozo desses novos prazeres. Entregava-se às atividades profissionais com dedicação, preparava nos detalhes cada aula, corrigia as provas até de madrugada para não abrir mão do rigor e tinha de cada aluno uma ficha com seus talentos e dificuldades, os nomes dos pais e irmãos, a qualidade de suas relações familiares e todas as informações de alguma utilidade, mesmo remota.

Fora o trabalho, reservava sempre as primeiras horas da noite para visitar a trupe. Não por dever ou compromisso, mas por gosto. Eles falavam a sua língua e guardavam com os seus modos e dizeres as referências mais antigas da filha de trapezistas, fazendo-a sentir-se protegida e acompanhada. Não fossem os artistas que a recebiam toda noite debaixo da velha lona, treinando seus antigos números à espera da volta de Pepe, a solidão teria encontrado pouso fácil em sua casa. Afinal, mesmo tão satisfeita, sua nova vida incluía o aprendizado de uma outra cultura e os conflitos inevitáveis dessa passagem.

Amanda era grata a eles e sabia, sem poder confortá-los de igual forma, como eram difíceis aqueles dias para o grupo. Bastava amanhecer, deixavam seus trailers em direção a empregos no comércio local ou em casas de família, absorvidos em serviços de baixa qualificação, pois em Casa Pequena não havia demanda para as únicas coisas que sabiam fazer com excelência. Voltavam ao cair da tarde, frustrados pela incapacidade de despertar a admiração de seus patrões, entristecidos pelos preconceitos de que eram vítimas com frequência. Para Amanda, pelo menos, o estigma encontrava contrapeso no sucesso profissional, embora fosse difícil o equilíbrio, tantas vezes se revezavam os momentos de prazer e decepção, mudando o brilho dos seus olhos e seu estado de ânimo. Alguns acontecimentos foram para ela marcantes, como o episódio de sua demissão, mas nada teve impacto tão forte quanto seu encontro com o general Antônio Manoel Fragoso.

Capítulo 7

Amanda chegou ao casarão da Rua do Brejo no meio da tarde para pegar a encomenda das cortinas. Fragoso queria proteger ainda mais sua privacidade desde a noite em que fora surpreendido por Gustavo. Quando abriu a porta para receber a costureira, encantou-se com a beleza dela, o rosto moreno, os olhos rasgados, a boca carnuda e o corpo bonito embalado em vestido de chita. Amanda pareceu-lhe moldura de sonho. Exatamente por isso, franziu ainda mais a testa, desviou o olhar para um ponto qualquer, longe dos olhos dela, e a saudou com absoluta formalidade e frieza.

Amanda não respondeu. Olhava, surpresa, o general, de camisa e bermuda, as barras enroladas, sentado no assoalho de madeira, com o braço direito estendido, a mão segurando firme a maçaneta, enquanto a outra, calçada em tira de borracha, dava sustentação ao corpo, o rosto firme e grande, em proporção desconcertante com o tronco magro, os olhos de general e o olhar de homem sem família, a sozinhez gritando na retina, revelada na epiderme, entre pelos por barbear, saltando em detalhes na medida em que a curiosidade de Amanda descia pelo pescoço fino, seguia pelos ombros e subia pelo braço até chegar à mão agarrada à maçaneta, amasiada com o metal, autossuficiente como a porta, capaz de, a qualquer momento, fechar a ela o acesso a um universo desconhecido e, de repente, tão fascinante: a casa do general Antônio Manoel Fragoso, personagem que, a contragosto do próprio, havia entrado com estardalhaço na rotina de Casa Pequena, na vida de Gustavo e, a partir daquele momento, na dela também. O contraste entre a frieza e o calor, entre a autoridade e a fragilidade numa única metade de corpo humano a deixou fascinada.

Amanda teve o impulso de tocar a mão do general, mas pressentiu o contato frio do metal e desistiu. Olhou uma vez mais aquele homem-metade emoldurado pelo marco da porta, morando sozinho na casa imensa, as mãos sobrecarregadas pela tarefa adicional de pés, como se fossem pai e mãe ao mesmo tempo, homem e mulher, amantes de si mesmas. O rosto frio, quase impenetrável, os olhos traindo o mármore. Fera abandonada à própria sorte, fera assustada, pronta a atacar.

Decidiu-se e entrou com a sensação de que o casarão era apenas uma metáfora. Descobriu, surpresa, as telas, os cavaletes e pincéis espalhados pela sala e, mais que isso, viu as pinceladas vigorosas e a tinta sobre os panos esticados. A mão fria sobre o metal da maçaneta, as mãos-pés e as mãos do pintor — talvez a tradução de todas elas. Mãos que tinham o poder de continuar as coisas por elas tocadas, seja a maçaneta da porta ou o pincel. Amanda logo aprendeu, naqueles primeiros minutos de convivência, a confiar mais nas mãos de Fragoso do que nas palavras do general.

Dez anos depois daquele dia, deitado em uma cama de ferro branca, o retrato dela apertado contra o peito, ele recordaria cada momento daquele primeiro encontro. Seria capaz de sentir o gosto dos minutos, mas não podia lembrar a maior parte das palavras ditas porque, naquela época, era tão grande o hiato entre elas e seus sentimentos que tal desencontro acabava prejudicando a memória. Por isso, só restaram inteiras as frases-escudo de rotina e as que, por imprudentes, cortaram caminho direto em direção à boca.

— A senhorita deveria disciplinar sua curiosidade. Eu gostaria que tomasse o quanto antes as medidas das janelas e se retirasse porque tenho muito o que fazer.

Como Amanda já aprendera suas primeiras lições sobre Fragoso, o aviso provocou apenas um leve mal-estar. Ela escolheu começar pelos quadros e as impressões por eles causadas. Contou histórias, falou de si mesma, do circo, dos pais trapezistas, da perseguição de Geraldo Amadeu e, pouco tempo depois, estava relatando, bem-humorada, os comentários ouvidos na cidade sobre ele. Fragoso não tirava os olhos de Amanda e, desarmado, ria com ela das histórias. Quis saber mais sobre a vida de picadeiro, ofereceu licor e café, convidou-a a sentar-se e, enquanto ouvia a visitante, alisava a mesa, distraído, juntando migalhas, limpando poeira velha.

Uma das frases arquivadas na memória de Fragoso precipitou-se de sua boca de forma tão voluntariosa que o deixou assustado e aborrecido consigo mesmo:

– A falta das minhas pernas não te incomoda?

A resposta dela pareceu feita da mesma matéria da pergunta, águas de um rio vigoroso, correnteza a cobrir a terra seca:

– O que me incomoda é a falta que você sente delas.

Fragoso engasgou, quis mudar de assunto, mas não encontrou outro. À sua frente, Amanda aguardava, as sobrancelhas levemente arqueadas a sublinhar a espera. Ele hesitou, mas percebeu que, se fugisse, as pernas ficariam dançando entre eles, parindo silêncio e constrangimento. O relato saiu trôpego, entrecortado pela respiração ofegante: a bebedeira, o acidente de carro na estrada, as pernas presas, a amputação dupla. A patente – e aí a raiva já alterava seu tom de voz – foi ganha não por mérito, mas como consolo por sua aposentadoria precoce. Nem sua primeira mulher se comoveu com o novo posto. Preferiu abandoná-lo a ter que conviver com sua invalidez, depois de 20 anos de casamento sem filhos e sem prazeres, separados desde a noite de núpcias pela rigidez da caserna e a frivolidade dela, abandonados na trincheira cavada sem descanso entre a disciplina fria e a ociosidade sem planos. Era um general, sem dúvida, possuía até o uniforme, mas nunca o vestiu para comandar uma tropa ou chefiar uma operação. A jaqueta elegante era, isto sim, seu pijama. Da vida profissional tão promissora e elogiada restaram as lembranças, a desesperança e a quadra final a suportar, sem nada a fazer ou metas a alcançar até a morte chegar. Até a libertação era viver como inválido, inabilitado para o trabalho, incapaz de atrair uma mulher, entregue à pintura como passatempo, depósito para seus resíduos. Havia escolhido Casa Pequena para morar só porque ninguém o conhecia, apenas para deixar de ser visto. O rosto de Fragoso contraiu-se, dramático:

– Perdi minhas pernas na batalha em que nunca estive. Não tenho nada, absolutamente nada de importante para contar... – terminou, sentindo-se infeliz criatura, curvando-se ao peso da dor.

Amanda não demonstrou comoção, estava séria e compenetrada, o olhar grudado no olhar dele.

– Me diga, Antônio: se você tivesse pernas agora, para onde iria? – perguntou, solta na correnteza, bêbada de rio.

O cair da noite surpreendeu-os no quintal em animada conversa. As mãos do pintor sobre as mãos da menina do circo. Os dedos entrelaçados faziam evoluções, lançavam trapézios no espaço, estreitavam-se, fazendo rede de proteção, criando familiaridade e parceria, prometendo companhia. O general sentiu o corpo arrepiar ao descobrir a pulsão de vida tão próxima do desejo de morte, separadas apenas por algumas poucas horas, a presença tão perto da ausência, tudo tão misturado, um mundo, até então, de opostos, a alegria distante, apenas uma impossibilidade, era agora a outra extremidade da dor. Só havia que escolher em qual ponta segurar.

Os braços de Fragoso envolveram Amanda, ela se levantou, a mulher e a metade abraçadas, ele debruçado sobre o ombro dela a espiar o chão lá embaixo, o coração disparado da menina do circo, os olhos assustados do menino pintor, a vida tão absoluta a arrombar portas, o prazer poço-sem-fundo chamando para a queda vertiginosa, sem janelas e cortinas para fechar, sem melancolia para dar alguma segurança, sem sofrimentos em que se agarrar. Fragoso fechou os olhos, segurou os cabelos dela como quem se prepara para o galope e a levou para o quarto. O perfume da pele de Amanda, os pelos finos sobre as costas e as coxas, a consistência de sua carne e o olhar encantado com que ela o conduziu por um tempo sem medidas, por lugares sem cartografia, onde ele se encontrou esquecido de si mesmo, aquecido pela penumbra do quarto, feliz como um anjo ou como o pó acumulado sobre os rodapés das paredes.

Capítulo 8

Havia pássaros demais aquela manhã. Uma cantoria dos infernos, pensou o general Antônio Manoel Fragoso logo ao abrir os olhos. A seu lado, Amanda ainda dormia. Fragoso olhou-a com o canto dos olhos por um breve instante e desviou o olhar. Estava confuso. Depois de tantos anos solitário, medindo cada centímetro de cama vazia, acordando no meio da noite com o peito oprimido sob peso insuportável, sonhando com mãos carinhosas, ressonava ao alcance de seus dedos uma encantadora mulher. E ele se sentia fatigado e frustrado. Nem os sonhos são confiáveis, suspirou, não há nada em que acreditar. Franziu a testa, apertou os olhos para se livrar da incômoda luz do dia. Um joão-de-barro pousou no parapeito da janela e desferiu seguidas bicadas contra o vidro encardido. Pouco depois chegou a fêmea, e ambos cantaram, as asas levemente abertas, os corpos sacudidos pelo alarido desproporcional ao tamanho deles. Havia pássaros demais aquela manhã.

Amanda encontrou-o sentado à mesa da cozinha, balançando sem futuro um copo de café. Ela abraçou-o por trás, beijou-lhe a cabeça e, em gestos rápidos e alegres, passou a abrir portas e janelas, enquanto anunciava, à luz repentina, uma grande ideia. Assustado, Fragoso pensou em impedir os movimentos dela, mas sentiu um inesperado prazer em ver a sua reclusão violentada de forma tão determinada e vigorosa. Parou sob o marco da porta que dava para a grande sala e ficou observando os passos de Amanda, de janela em janela, os pés descalços sobre o piso de madeira como se tocassem tambores, o vestido de tecido fino a cobrir tão suavemente seu corpo, transmitindo a vibração das nádegas em movimento. Mais que uma porta separando a cozinha da sala, percebeu, havia ali a passagem entre dois mundos: o seu e o dela. Recostou-se no marco e fechou os olhos. A brisa começou a soprar lá de fora e pareceu anunciar um dia mais agradável do que vinha sendo até o momento.

– Vamos iniciar um curso de pintura para as crianças da cidade! O que acha, professor?

Arrancado de seus pensamentos como se tivesse sofrido o impacto de um soco, Fragoso não conseguiu responder. Amanda argumentava e gesticulava com a intensidade que exigem as notícias importantes. Ele precisava sair do casulo, integrar-se à cidade, estabelecer uma relação com as pessoas, ser útil para se sentir melhor, libertar-se daquela condição de sofrimento, dizia ela, enquanto o seu mundo-sala invadia o outro-lado-cozinha, desconhecendo fronteiras e puxando-o para o centro do vendaval. Zonzo, o general não reagia, não dizia nada, apenas observava Amanda regendo a tempestade.

Capítulo 9

A inauguração da escola de pintura coincidiu com outra: a do Manicômio Judiciário de Casa Pequena, obra do governo estadual em convênio com a prefeitura, acatada por Geraldo Amadeu com o objetivo de prestar favor ao governador e angariar apoio político, mas também para abrigar presos portadores de distúrbios mentais, para quem vagas não havia mais na capital. A população da cidade não entendeu bem a serventia da instituição, afinal os loucos municipais sempre andaram pelas ruas, alimentados e vestidos por gente possuidora de juízo e endereço. Pela distância da pequena cidade dos costumes do resto do mundo e por haver tantos outros assuntos importantes ligados ao dia a dia da região, no jornal *Diário de Casa* ninguém nunca encontrou explicação sobre esse tipo de hospital--prisão. Quem já tinha visto alguma coisa a respeito na televisão sabia se tratar de lugar muito triste, onde os loucos não deixam de ser loucos, mas parecem cada vez mais distantes dessa vida. Casa que faz apagar a luz dos olhos dos doentes. "Pra que serve, então, uma doidura de hospital feito esse?" – se perguntavam. Houve, por isso, quem temesse pela sorte dos loucos de Casa Pequena. Nenhum deles, porém, foi internado. Os primeiros pacientes chegaram da capital em ambulância, no dia da inauguração do hospital. Eram três homens estranhos, três criaturas com a pele dependurada sobre os ossos, as barbas por fazer e os olhos por iluminar. Foram deixados no prédio vazio, desapropriado pela prefeitura e reformado pelo governo, aos cuidados de um enfermeiro, à espera da chegada da equipe médica, dos outros pacientes e das autoridades para a grande festa de inauguração.

Porém, além da má recepção pública à novidade, o governador não apareceu para o evento, como alardeara Geraldo Amadeu, mandando em seu lugar um sujeito de quinto escalão, sem importância política, ninguém sabia o nome nem tinha visto mais gordo. O prefeito ligou para o palácio governamental, mas não passou da secretária. "Fui usado! Muito provavelmente esse governador de merda nunca mais me atenderá", esbravejava. Mas a irritação maior era por assunto local, responsável pelo fracasso de público na inauguração do manicômio. Tratava-se da festa de abertura da escola de pintura, aberta no casarão do general Antônio Manoel Fragoso, o homem-metade, tão sério e fechado em seus aposentos que nunca tinha sido visto na rua. “Agora, imagina, aquele seu moço que parecia não gostar de ninguém, que não falava com ninguém, amancebou-se com a professora do circo, tem até conta na mercearia, e está abrindo, na casa dele mesmo, uma escola para ensinar o povo, qualquer um, a desenhar e pintar, coisa engraçada esse mundo” – comentava-se nas ruas, nos bares e nas praças.

O fato é que se formou uma multidão em frente à casa de Fragoso, num entra e sai, todo mundo com roupa de domingo, servindo-se de refresco, pipoca, pãozinho de queijo e pé de moleque. Fragoso havia dependurado seus quadros na sala, em exposição, e, com a ajuda entusiasmada de Gustavo, recebia as inscrições dos interessados, enquanto Amanda comandava a recepção. A antiga casa assombrada tinha, definitivamente, despejado seus fantasmas e abria suas portas como nunca antes o havia feito, disposta a satisfazer a curiosidade de crianças e adultos, franqueando a eles seus aposentos. Informado das versões terríveis sobre como teria morrido o casal de velhos, Antônio liberou seu quarto para que as visitas pudessem constatar pessoalmente serem deste mundo os ares que ali corriam.

Uma repentina agitação se fez perceber entre os convidados ao correr a notícia sobre a aproximação de um vistoso guarda-chuva, repleto de manchas brancas. Geraldo Amadeu, em pessoa, Anacleto, a quem cabia manter a proteção firme sobre a irritada cabeça do alcaide, mais três soldados desceram do carro, vindos diretamente da esvaziada solenidade oficial para ver de perto a festa do casarão da Rua do Brejo. O prefeito pretendia encontrar alguma irregularidade, perguntar pelo alvará de funcionamento, estragar a inauguração de alguma forma. Porém, quando a pequena comitiva chegou em frente ao imóvel, a irritação de Amadeu logo cedeu lugar ao medo. Sobre o telhado da varanda pousaram, primeiro, dois mutuns-de-penacho e, em seguida, uma jacutinga e três socós-bois. Em movimento rápido, o guarda-chuva foi deixado sozinho no centro da cena. Em torno dele, a uma distância estudada, a multidão. Em frente, na porta de entrada, Amanda e Fragoso, recém-chegados, tentavam adivinhar o que, em cima do telhado, atraía a atenção daquela gente. Os soldados fizeram mira nos pássaros, mas foram contidos pelo prefeito:

— Perderam o juízo? É bicho demais para pontaria de menos! — esbravejou.

Amadeu ficou vermelho ao ver a ex-professora, mas silenciou a raiva e foi-se embora apressado. O avantajado porte das aves despertava nele imagens de uma tragédia escatológica de dimensões aterrorizantes. Xingava, enquanto Anacleto, equilibrando-se sobre pés muito pequenos, concentrava-se em manter o guarda-chuva sobre o chefe e fazia meneios com a cabeça à guisa de concordância. Andando de costas, em vigília, os soldados formavam a retaguarda, incapazes de reagir à saraivada de tiros de mamona sobre eles desferida.

– Vou mandar interná-lo ainda hoje no hospício, Anacleto, que é lugar bom para gente da sua laia – vociferava Amadeu.

O prefeito não cumpriu a ameaça, mas deu a Anacleto um binóculo e a missão de, a partir daquele dia, vigiar os movimentos de Amanda e Antônio. Já o manicômio judiciário, por desavenças entre Amadeu e o governador, nunca chegou a receber equipamentos, equipe médica e funcionários, além dos outros pacientes. O único enfermeiro foi embora no mesmo dia da inauguração. O hospital ficou quase vazio. Os três internos foram bem acolhidos pela cidade. Saíam pela manhã e faziam pequenos serviços em troca de comida, quando não a recebiam de graça. Os moradores de Casa Pequena se condoeram deles, resultando daí, além da caridade, confusão ainda maior a respeito da serventia de um manicômio e suspeitas, injustas a bem da verdade, sobre desvio de dinheiro por parte do prefeito. Em poucos meses, dos três internos restava apenas um. O primeiro morreu de repente, na manhã de um dia qualquer e em hora imprecisa. Como ninguém apareceu para reclamar o corpo, enterraram-no sem nome nem reza. O segundo se foi com um grupo de ciganos de passagem por Casa Pequena. Ficaram duas semanas acampados e sumiram depois de vender e comprar cavalos, ler mãos, prever fortunas incalculáveis e tragédias sem medida. O último ficou perambulando sozinho pelos corredores do prédio e pelas ruas da cidade. A escola de pintura já estava em pleno funcionamento quando ele chegou ao casarão da Rua do Brejo. O general examinou por instantes a figura do homem que lhe pedia trabalho.

– O que você faz?

– Qualquer coisa, mas ando preferindo a jardinagem.

– Isso é muito bom. Pode ser muito útil no projeto que vamos começar amanhã mesmo. Tem experiência?

– Quase nada, mas é o que desejo.

Antônio sorriu e observou mais atentamente o único hóspede do manicômio judiciário. Tinha o olhar manso e triste, a humildade feita de biombo para de si mostrar o mínimo.

– Como você se chama?

O homem titubeou. Desviou os olhos e murmurou:

– Professor...

O general correu novamente os olhos sobre seu interlocutor. Havia algo nele que doía no próprio corpo de Antônio. Instintivamente, levou uma das mãos ao toco de uma das pernas.

– Você não disse seu nome.

– Professor é o que eu era...

Antônio Manoel Fragoso sentiu piedade, abriu um sorriso e estendeu o braço:

– Pois, então, Professor, você começa amanhã como nosso jardineiro. Vamos entrar para um café.

No dia seguinte, do seu posto de observação, Anacleto pôde observar o novo contratado ao lado do casal e de um grupo de crianças carregando terra e pedras para a frente do casarão. O chefe de gabinete acompanhou, sem perder um detalhe, o plantio da grama no passeio, a abertura das covas e a disposição das mudas, de acordo com um desenho sob consulta frequente do general. Testemunhou, ao final de várias horas dependurado no binóculo oficial, a conclusão do primeiro jardim de rua de Casa Pequena. Foi um sucesso tão retumbante que a banda de música municipal se dispôs a inaugurar o canteiro com acordes caprichados. Teria cumprido o combinado não fosse a proibição expressa do prefeito, alertado a tempo pelo vigilante Anacleto.

Capítulo 10

Amadeu ainda não tinha percebido a autonomia adquirida pelos acontecimentos. A cidade começava a viver cada vez mais esquecida de suas autoridades. O jardim do casarão acabou por acelerar esse processo, na medida em que despertou a curiosidade de muita gente e teve sobre elas o efeito mágico da alegria de criar. Quinze dias depois de terminado, a ideia de plantar outro jardim, bem maior, em plena praça central, espalhou-se e mobilizou a população mais que quermesse, procissão ou o bingo da igreja. Era domingo, o dia mais feliz da semana em Casa Pequena desde a queima das gaiolas e a chegada dos pássaros, vindos de todas as direções. As aves estavam lá, como de costume, faziam evoluções e enfeitavam de acordes a música da banda municipal, mas, desta vez, os casais não dançavam. Andavam de um lado a outro, conversando muito, rindo mais ainda. Pediam orientação ao general, davam palpites em tudo, ajudavam a carregar as pedras para formar canteiros e aravam a terra para o plantio das mudas em meio ao arvoredo da praça central. Dentre todos, o último interno do manicômio chamava a atenção pelo jeito de lidar com as plantas e a resposta rápida delas aos seus cuidados. Os canteiros por ele plantados ficavam diferentes, mais bonitos e vigorosos. Trabalhava em silêncio a maior parte do tempo, mas era sempre solícito e curioso. Ao preparar a terra e cultivar as mudas, o Professor parecia mergulhado na mais importante atividade de sua vida. Tal concentração e prazer não passavam despercebidos de ninguém. Em torno dessas peculiaridades foi se construindo a admiração dos outros pelo ex-doido.

No final da tarde, quando os trabalhos estavam por terminar, chegou o trator da prefeitura com a ordem de destruir tudo, por falta de projeto autorizado pela administração municipal. Um erro de cálculo fatal para Amadeu. Os participantes do mutirão postaram-se à frente da máquina, e a banda, rebelada, tocou dali trator e tratorista ao som de um dobrado furioso. O ato cívico virou um grande carnaval, que entrou pela noite e fez abrir os bares da praça e arredores, atraiu os carrinhos de pipoca e sorvete e inspirou a oposição a apresentar um projeto na Câmara para transformar aquela data em feriado municipal. Além da festa, a reação popular à demonstração insana de autoridade do prefeito ensejou outras iniciativas comunitárias. A escola de circo, por exemplo, foi ideia de Amanda e causou nas crianças alvoroço maior que os jogos do campeonato municipal de futebol.

Tanto quanto aos pequenos, a escola levou alegria aos membros da trupe do velho Gran Circo de Sevilha. A tristeza da vida sem palco e plateia acabou como num passe de mágica, os trailers ganharam varais de bandeirinhas multicoloridas e a maioria dos artistas pediu demissão de seus empregos para se dedicar exclusivamente à organização das aulas de malabarismo, acrobacia, equilibrismo e ilusionismo, além da comicidade, disciplina de nome tão curioso quanto seu professor, o palhaço Melancia – um homem muito alto, de 1,98m, dono de uma barriga em forma de barril e de uma expressão deliciosamente infantil. Os alunos tiveram a oportunidade de produzir suas maquiagens de cores berrantes, calçar sapatos enormes, vestir calças estufadas, presas por suspensórios coloridos, usar o nariz vermelho de bolota e atirar água a partir de uma flor de lapela. Ao final de algumas semanas, já faziam malabarismo com três bolas, formavam pirâmides humanas, andavam de monociclo e perna de pau, equilibravam-se sobre a corda indiana e saltavam do trampolim acrobático. Graças às orientações de Melancia, conseguiram encher a carcaça de um fusca doado à escola com 18 crianças. Com Péricles, o Mago, aprenderam a serrar um colega ao meio sem derramar uma gota de sangue. Depois de seis meses de aulas, os espetáculos voltaram a encher a velha lona de familiares dos artistas mirins.

De início, as apresentações não eram um primor de técnica e o domínio da arte escapava com frequência quase constrangedora, não fosse a tolerância dos pais e o espírito de escola reinante sob a lona. O encantamento da plateia estava garantido pelos professores e suas habilidades, e por uma aluna especial: Amanda, inscrita, para surpresa geral, no curso de malabarismo e equilibrismo. As pessoas souberam de sua história familiar e a recebiam com carinho, admiradas por sua superação e pela técnica tão rapidamente aprendida. A leveza daqueles tempos acabou abrindo portas que ela imaginava para sempre fechadas. Antônio sentiu um calafrio quando ela lhe contou a decisão de iniciar as aulas circenses, mas disfarçou o impacto com palmas e risos. Brindaram sua coragem com uma garrafa de champanhe, tomada no banco do quintal ao pé da bananeira, numa noite de muitas estrelas e pouca cerimônia. Entre carícias, iniciadas só depois de um rápido olhar pelo muro, o general brincava:

— Tem uma letra sobrando no seu nome. Um "n" esquisito, sem prumo, que não se encaixa direito, fica caindo do lugar toda hora. Por que você não o joga fora?

Amanda ria. Apesar de faceiro, Antônio não estava relaxado. Andava preocupado com as ondas de tristeza e nostalgia em que ela vinha se jogando nos últimos dias, em mergulhos discretos, imperceptíveis a outras pessoas na avaliação dela, mas evidentes para o general. Ansioso, ele esperava sua amada reaparecer, recuperada, logo depois da arrebentação.

Capítulo 11

Além da escola de circo, a cidade ganhou sua cooperativa de tecelãs, a oficina de marcenaria e os cursos de costura, a cargo da própria Amanda, e de música, ministrado pelos componentes da rebelada banda municipal. Casa Pequena tinha aprendido a arte de fazer juntos. Descobriu-se ali tantos talentos surpreendentes que a cidade se deu de presente um título e uma placa na rodovia de acesso: "Bem-vindos à Capital da Arte". Embalados pelo orgulho de terem nascido ali, surgiram grupos de teatro e tertúlias literárias, bandas musicais de vários gêneros e pintores e escultores de estilos variados. O *Diário de Casa* abriu uma página especial aos domingos para publicar os poetas da cidade e reservou uma coluna diária para divulgação de folhetins e crônicas dos novos escritores.

No meio desse alvoroço, nem Antônio Manoel Fragoso se reconhecia mais. Estava na origem do movimento cultural da cidade e era saudado nas ruas como um líder. Não se envaidecia além nem aquém do que julgava justificável, mas deixava correr sem rédea as ondas de alegria que o sacudiam várias vezes ao dia. Logo ele que se recusava a sair de casa para comprar um pão, optando sempre pela entrega em domicílio, apenas para não ter de cumprimentar ninguém na rua. Exato ele que cultivava a tristeza e a reclusão como projeto de vida. O casarão abrigava, agora, além do curso de pintura, as aulas particulares de Amanda e seu ateliê de costura. Ao contrário dos primeiros tempos, o general mal parava em casa. Estava em todos os bairros da cidade, atendendo a chamados, ajudando a organizar os grupos e mostrando o quanto era imprescindível a disciplina para o sucesso das atividades. Comprou uma cadeira de rodas para facilitar seu deslocamento, volta e meia empurrada por um voluntário, sempre presente quando Antônio se deparava com uma das inúmeras ladeiras de Casa Pequena.

Amanda, também ela, vivia tempos de alegria, mesmo entrecortados por momentos de mutismo. Os caminhos abertos em resposta a seus tantos desafios a enchiam de amor próprio e confiança. Se antes a cidade se dividia a seu respeito, naqueles dias a tinham como exemplo de dignidade e determinação. Além disso, era a musa dos poetas platônicos, cantada em versos discretos para não ofender o general. Sua beleza e graça, antes admiradas à distância, estavam no jornal, em folhetos e melodias. Mesmo as poucas mulheres que lhe faziam oposição resmungavam o ciúme pelos cantos, na falta de quem lhes desse atenção.

O tempo só estava fechado para Geraldo Amadeu. Não sabia mais o que fazer para sair de seu isolamento, não encontrava forma de se beneficiar daquela onda de cultura e arte que havia tomado conta da cidade à sua revelia. Simplesmente não era bem recebido onde quer que aparecesse. Solteiro, só os velhos amigos ainda se lembravam de convidá-lo para um jantar ou, nos fins de semana, para uma cerveja nas tardes de sol quente. Foi uma dessas rodas de conversa a origem da sugestão de aproveitar o prédio do manicômio judiciário como centro cultural, provido de instalações inéditas para Casa Pequena: teatro, cinema, galeria de arte e um café. O prefeito fez o anúncio em entrevista coletiva para o jornal e a emissora de rádio e conseguiu ótima repercussão. O projeto foi muito bem recebido, festejado por todos. Amadeu, no entanto, continuou à margem do movimento, sozinho debaixo de seu guarda-chuva, portador de uma crise de credibilidade sem remédio.

O centro cultural não saiu do campo das intenções, sequer chegou à prancheta de um projetista. Foi abandonado num domingo, quando o prefeito leu no *Diário de Casa* a manchete sobre o lançamento de concurso para escolher a bandeira de Casa Pequena. Não gostou de ficar sabendo pela imprensa, achou um desrespeito. Mas insuportável mesmo foi o resultado, estampado na primeira página do jornal dois meses depois. "Uma ignomínia, uma ofensa à civilidade, um atentado à democracia que não ficará sem resposta", dizia Amadeu para si mesmo, em alta voz, enquanto caminhava pelos cômodos de sua casa como um possesso, chutando móveis e socando as paredes.

— Esse projeto é uma agressão sem disfarce à figura do prefeito, um desafio aos meus brios, um ultraje à minha reputação de líder político do município e da região. E você é um incompetente, incapaz de perceber um golpe de tamanha covardia sendo tramado e executado bem debaixo do seu nariz, uma nulidade, um traidor que nada fez para impedir que me cravassem esse punhal, essa peixeira nas minhas costas. Mas pode esperar que eu vou te processar por receber mensalmente dos cofres da prefeitura sem trabalhar. E nunca mais me apareça, esqueça que eu existo, vá vender brevidades na praça da igreja – berrava ao telefone para Anacleto.

A peça vencedora tinha duas cores que a dividiam ao meio horizontalmente: a parte de cima roxa e a de baixo vermelha. O centro era azul, em círculo, emoldurado por estrelas amarelo-mostarda e decorado com uma garça branca pousada em um trapézio da cor das estrelas. Uma ave, animal que atormentava a existência de Amadeu, e um objeto de circo, origem da odiada Amanda, escolhidos como símbolos da cidade! Era ironia demais para Geraldo Amadeu. Definitivamente, ele não deixaria aquela "blasfêmia" prosperar e traçou seu plano de combate, todo ele concentrado na Câmara Municipal, instância onde seria votado o projeto de iniciativa popular. Correu ao telefone e ligou para os vereadores de sua base de apoio. Se não derrotassem o projeto da bandeira de Casa Pequena, ele faria uma renovação do secretariado, demitiria os seus apadrinhados dos cargos públicos, paralisaria as obras nas suas bases eleitorais e jogaria no lixo as emendas orçamentárias por eles apresentadas. Seria a guerra!, avisou.

Capítulo 12

Na manhã de segunda-feira, quando uma comissão do concurso dirigiu-se ao prédio do Legislativo para protocolar o projeto e apresentá-lo ao seu presidente, deparou-se com o gabinete do vereador trancado. Perguntaram por ele e não ouviram resposta, apenas um punhado de dedos em mímica a indicar que ele estava lá dentro, escondido. Seus pares explicaram, sob sigilo, a reclusão do colega como resultado da pressão do prefeito. A comissão, tendo à frente Antônio e Amanda, foi direto à redação do *Diário de Casa* e relatou os fatos a Aprígio Mattana. No dia seguinte, o bravo matutino, tão rebelado quanto a banda municipal, publicou toda a história. Com detalhes de bastidores, relatou as manobras do prefeito e as ameaças dirigidas aos vereadores da base de sustentação para derrotar a vontade popular, expressa pela grande e entusiasmada participação da cidade na votação da melhor proposta de bandeira.

A oposição fez do episódio um cavalo de batalha para desgastar ainda mais Geraldo Amadeu. Discursos, entrevistas e um pedido de instalação de uma Comissão Parlamentar de Inquérito para apurar o uso de cargos e verbas públicas em benefício de interesses privados tumultuaram o ambiente da Câmara. Dezenas de pessoas, ao som de alegres dobrados, saíram às ruas em passeata de protesto contra o prefeito, seguida de panelaço, buzinaço e apitaço – todos os barulhos possíveis – diante da sede do poder municipal. Amadeu mandou chamar os três soldados da polícia, além de Anacleto, e fechou-se no gabinete. Dormiram ali, os cinco, por precaução contra uma possível tomada da prefeitura e, claro, pelo medo de enfrentar os manifestantes concentrados em frente ao prédio. O assunto chegou à Assembleia Legislativa, levado pelo deputado Gaudêncio Libônio, o mais votado na região, e dali acabou nas páginas dos jornais da capital, todos generosos no destaque dado ao caso do prefeito trancafiado no próprio gabinete para fugir do cerco da população. Antes um aliado, Libônio tratou de registrar em discurso a súbita distância que o separava do prefeito entrincheirado.

Logo desembarcou em Casa Pequena um bando de repórteres e fotógrafos para registrar a história da cidade rebelada. Encontraram várias barracas de acampamento montadas em frente à sede do Executivo municipal e muita gente, entre adultos, velhos e crianças, de plantão, disposta a não arredar pé dali enquanto Geraldo Amadeu não se dispusesse a ter uma conversa frente a frente com eles sobre o projeto de criação da bandeira municipal. A custo, os jornalistas foram recebidos pelo alcaide para uma entrevista coletiva. Suado, com a barba por fazer e olheiras profundas, ele deu à imprensa a sua versão: as pessoas estavam sendo manipuladas em sua boa-fé por um general inválido e uma ex-artista de circo, ambos anarquistas, capazes de insuflar as crianças em sua ingenuidade e os adultos em sua ignorância para desmoralizá-lo. Financiados por farto capital comunista, tinham se organizado em núcleos de ativistas políticos, mancomunados com comerciantes e fazendeiros oportunistas, aliciado artesãos, costureiras, artistas e assemelhados, fortes o bastante para cooptar o único jornal da cidade e conseguir, ainda, o esfacelamento de sua base de apoio na Câmara Municipal. Até a emissora de rádio, com quem mantinha ótimas relações, fora silenciada pelas forças subversivas. Ele resistia em nome da democracia e da integridade nacional, pois, tivessem certeza, estava em curso um golpe de estado em Casa Pequena, fato gravíssimo que exigia dele uma atitude firme e determinada: iria pedir a intervenção das tropas federais para evitar a perda de parte do território nacional para forças políticas estrangeiras contrárias ao capitalismo.

— Prefeito, o senhor está nos contando, então, que toda a população da sua cidade está contra o senhor? — perguntou um repórter.

— Não, nada disso, não foi o que eu disse. O que estou relatando é como aquele casal de anarquistas — ela, inclusive, já denunciada publicamente por prática de magia negra, razão pela qual a demiti do cargo de professora municipal –, mas eu dizia, como aquele casal, fantasiando a realidade e iludindo as pessoas, conseguiu jogar a cidade contra mim. Montaram, com sofisticação de profissionais, uma grande farsa – entendem? – uma farsa nojenta e asquerosa.

– O que, no fim das contas, é a mesma coisa: estão todos contra o senhor – insistiu o repórter.

– Claro que não é a mesma coisa, eu tenho o apoio dos meus eleitores, sou um político querido na minha cidade e líder respeitado pelos meus pares.

– Mas, então, por que o senhor não sai e conversa com seus eleitores?

– Porque há um grupo lá fora que dará um golpe de estado e tomará a prefeitura se eu sair. Vão invadir o meu gabinete. Estão dominados, manipulados, abduzidos por aquela bruxa e seu parceiro.

– E os seus pares, onde estão? São esses policiais e seu chefe de gabinete? – investiu outro repórter, arrancando risos dos colegas de profissão.

Geraldo Amadeu não conseguia mais coordenar as ideias e resolveu encerrar a entrevista. Botou todo mundo para fora com a ajuda de Anacleto e os três soldados, contra-atacados pelos flashes das câmeras, que não doem como os tiros de mamona, mas incomodam tanto ou mais. Telefonou, em seguida, para o governador e, mais uma vez, não foi atendido. Ligou para o deputado Gaudêncio Libônio e ouviu dele, em resposta às suas súplicas de apoio, a declaração fria de que nada poderia fazer a respeito. Até os vereadores de situação não quiseram falar com ele. Apenas um, o líder de sua base de apoio, retornou a ligação para informar da impossibilidade de evitar a aprovação do projeto da bandeira de Casa Pequena, exatamente como foi concebido e fiel à arte-final divulgada pelo jornal. Até mesmo sua emenda para eliminar a garça e o trapézio tinha sido derrotada. Estava tudo perdido.

Amadeu tratou de colocar em prática um plano alternativo: mandou dois soldados de arma em punho saírem pela porta da frente, seguidos de Anacleto, guarda-chuva em punho, e o terceiro soldado com suas roupas e seu chapéu, enfiado na cabeça até os olhos, enquanto ele, de farda militar, pulava o muro dos fundos e corria para casa. A operação deu certo, mas tão logo a multidão percebeu o engodo transferiu-se com apitos, panelas, tambores e metais para a frente da casa de Amadeu e levou atrás de si os pipoqueiros, sorveteiros e vendedores de bijuterias e lembranças da Capital da Arte. Sem a proteção dos guardas e de Anacleto, o prefeito arrastou móveis para detrás da porta, trancou as janelas e se dispôs a aguentar firme enquanto, pelo menos, durassem as provisões na geladeira. Pela fresta da janela, viu, dois dias depois, a banda passar a plenos pulmões, em direção à prefeitura, para a cerimônia de primeiro hasteamento da bandeira municipal. Amargou a derrota sozinho sem ter, ao menos, a quem xingar, posto que Anacleto não atendeu o telefone. Poderia aproveitar o esvaziamento temporário da rua para sair e comprar mantimentos, mas certamente o cercariam tão logo fosse avistado.

Ao amanhecer do quinto dia, o estoque de comida dava, no máximo, para mais dois dias. Amadeu percebeu ali uma oportunidade de negociação, sua chance de voltar a seu gabinete. Abriu a porta o suficiente para dependurar na maçaneta um cartaz, em que anunciava o início de uma greve de fome em defesa de seu mandato. A estratégia, tardia, não funcionou. Primeiro, porque a bandeira municipal já era um fato e, depois, porque o tédio já tinha dado o ar da graça e as pessoas começaram a achar que aquilo já estava ficando chato. Além disso, ninguém acreditou na greve. Pior, acharam a atitude um abuso, uma arrogância. “Ele não se enxerga”, repetia o pipoqueiro a qualquer um ou para ele mesmo na falta de interlocutor, enquanto fechava o gás do botijão e arrumava o carrinho para ir embora. Os poucos manifestantes que permaneciam na rua para forçar a renúncia de Amadeu deixaram o lugar. O prefeito, na verdade, já estava tão esvaziado de autoridade que a greve de fome não foi noticiada pela emissora de rádio e nem pelo *Diário de Casa*. A multidão se deu conta de que já tinha dado atenção demais a ele e se foi, deixando atrás de si uma solidão de trincar os dentes. O prefeito não conseguiu mais dormir à noite, angustiado pela falta insuportável dos manifestantes.

A imprensa de todo o país e mesmo alguns veículos internacionais acompanharam diariamente o desenrolar da crise. Ao final dela, os jornalistas acabaram ficando mais para escrever sobre outros tantos assuntos curiosos da cidade: o fenômeno ornitológico que emporcalhava os ternos do prefeito e concentrava no mesmo município aves de diversas regiões e diferentes ecossistemas, a festa aos domingos no céu e na terra e o movimento cultural repentino com proliferação de bons talentos nas diversas áreas de manifestação artística. Assim a placa da estrada virou notícia de jornal, obteve reconhecimento, e Casa Pequena ganhou fama e reputação nacional e internacional, transformada em Capital Estadual das Artes, com direito a um prestigiado festival literário anual.

Alheio a tudo isso, Geraldo Amadeu não botou os pés na rua depois da fracassada greve de fome, sentindo-se diminuído demais para retornar à poltrona de couro do gabinete. Despachava em casa com Anacleto, o único membro da equipe de governo ainda a lhe dar atenção. Acéfala a prefeitura, a Câmara Municipal votou por unanimidade seu *impeachment*, em processo sustentado por matérias publicadas na grande imprensa, eivadas de denúncias. A perda do mandato, no entanto, se baseou apenas no crime sobre o qual havia provas: a compra irregular de 142 chapéus, 68 ternos e 33 guarda-chuvas em um ano de gestão, às expensas dos cofres públicos.

Capítulo 13

Amargurado, o ex-prefeito só saiu de casa seis meses depois de sua cassação. Seria um dia qualquer, apenas mais um dia de solidão e esquecimento, não fosse o estranho silêncio do lado de fora da casa. Amadeu chegou à janela da cozinha e não viu um pássaro sequer em seu quintal. Rondou pelos outros cômodos, espreitou as árvores e fios de eletricidade, aguçou os ouvidos em busca de piados e trinados. Nada, apenas um silêncio absoluto que o encheu de esperança. Enfiou um velho chapéu na cabeça, pegou o guarda-chuva e aventurou-se no quintal. Ficou ali, parado, os músculos retesados e a boca seca, por vinte minutos de tensão. Depois, caminhou com lentidão e cautela pelos quatro cantos do quintal. Como nada acontecia, sacudiu o guarda-chuva, assoviou e gesticulou. Nenhum sinal de passarinho. O céu continuava limpo e deserto como nunca nos últimos tempos. Amadeu jogou, então, chapéu e guarda-chuva para o alto e começou a saltitar, rodopiar e dançar. Dobrava-se no chão de tanto gargalhar e, tão logo conseguia recuperar o fôlego, levantava-se e retomava os passos alegres da dança. Estava, enfim, perdoado. Talvez estivesse mesmo, a julgar pela presença dos pássaros em todas as partes da cidade, exceção feita à casa de Geraldo Amadeu. Disso, porém, nunca se saberá com certeza, pois o trágico arremate do drama de Amadeu foi culpa de uma perdiz distraída que, ao passar por ali naquele exato momento, despejou suas sobras por necessidade, sem intenção de alvejar e emporcalhar ninguém. A vizinhança ouviu o grito desesperado e acorreu apressada ao quintal do ex-prefeito. Encontraram-no morto, estendido no chão, os braços abertos e um tiro verde bem no meio da testa.

O velório aconteceu no dia seguinte, no saguão da prefeitura, sob os olhos de alguns poucos vereadores e as lágrimas de Anacleto. Um vozerio surgiu ao longe e foi crescendo de volume até entrar prédio adentro e cercar o caixão. A multidão lotou o lugar e cobriu o ataúde com a bandeira de Casa Pequena. O ex-chefe de gabinete, apesar de surpreso e amedrontado com a chegada repentina de tanta gente, não pôde suportar o que lhe pareceu um ultraje à memória de seu velho líder. Arrancou o pano de supetão, aos berros, ameaçando com seu próprio cadáver se insistissem em perpetrar aquela infâmia contra Amadeu. Foi quando se ouviu um pedido de silêncio e no alto da escada que levava ao gabinete da maior autoridade municipal surgiu o general Antônio Manoel Fragoso, erguido pelos braços do cabo de polícia. Ele estendeu as mãos para silenciar os últimos murmúrios e falou com voz serena:

– Acho que devemos a Geraldo Amadeu uma homenagem e foi por isso que convoquei todos vocês a estarem aqui. Devemos muito a este homem. Não fosse ele e sua tirania, esta cidade não teria encontrado seus talentos, a vida de muitos estaria ainda se arrastando na mesmice em lugar da transformação que experimentaram. Os palcos estariam fechados para o exercício das vocações artísticas. Sem Geraldo Amadeu e sua arrogância, Casa Pequena não teria galgado a condição de Capital Estadual das Artes. Ele foi a escada para que subíssemos. Sem ele, nada disso estaria acontecendo. Amadeu soube cumprir à risca seu papel e por essa competência, por essa dedicação em ser o que foi, hoje somos o que somos. Por isso, proponho que a Câmara Municipal aprove um projeto que dê a Geraldo Amadeu o reconhecimento por serviços prestados à cidade. Por fim, sr. Anacleto, queira, por favor, colocar a bandeira de volta sobre o caixão. Onde quer que esteja, o ex-prefeito precisa saber exatamente o sentido da nossa homenagem.

Geraldo Amadeu ganhou um busto de bronze na praça principal, esculpido pelo próprio general e cercado de canteiros de flor, em continuidade ao ajardinamento do lugar, palco das festas de domingo. A manutenção era voluntariamente dada pelo Professor, muito sensibilizado pelos acontecimentos. No pedestal foi afixada uma placa com os seguintes dizeres: "O povo de Casa Pequena agradece sinceramente a seu prefeito Geraldo Amadeu e a todos os erros por ele cometidos, sem os quais nossa cidade não teria encontrado sua vocação". O movimento cultural floresceu com maior vigor, e Anacleto pôde render, em paz, homenagens diárias a seu líder. Ao cair da tarde, com uma flanela, lustrava o busto sempre limpo. As aves, em grande número por ali, nunca sobre ele pousaram.

Capítulo 14

Quando o Gran Circo de Sevilha voltou a Casa Pequena ninguém mais o esperava. Já havia se passado cinco anos de sua partida, as crianças estavam crescidas e outras corriam pelas ruas da cidade, Gustavo arrumava as malas para fazer pré-vestibular e tentar a faculdade de medicina na capital. O Professor morava no casarão da Rua do Brejo junto com Amanda e Fragoso. De tão inesperada, a chegada do circo virou uma festa. As ruas da cidade se encheram de gente para ver os caminhões, trailers e o carro de som passar, anunciando a estreia do seu grande espetáculo dali a três dias. Pepe Dominguez, em terno de cetim azul e branco, estava ele próprio ao microfone, com seu sotaque afetado de falso espanhol e uma emoção impossível de disfarçar. A todo momento interrompia a fala e cobria o microfone para impedir que seus soluços fossem amplificados nas caixas de som.

O circo parecia ter voltado aos tempos de glória, os veículos brilhavam à luz do sol, a trupe era bem numerosa e as roupas exibiam tecidos e acabamento de boa qualidade. Logo que ouviu a voz de Pepe, Amanda deixou o casarão às carreiras e foi ao encontro da caravana. Encontrou o amigo no meio do cruzamento de duas ruas e jogou-se em seus braços sob os aplausos dos moradores, emocionados todos como se assistissem a uma cena de cinema. Amanda não largou mais o velho Pepe e, pendurada nele, percorreu as ruas da cidade, misturando suas lágrimas às dele, sorrindo para todo mundo, orgulhosa da imponência do novo Gran Circo de Sevilha. Da calçada, em sua cadeira de rodas, Antônio a contemplava em silêncio, comovido pela alegria dela, oprimido por um mau pressentimento.

Pepe Dominguez foi saudado como herói sob a lona velha da Escola de Artes Circenses de Casa Pequena. Demorou-se em longos abraços, e desse encontro de velhos companheiros jorrou um choro torrencial. O passional Pepe não se furtava a essas emoções. Ao contrário, entregava-se a elas por inteiro, apaixonadamente, convencido de que eram o motivo maior de viver. Apresentou a todos a sua Irene, companheira que ele havia conhecido quando ainda andava pela periferia das cidades, farejando talentos nos bastidores de circos mambembes para constituir sua nova companhia. Ela não era artista e do picadeiro só conhecia a vista a partir das arquibancadas. Mas se apaixonou por Pepe e foi incansável a seu lado na luta para levar o Gran Circo de Sevilha de volta ao caminho da glória. Eram suas a criação e a produção das roupas exibidas durante o desfile de chegada. Depois de relatar sua aventura, Pepe Dominguez pediu que Irene se sentasse a seu lado e se acomodou para ouvir, agora ele, as histórias dos que ficaram em Casa Pequena.

O palhaço Melancia, boné na cabeça, uma camiseta puída de malha branca, suspensórios vermelhos e uma calça jeans surrada, era o membro mais antigo da companhia e amigo do "chefe" desde a infância, época em que costumavam aterrorizar com suas travessuras a companhia comandada pelo pai de Pepe. Como quando, aproveitando-se da distração do tratador, abriram a jaula dos leões, colocada próxima à bilheteria para impressionar o público, pouco tempo antes do espetáculo. Foi uma correria dos diabos, embora nenhuma das feras tenha se interessado em sair, desconfiadas, por certo, de que estava na hora de trabalhar. Nessa condição de veterano, tomou a frente e começou o relato com sua cara de menino puro, mal acoplada sobre o corpo enorme. A voz era serena e aveludada; as mãos, muito grandes, mas afeitas a gestos infantis, o que deixava mais evidente o desencontro entre o personagem e sua anatomia, ao mesmo tempo segredo do encantamento das plateias quando ele estava em cena.

Melancia complicava, sem ter essa intenção, o esforço do recém-chegado de conter-se para poder ouvir, pois que o coração de Pepe encontrava-se, por assim dizer, suavemente depositado nas mãos do amigo. Não bastasse o gestual cativante, o velho palhaço deu início à narrativa falando da tristeza inicial, das humilhações sofridas no trabalho doméstico, da falta de dinheiro até para comprar arroz e feijão, quanto mais para satisfazer outras necessidades mais caras, como tratar de uma cárie dentária ou comprar uma roupa. O semblante do dono do circo caiu, o rosto ficou vermelho e seus ombros arquearam. Melancia percebeu o impacto de suas palavras e mudou o trajeto da narrativa:

– Mas aí, Chefe, surgiu a ideia da escola e enchemos isso aqui de bandeirinhas, as crianças chegaram para as aulas e a vida se transformou numa alegria parecida com os melhores dias do nosso circo.

Outros, em socorro, se juntaram à tarefa de narrar a história, ansiosos por contar os casos e os detalhes do que aconteceu desde então, dos progressos impressionantes da meninada e dos talentos descobertos na cidade. Péricles, o Mago, tinha uma legião de pupilos. Além dos truques que ensinava para iludir o público, gostava de iludir a si mesmo com devaneios sobre sua grandeza e importância para o desenvolvimento da arte. Tal qual fazia com seus alunos, emendou um longo discurso sobre as últimas novidades desenvolvidas em seu trailer, que, na primeira oportunidade de demonstração, maravilharia Pepe e Irene, tinha certeza, e depois o mundo, outra vez sob a lona do Gran Circo de Sevilha, "a vanguarda mundial da arte circense".

Amanda, para contentamento do mágico, comentou como os alunos de Péricles em tudo se pareciam com o professor, incluindo o gel no cabelo, a inseparável gravata borboleta e as calças, mesmo velhas e desbotadas, sempre pretas com riscas brancas. Até mesmo o jeito de caminhar, como se estivesse em desfile interminável, os meninos imitavam. De mãos dadas com Irene, Pepe ria e interrompia os relatos com aplausos ou levantava-se para novos abraços. Estava alegre e aliviado, mas de novo não se segurou quando Amanda mostrou a ele seu número de malabarismo com 10 bolas sobre o monociclo. Chorou tanto que Amanda interrompeu a apresentação para cuidar dele. "Seus pais estão te aplaudindo, eu sinto, eu sou capaz de ouvir", dizia, para novamente urrar de tanta emoção.

Capítulo 15

A reestreia do Gran Circo de Sevilha foi um acontecimento. A cidade lotou todas as apresentações, veio gente dos povoados vizinhos e até jornalistas de fora, que estiveram na cobertura da crise de Geraldo Amadeu, voltaram para transformar o reencontro da trupe em notícia de jornal. Os artistas, de nacionalidades diferentes – assim os anunciava o suspeito Pepe –, se revezavam em números de difícil execução e apurada técnica. Os palhaços trouxeram truques novos e uma graça inovadora, com intensa participação do público. Animais não havia mais, em respeito e cuidado com a natureza, dizia o dono do circo, mas era, na verdade, resultado da sua ojeriza por domadores desde o crime sem perdão da formosa, felina e maravilhosa dançarina Florinda.

O auge da apresentação, no entanto, não foram os números inovadores nem os mais arriscados, mas os apresentados pelos professores da escola, de volta, enfim, ao picadeiro, e por seus alunos. Mesmo defasados na técnica e em desvantagem na comparação com o restante da companhia, eram saudados pelo público de pé, ovacionados como se fossem os melhores, tal o carinho, a admiração e o orgulho que a cidade tinha deles. Amanda, então, nem se fala. Era a grande estrela a encantar a todos, a começar por Antônio, sempre na primeira fila, em lugar especialmente reservado a ele. Uma deferência de Pepe e Irene para mostrar o afeto e o respeito pelo companheiro de Amanda e, também, para retribuir o lauto jantar e o belo quadro a eles presenteados.

Capítulo 16

Antônio Manoel Fragoso, agora general Toinho – novamente as crianças e sua sede de batizar as coisas do mundo –, vivia dias de intensa atividade. O circo era um item a mais na sua agitada agenda.

– Você não se cansa nunca, não enjoa? – perguntou-lhe um dia Gustavo.

O general Toinho interrompeu seus afazeres, lembrou-se da primeira manhã ao lado de Amanda e da desagradável sensação de vazio e frustração que o fez levantar-se e ir preparar o café na cozinha. Depois, as portas abertas por Amanda para ele se libertar da tristeza e tudo o que aconteceu naquela cidade, agora tão amada. Toinho pouca identificação encontrava com aquele homem desembarcado do trem pelo cabo de polícia, abotoado em uniforme de gala.

– Fome e sede a gente satisfaz, meu menino. Gratidão, nunca. É curioso, mas por não acabar nunca é que não cansa nem enjoa. Esse mundo é assim mesmo, escondido, à espera de ser descoberto – respondeu.

Capítulo 17

Mas houve uma noite, uma noite sobre a qual já havia sinais de sua chegada, sutilmente acumulados nos cantos da casa, quase imperceptíveis, mas, mesmo assim, noite repentina, descolada do calendário do tempo ordinário. Amanda entrou na cozinha carregando um tipo de tristeza que não cabe em gavetas, rodeou Antônio com conversas sem sequência, contou casos em que ela própria não estava prestando atenção. Sentou-se, enfim, diante dele na mesa e foi direto ao assunto:

– Eu vou com o circo.

Antônio Manoel Fragoso avistou a tempestade se aproximando de novo. O vento-furacão sacolejou sua alma, esfregou-a contra as costelas, espremeu seus olhos à procura de lágrimas, ameaçou com bússola nenhuma mais uma vez, despertou fome na ponta dos dedos e angústia nos calcanhares. De novo as impossibilidades. Antônio ouviu um gemido longo vindo de dentro dele, das escuridões, mas sua boca não se abriu ao capricho do lamento. Sentiu-se tonto e temeu desequilibrar-se sobre o banco. Segurou firme as bordas da mesa para não cair e reconheceu, então, pelo tato, as mãos confiáveis do general Toinho. Recompôs-se.

– Eu deixei um pedaço da minha vida dependurada no trapézio. Você não precisa mais das suas pernas, mas eu ainda sonho com as minhas asas. Não se decepcione comigo, por favor, não se entristeça. Depois que eu me desfizer delas, eu volto.

– Mas você já tem asas, não percebe? Não vê o encantamento que sua simples presença desperta nas pessoas? Além disso, você construiu uma vida aqui e, agora, vai simplesmente largar tudo?

– Antônio, eu te amo com todas as minhas forças. Você é a pessoa mais importante para mim. Isso não muda, só torna a minha decisão a mais difícil da minha vida. Também amo o que construímos juntos em Casa Pequena, mas Pepe e aquelas pessoas são a minha família. Cresci no meio deles. Eu preciso retomar a vida que interrompi, preciso experimentar o que rejeitei, porque doíam muito àquela época tantas perdas.

– Mas você tem certeza de que é a vida de circo o que você quer?

– Certeza não tenho, meu amor. Eu pensei, depois que perdi meus pais, que não queria mais viver no circo, mas, para minha surpresa, o circo nasceu em mim de novo. Alguma coisa está fora do lugar, uma parte de mim não está aqui desde antes do Gran Circo de Sevilha chegar, desde que comecei a fazer as aulas de malabarismo e me surpreendi com a facilidade de executar as manobras mais complicadas. Esse talento descoberto me tirou o sono, me trouxe uma nostalgia de mim mesma. Passei a desconfiar que tinha feito a escolha errada ao abandonar o circo. Confesso que estou muito confusa, pode ser que voltar para a vida no picadeiro seja, de novo, a escolha errada. Não sei responder, mas não posso simplesmente virar as costas. Preciso experimentar. Eu tenho que ir, não tenho saída.

– E quando é que você parte?

– Em dois dias.

Toinho segurou as mãos de Amanda, a bela Amanda, a mulher que ele amava tanto, aquela que lhe mostrou a porta de passagem para uma vida transformada por novos significados. Acariciou o próprio rosto com as mãos dela, beijou-as demoradamente e não disse mais nada. Percebeu a inutilidade das palavras.

– Você não quer vir comigo? Assumir a administração do circo e resolver a grande deficiência do Pepe? Ele gostou tanto de você!

– Não, Amanda, você sabe que não.

A lua era nova. Toinho foi sentar-se no quintal, ao pé da bananeira. Observou o muro e desejou surpreender Gustavo a espiá-lo, mas Gustavo não estava lá. Havia as estrelas, uma vez mais, e a noite ameaçando desabar lá de cima para cobri-lo de escuro novamente. Não, não aconteceria, não havia mais vazios nem abismos à sua volta, apenas o peso repentino de tudo a trazer de volta as rugas de velhas emoções. O general Toinho, a pedra que havia aprendido a ser banco, a coruja pousada num galho próximo, a doce Amanda, o muro e a falta de Gustavo. Antônio olhava atento para os seus afetos e tudo o mais que o amor criou. Agora, aliado ao vento, rezava uma dor, o pedaço de alguma coisa, inchada e dolorida, no meio de outras coisas sãs:

Dai-me, Deus, os intestinos do mundo.
Só quero as vísceras, os músculos e as fibras.
É deles que sei.
Minha retina foi feita do seu tecido escuro,
e é com ela que vejo o mundo.
Não sei das coisas brilhantes e iluminadas,
só vejo as nebulosas com nitidez
a partir das minhas dobras.
Para meus olhos imprestáveis,
seriam, apenas, estrelas.
Você vai, minha amada.
Eu fico.
Não podemos todos partir.
Minhas pernas querem ficar,
elas nasceram aqui.
E por essas ruas criaram meus passos.
Não posso mais renunciar a elas.
Descobri o prazer de ver o mesmo sol
nascendo todas as manhãs.
Amo os meninos catarrentos
indo para a escola bem cedo.
O fruto do meu trabalho,
tenho seu gosto na minha boca.
O que se poderia esperar
de um homem como eu
a não ser a falta de tino
para as belezas incomuns?
Que não fosse a insensibilidade
para as coisas muito grandes do mundo?
As migalhas é que me deslumbram.

Só não entendo essa sede de sal,
não sei porque tanta tristeza.
Será que meus ossos cresceram mais
do que pode o couro ser esticado?
Permita-me, meu Deus, apenas algumas lágrimas
para que elas não me turvem a visão.
Vigia a minha dor.

Capítulo 18

O general Toinho pintou até de madrugada e, logo cedo, entregou a Amanda um presente. Era um cartaz em que ela aparecia em roupa de circo, com uma enorme asa azul de borboleta às costas, e os seguintes dizeres: "Não percam: Amanda, a Fada do Malabarismo". Ela o fixou no seu novo trailer, ao lado do cartaz estrelado por seus pais e presenteado por Pepe no dia de sua partida de Casa Pequena.

Ao contrário do que Toinho imaginava, vários artistas da primeira fase do Gran Circo de Sevilha não quiseram partir. Eram seis e estavam tão felizes com a escola e tão comprometidos com os alunos que preferiram ficar. O sentido do trapézio no círculo central da bandeira de Casa Pequena estava, assim, preservado, e salva, por consequência, também a garça branca, pois, do contrário, sem ter onde pousar, talvez resolvesse seguir Amanda e o circo. Entre os que resolveram ficar na cidade, as surpresas maiores foram Péricles e Melancia. O mágico, em noite de insônia, na véspera da partida, não pôde mais fugir da realidade. Admitiu para si mesmo a fragilidade de seus novos truques, superados pelas novas tendências do ilusionismo. Mais grave: sabia de sua incapacidade para atualizar-se.

O tremor nas mãos, agravado pelo consumo de conhaque barato todas as noites na solidão do trailer, reduzia consideravelmente suas chances. A trava amarga do declínio atravessou sua garganta logo na primeira apresentação do Gran Circo de Sevilha, depois do retorno a Casa Pequena. A comparação com o novo mágico da trupe tinha sido inevitável e desvantajosa. Decidiu, assim, ficar, amparado pelo carinho e devoção de seus alunos.

Pepe sentiu a decisão de Péricles, mas não se conformava de forma alguma com a perda de Melancia. Tentava demovê-lo, a peso de argumentos, oferecimento de vantagens e chantagem emocional da grossa. Rodeado por seus alunos, o palhaço resistiu. Apontava para eles e tentava explicar:

– O problema são os meninos, Chefe, são os meninos.

Apenas dois alunos se incorporaram à companhia. Eram irmãos gêmeos, contorcionistas de sucesso, órfãos de lavradores pobres, ambos mortos pelos mesmos males, o de Chagas e o da falta de assistência. Outros aprendizes também quiseram ir, afinal os talentos eram muitos, mas não conseguiram vencer a oposição dos pais. A caravana deixou a cidade de manhã, de forma muito diferente de quando chegou, sem música nem desfile de fantasias. Parecia um espelho em movimento: a tristeza que abanava as mãos da calçada era a mesma que respondia de dentro dos caminhões e trailers.

Entre todos, destacava-se naquela paisagem de desânimo a serenidade do general Toinho, sentado em sua cadeira de rodas, ao lado de Gustavo. Acenava para a caravana e, quando Amanda passou, juntou as mãos em sinal solidário de vitória. Todos os presentes, de um lado e outro do espelho, adivinhavam o tamanho da sua dor, mas foi tal a sua coragem que muitos ancoraram nele seu próprio naufrágio e reagiram com força e determinação. O Professor também dava adeus, aboletado na janela do carro de som. Tinha resolvido deixar Casa Pequena, empregado na limpeza do circo. Sempre silencioso, o ex-interno do hospital psiquiátrico não teve dificuldade para explicar a Toinho a sua decisão:

– Não sei o que vem por aí e tenho medo, mas graças ao senhor redescobri a coragem de tentar. Não quero mais me esconder detrás da vida de ninguém. Aprendi que viver é verbo que se conjuga na primeira pessoa.

Toinho observou-o como da primeira vez, quando chegou ao casarão pedindo trabalho. Descobriu olhos diferentes, mais vivos, embora ainda tristonhos.

– Tome conta de Amanda e não deixe que nenhum mal lhe aconteça.

– Farei tudo o que estiver a meu alcance. Eu já fui professor, mas não consegui cuidar nem de mim mesmo, quanto mais dos meus alunos. Para sorte deles, me perdi antes que pudesse ensiná-los todos os erros que conhecia. Cuidarei para que Amanda não sofra mais do que pode suportar

Capítulo 19

Vestido em um jaleco branco, com brasão do hospital dirigido por seu pai, o jovem Dr. Gustavo acordou bem cedo com os gemidos e a respiração difícil do seu paciente. Levantou-se apressado da poltrona e foi até o leito em que o corpo magro de Toinho descansava. Tinha 71 anos, mas a velhice adiantara-se no tempo, debilitando sua saúde. Mesmo doente e fraco, havia um sorriso permanente dependurado em sua boca. Ele entregou ao médico o retrato de Amanda e pediu que o guardasse.

– Você se lembra de quando eu cheguei em Casa Pequena, Gustavo? Você era tão menino! – começou o velho, com seu fiapo de voz. Lembra de Amanda em seu vestido de chita, o riso dela, a alegria de viver que ela me ensinou, o casarão, a escola de pintura, o jardim que plantamos na praça, a escola de circo? Você tem cuidado de tudo, não é Gustavo?

O rapaz assentiu com a cabeça

– Lembra de quando me espiava do muro e me chamou de homem-gaiola? Da alegria das mulheres tecendo juntas os tapetes para vender, dos poetas e cantores que surgiam como se brotassem do chão? E o Professor fazendo as plantas crescerem só de tocar nelas? Lembra, Gustavo? Pois saiba, meu menino, nós fomos muito fortes para suportar tanta felicidade. E só conseguimos porque descobrimos o esconderijo do mundo, o lugar onde a vida guarda suas essências, seus licores de puro mel.

Toinho teve de interromper o que dizia para buscar ar. Gustavo afagou sua cabeça e pediu-lhe calma, que tentasse reduzir a excitação. O general desconsiderou o conselho e, com um movimento frágil, puxou o médico pela manga do jaleco até trazê-lo para bem perto de si. A voz, muito fraca, quase não se ouvia:

– Gustavo, esse meu coração não quer mais as grades das minhas costelas – disse o general e esticou seus lábios murchos em um sorriso de anjo velho, sem dente algum.

A mão soltou-se do jaleco e os olhos de Toinho se fecharam com suavidade. Gustavo acariciou a barba branca do general, o cabelo fino e ralo, seu rosto e as dobras da pele cansada. Tirou o lençol que o cobria e, com o cuidado de quem segura cristal, o pegou no colo. Deitou o rosto querido em seu ombro esquerdo – o sorriso ainda estava lá – e abraçou o tronco magro, coberto pela camisola branca do hospital. Saiu pela portaria e caminhou pelo meio da rua em direção ao casarão da Rua do Brejo. A cidade foi se dando conta aos poucos – os motoristas frearam seus carros, as crianças pararam de correr, as pessoas saíram à porta de suas casas, deixaram as lojas, acenando em silêncio para o homem dormindo no ombro de Gustavo. O médico caminhava alheio ao que acontecia à sua volta. O general, pensava, era mesmo um homem diferente, como ele nunca tinha conhecido igual, nem o cego Jeremias nem dona Amália, muito diferente. Uma metade sem pernas e, mesmo assim, mesmo sem o seu uniforme cheio de medalhas, mesmo nessa camisola de hospital, é ainda tão bonito e forte. Estreitou o corpo de Toinho contra o seu e lamentou que Amanda não estivesse ali.

As pessoas foram se concentrando na beira das calçadas, despedindo-se do homem que amavam tanto, a cabeça branca do general Toinho, magro, só ossos, descansando, retribuindo com um sorriso murcho e eterno, para sempre na memória do povo de Casa Pequena. Nuvens de pássaros tomaram o céu da cidade, fazendo alarido, misturando seus cantos em sinfonia, evoluindo sobre a rua, todos na mesma direção, até se separarem mais adiante, em dois blocos, voltando a se encontrar sobre o hospital, de onde partiam em novas evoluções, acompanhando Gustavo e o general sem pernas até eles entrarem pela porta da frente do casarão.

OS OLHOS DE BERNARDO

Capítulo 1

Quando vi um deles caminhando pelo acostamento da estrada, os olhos fixos em algum ponto lá na frente, tive uma fome estranha de horizonte. Era um homem pequeno, de traços orientais, uma barbicha longa como original bandeira ao vento e um olhar que nem me viu, mas me reteve. Minutos depois, outro, como o anterior, pequeno como ele, uma barba rala e sem cuidado, quase maltrapilho, os mesmos olhos amendoados, o mesmo olhar sereno, a mesma certeza de chegar aonde quer que estivesse indo. Eu nem sabia o destino de nossa viagem interminável. Fiquei sobrando dentro de mim.

Poucos quilômetros adiante, paramos em um posto para abastecer os caminhões, e aproveitei para perguntar se alguém sabia alguma coisa sobre aqueles dois. O frentista primeiro olhou bem para mim, para se certificar de que eu falava sério, depois baixou o olhar:

– São uns maluco que veve poraí, andano pela estrada, sem trabaiá, morano ninguém sabe onde, nunca se viu, talvez em alguma grota, ninguém sabe. Não sei mais não, não me interesso por gente assim, sem endereço. De mindingo e vagabundo, não se sabe nem o nome.

Na lanchonete, uma balconista lavava copos e cantarolava. Interrompeu o serviço ao ouvir minha pergunta.

– Por que o senhor quer saber?

– É que fiquei curioso, cruzamos com eles na estrada e..., para falar a verdade, não sei dizer direito. Pareceram gente muito diferente, especial, como se tivessem alguma coisa para... – interrompi a fala com receio de ela me achar tão estranho como aqueles dois andarilhos. Mas ela sorriu.

– O senhor pode perguntar pra quem quiser, ninguém sabe dizer ao certo. Nem o delegado, que prendeu um deles tempos atrás, sabe contar qualquer história. Parece até que ficou mais bobo depois que o baixinho e o parceiro dele, um ladrão de cego, foram soltos e voltaram para casa. O povo fala muita coisa, mas saber mesmo ninguém sabe. Dizem que moram no meio do cerrado, perdidos, sem estrada, trilha ou qualquer indicação para chegar. Uma vila de gente maluca e ruim. Se alguém quiser ir lá tem que ir pelo rumo. Mas isso não passa pela cabeça de ninguém ajuizado.

Perguntei o rumo e voltei para o comboio. Pepe havia decidido pernoitar ali mesmo. Encontrei Amanda sentada à mesa do seu quarto, usando o velho vestido de chita, o que significava, em seu ritual particular, que escrevia ao general. Estava concentrada na tarefa e nem me viu entrar. Sentei no beliche, dividido por ela com a assistente do mágico. Esperei. A vi escrever sem descanso, depois respirar profundamente e deixar-se ficar minutos a fio com o olhar perdido, vagando pelo corte de paisagem oferecido pela janela estreita do trailer.

Quando me percebeu, sorriu, sentou-se a meu lado e apertou minhas mãos entre as suas. Disse a ela que seria bom se chovesse para amenizar o calor, depois comentei sobre a sujeira do banheiro da lanchonete. Ganhava tempo para a coragem chegar. Amanda, como sempre, era toda atenção, me ouvia com aquele jeito só dela, fazendo aconchego para quem estivesse falando.

Contei, enfim, sobre os pequenos andarilhos e sobre minha decisão de deixar o circo para procurá-los. Ela tomou um susto, pediu para eu repetir, perguntou se era brincadeira. Depois, me observou em silêncio, olhou bem no fundo dos meus olhos, chegou a pedir que eu pensasse melhor, uma loucura sair andando sem saber aonde ir, à procura de pessoas que eu nem conhecia, de mendigos, gente sem ocupação, talvez fossem até bandidos. Mas ela já tinha percebido que não poderia afastar de mim aquela ideia, era o meu caminho, um caminho tão diferente quanto o dela próprio. Não havia o que fazer.

Levantou-se e começou a tomar algumas providências, interrompendo de vez em quando os passos dentro do quarto apertado para enxugar os olhos e confirmar a veracidade dos acontecimentos. Embrulhou um sanduíche em guardanapo de pano, me deu uma garrafa plástica de água mineral e algum dinheiro. Enfiou um papel no meu bolso com o roteiro do circo e disse para eu não me demorar muito a voltar ou estaria me esperando em Casa Pequena, dentro de, talvez, seis meses, prazo inventado para não alimentar seu dilema. Não sabia, na verdade, quanto tempo seria necessário para encontrar o que procurava, para que os caminhos possíveis fossem apenas um. Qual a distância ainda a separava do dramático dia em que, sabe Deus com que forças, se despediria de Pepe e voltaria para o lado do general Toinho, disso não tinha ideia. Eu quis beijar os olhos dela para secar o riozinho de lágrimas, mas percebi que todos os beijos que eu tivesse para dar não poderiam beber sequer uma gota. A tristeza dela era maior que a nossa despedida, a dor de Amanda não estava em mim.

Deixei o trailer com o peito pesado, dois sacos de areia tentando respirar, pensando no quanto é incerta a vida, a nos separar hoje das pessoas que mais amamos, a nos reunir amanhã ou despedir para sempre. Eu não entendia onde Amanda conseguia guardar tanta saudade. Certamente na mesma gaveta do vestido de chita. Mas a sua dor, eu tenho certeza, não podia ser descrita, não podia ser dobrada para caber em caixa bem escondida debaixo da cama, não dormia, não descansava nem deixava descansar, ficava caindo dos móveis, molhando o chão, lambuzando as maçanetas das portas. Derramando sempre.

Eu, assombrado com tanto sumidouro no mundo, perguntava ao tempo quando Amanda tomaria sua decisão. Eu, com dificuldade de separar tanta coisa misturada, só conseguia ver em Amanda o sonho de voltar para Casa Pequena. Mas, antes, ela precisava achar um pedaço de vida perdida, uma metade de sua pessoa não refletida no espelho de seu trailer. Se eu pudesse, ajudaria, mas, para meus olhos ainda de tão pouco repertório, ela era o conjunto completo de todas as coisas boas do mundo, sem necessidade de melhoria. Como encontrar o que desconheço? Eu, com minha bagagem de ignorâncias, sabia apenas que Amanda chorava em noites estreladas.

Deitei-me para sair bem cedo no dia seguinte. Sonhei com um vilarejo em grande confusão. Seus moradores corriam de um lado para outro, entrando em casa e saindo de lá com os móveis e utensílios, cercando as crianças para não se afastarem, empilhando as coisas nos carros. Algumas pessoas interromperam a correria e se dirigiram, apressadas, à casa de um homem muito querido e respeitado.

– Você não vem?! – perguntaram, atônitas, ao perceber a mobília no lugar. O homem se mantinha calmo, sentado em sua poltrona, como se nada estivesse para acontecer.

– Não, vocês sabem que eu não vou.

– Mas você vai morrer afogado se não fugir conosco!

– Mas é exatamente o que eu quero. Sou tão feliz, é tão plena a minha vida, que só a morte pode completá-la.

Os outros saíram dali envergonhados. Como podiam ser tão mesquinhos, tão apegados a seus móveis, a suas casas e famílias? Como podiam fugir do que era realmente essencial?

Logo depois de deixarem a vila, uma onda imensa apontou no horizonte e inundou tudo. O homem se deixou tomar suavemente pela água e começou a nadar em direção ao fundo. Quando, porém, o ar começou a faltar em seus pulmões, percebeu a impossibilidade de deixar-se morrer. Nadou imediatamente, com toda a pressa, em direção à superfície.

Sugou todo o oxigênio possível e não encontrou sinal de terra no horizonte. Tudo estava tomado pela água. Entendeu, então, que acabaria cumprindo sua decisão, mas só depois de estar exausto de lutar pela vida.

Acordei com uma sensação de esquina. Não conseguia compreender o sentido do sonho, mas tinha a convicção da necessidade de fazer algo por mim. Levantei de um pulo e fui ao encontro do tal vilarejo. Uma intuição me dizia que as explicações para a minha vida insondável estavam cuidadosamente guardadas pelos dois pequenos andarilhos, prontas para me serem reveladas ao abrir mágico de duas mãos em concha. Temi estar perdendo o juízo de novo, mas preferi não pensar. Afinal, para alguém como eu, assim tão descabido, juízo só serve para tranquilizar os outros.

Juntei meus poucos pertences, botei tudo dentro de uma sacola e fui para a delegacia da cidade. Era uma saleta cheirando a repartição pública – aquele cheiro de velhices e desafios poucos –, equipada apenas com um arquivo velho de metal, enferrujado nas quinas, uma mesa central e uma cadeira em que se sentava um homem gordinho de olhar perdido. A saleta dava para um corredor de uns cinco metros de comprimento, de paredes caiadas e piso de cimento vermelho, por onde se chegava à única cela, do mesmo tamanho e formato da saleta, mas com grades na porta e na janela. Uma cortina de plástico vermelho, estampada com luas e estrelas douradas, protegia a privacidade de um vaso sanitário e um chuveiro. Em uma das paredes, do lado oposto ao beliche, um quadro de Jesus Cristo com o coração envolto por uma coroa de espinhos e uma lágrima espessa e branca, cor de leite. Parei em frente à mesa e perguntei pelo delegado. O gordinho branquelo dirigiu seu rosto sonolento para mim, comprimiu as bochechas suadas, talvez numa menção de sorriso, e respondeu:

– O delegado sou eu, a seu dispor.

Capítulo 2

Eram 10 horas da manhã, e o rumo, como dizia a balconista da lanchonete, era cerrado adentro. A história do delegado Antero Marcone Infãnte – tão solícito em contá-la – não me saía da cabeça. Assim como a origem daquele til equivocado, o representante local da lei não sabia explicar muita coisa. Tentava, mas não conseguia. Dois meses antes, ele havia prendido o homenzinho de barbicha e olhos orientais por falta de documentos e vadiagem. Foi duro, deu-lhe alguns safanões, ameaçou mandá-lo para o presídio na capital. O olhar sereno do preso não se desviava nunca do olhar inquieto do delegado. Antero fez um punhado de perguntas e obteve sempre a mesma resposta: "Mas por que o senhor quer saber? Isso não lhe diz respeito!" Com a insistência e a irritação do delegado beirando o descontrole, o preso passou a variar suas declarações: "não sei" ou "não me lembro".

Nas duas semanas que ficou trancafiado, passava o tempo assoviando ou em silêncio profundo e inabalável, somente interrompido quando o delegado lhe dirigia a palavra. Recebia-o, então, com uma alegria sincera e desconcertante, como se fossem velhos amigos, separados há muito tempo. Antero, de início, pensou tratar-se de um desmiolado. Mas, como tudo no preso era pleno equilíbrio, perdeu primeiro a pose, depois a autoridade e, por fim, a compostura. Xingava, exigia respeito, desesperava-se. As referências internas de segurança se foram, tudo perdeu o sentido e nem a carteira de delegado lhe sustentava mais o brio.

Foi nessa situação que chegou, pelas mãos do cego Aderbal, um sujeito mirrado, de ossos pontudos sob a roupa gasta, boné e chinelo de borracha, a pele morena e uma barba de adolescente a cobrir um queixo discreto, à beira da inexistência, mero prolongamento da boca quase muda. O estranho tinha tentado furtar os trocados deixados no chapéu do cego, na esquina mais movimentada da cidade. Surpreendeu-se com a agilidade de Aderbal, já agarrado a seus pulsos e, em seguida, ao pescoço, a perna passada por detrás das suas, lançando-o ao chão, imobilizando-o com uma chave de perna e uma gravata asfixiante. Em seguida, cercado pelos transeuntes, o constrangimento algemou-o. O próprio cego o conduziu sozinho até a delegacia, passando uma descompostura sem fim e castigando sua cabeça com coques doloridos.

Os dois presos se deram muito bem. Conversavam horas a fio e faziam silêncio juntos. Pediam, vez e outra, alguma coisinha, um pano velho, umas ripas de madeira, um saquinho de milho. Surgiu daí uma mesinha, coberta de tosca toalha, e um pombo, que toda manhã, bem cedo, vinha bicar o milho através do vidro quebrado e encardido da pequena janela gradeada. Antero, por sua vez, sofria cada vez mais com a súbita falta de lugar no mundo. Inquieto e inseguro, deixou de almoçar em casa e passava o dia inventando desculpas para ir até a cela. Os presos o recebiam bem, mas ele não conseguia dizer palavra. Das primeiras vezes, irritava-se e atravessava de volta o corredor cada vez mais longo. Depois, foi se deixando ficar assim mesmo, abatido e solitário. Sentava-se ao chão, descansava a cabeça na grade da cela, e a testa, silenciosa, buscava executar o desejo inconfessável de passar entre os ferros e fugir para dentro da cadeia, para perto daqueles homens e de algo que eles sabiam e lhe escapava por completo. Certamente, ansiava, esse segredo ajudaria a reorganizar seus pensamentos e sua vida. Ficava cada vez mais longo o tempo de permanência abraçado às grades e, depois, o percurso de volta para sua sala. Certa vez, a confusão o deixou prostrado no chão de cimento vermelho. Levou toda a noite para atravessar de volta o corredor.

– Eu não sabia, mas existe gente que é impossível prender – queixou-se Antero, sorvendo mais um gole de café. A cela ficou parecendo uma casa tão aconchegante que, depois que eles partiram, tranquei a porta da frente da delegacia e dormi duas noites lá, escondido, na mesma cama que o barbicha usava, para ver se me confortava. Mas não adiantou, não adiantou.

O delegado nunca mais prendeu ninguém, sob polêmico argumento, duramente criticado pela Corregedoria de Polícia. Segundo sua defesa no inquérito administrativo aberto contra ele, "o elemento que permite sentir-se privado da liberdade já estava preso antes da detenção, sendo a cadeia, portanto, castigo inútil e gerador de revolta, capaz de, consequentemente, aumentar o risco oferecido à sociedade trabalhadora pelo hipotético elemento supracitado". O delegado não conseguia encontrar as respostas aos questionamentos.

Tudo parecia vago e inalcançável, embora Antero Marcone Infãnte – e seu til equivocado – teimasse ser a única e profunda verdade, da qual estava plenamente convencido.

Capítulo 3

Na calçada em frente ao cinema da cidade, interrompi a caminhada para observar o sol do início da tarde a derramar luz em exagero sobre o cenário urbano. O calor atrasava o ritmo das pessoas, dos carros e das montarias pelas ruas empoeiradas, desperdiçava o dinheiro miúdo do povo com perfumes de alfazema e lavanda, com sabonetes suficientes para vários banhos ao dia, inúteis, porém, para conter o suor incessante. Um pequeno jornaleiro me devolveu de súbito à infância: "Oooooooooooolha o Diáááááááááááárioooooo! Colégio Municipal forma primeira turma. Prefeito promete nova ponte no Imbiruçu. Oooooooolha o Diáááááááárioooooo"! Comprei o jornal em mudo agradecimento pelo repentino conforto e aproveitei para pedir notícias sobre o homenzinho de olhos orientais. O garoto depositou a pilha de jornais sobre a calçada, sentou-se no meio-fio e tirou o boné, deixando em exibição o topete à príncipe Danilo. Concentrado nos bicos surrados do Conga de lona azul, abraçou as pernas na altura dos joelhos e começou a contar, completamente absorto pelas próprias palavras, como se eu não estivesse ali:

– Ele mora numa vila bem pequena, mais longe que perto daqui. Não sei dizer quantas horas ou quantos dias de caminhada. Quase ninguém vai lá, ninguém nunca foi e voltou pra contar. Até a polícia tem medo de ir. Não por causa de bandidagem, mas para não encontrar o pecado e as coisas do outro mundo. É o que o padre repete em toda missa: que o povo de lá perdeu o juízo e a memória, se esqueceu de tudo, ninguém sabe quem é filho de quem, qual a mulher de que marido, onde fica a cama certa pra dormir. É tanta pouca-vergonha, disse o padre, que Deus colocou a loucura na cabeça de cada um deles. E avisou que todo mundo que não obedecer às leis terá castigo igual.

O garoto suspirou:

– Mas sempre que eu encontro o Barbicha, ele ri pra mim e fica do meu lado, fazendo companhia. Me atrapalha a venda, mas eu não ligo. Ele não abre a boca, mas eu posso sentir as coisas que ele quer me dizer, coisas tão bonitas que não pode ter pecado nenhum, nem uma pitada de ofensa a Deus. Pena que o padre não quer ouvir o Barbicha. Gosto dele, assim, desse jeito dele mesmo. Mas é muito!

O garoto sorriu, levantou-se, pegou os jornais e voltou ao trabalho: "Oooooolha o Diááááááriooooo"! Levantei-me em seguida com os pensamentos ainda mais embaralhados. Resolvi visitar o padre. Afinal, ele poderia me dar uma outra face do meu desconhecido personagem e, quem sabe, ajudar a organizar o cenário em que eu deveria desenvolver minhas próximas ações. Encontrei-o na sacristia, absorto na leitura de documentos e em anotações. Minha repentina presença foi motivo de transtorno, e ele mal conteve a irritação de ser interrompido. Perguntou quem eu era, me identifiquei como um viajante, de passagem pela cidade. Burilava os dedos sobre a mesa para não deixar dúvida sobre sua impaciência.

– Eu gostaria de falar com o senhor sobre aquele homenzinho de barbicha e olhos orientais...

– Você o viu? Ele está na cidade? – alarmou-se.

– Não, não o vi. Eu estou buscando informações sobre ele.

– Pois veio procurar no lugar errado. Pergunte na cadeia, que é lugar de onde ele nunca deveria ter saído. Quem é mesmo o senhor, por que procura aquele vagabundo?

– É que estou fazendo uma reportagem e preciso entrevistar pessoas que estiveram com ele e que possam saber alguma coisa sobre a tal vila onde ele vive.

A mentira saiu de improviso, torci para não me pedir um documento profissional de identificação. O padre quase se levantou, tal o impacto da informação para ele, mas conteve-se.

– Para qual jornal o senhor trabalha?

– O *Diário da República*.

Ele me olhou atentamente à procura de sinais de confiabilidade.

– O senhor já entrevistou o Dr. Mendes Arruda?

Diante da minha negativa, o padre me encheu de perguntas, certamente com a intenção de verificar o quanto eu sabia sobre o assunto. Por fim, recostou-se na cadeira.

– Pois é muito bom, excepcional mesmo, que o jornal tenha se interessado por esse homem e sua aldeia de insanos, para acabar de vez com as crendices e fantasias que estão construindo em torno dessa figura. É sinal claro de que tenho razão. Sente-se!

Não foi necessário fazer perguntas. O padre Licurgo Pessoa, 62 anos, nascido de família de imigrantes portugueses, me contou tudo o que sabia e imaginava sobre o homenzinho que tanto perturbava sua paróquia, interrompendo vez e outra o discurso para perguntar se eu estava anotando tudo.

– O senhor pode imaginar uma aldeia onde as pessoas vivem sem preocupações, em estado de alegria permanente e inquebrantável? Isso é possível? O senhor conhece alguém normal que seja assim? Não conhece porque não existe! Os que têm por aí estão internados em sanatórios ou ainda estarão. Que um homem tenha seus momentos de prazer ao encontrar-se com os amigos, ao rever os filhos no final de um dia de trabalho, ao encontrar a mulher amada ou até mesmo ao assistir uma partida de seu time de futebol no estádio, tudo bem. É natural e desejável. Pode até ter seus hiatos de felicidade existencial, de alegria e paz interior. Mas o tempo todo, como se a vida fosse uma grande festa, em que as pessoas não tivessem suas responsabilidades, a escola das crianças para pagar, as dificuldades para enfrentar, um parente que morre ou que cai no vício, a mulher ciumenta, o filho doente, o trabalho duro e entediante! Isso sem falar nas incertezas e na falta de fé que corroem a alma e só a religião pode aliviar. Aliviar, eu disse, porque resolver é outro problema. Isso é para os santos. Pois esse nanico é um caso não de irresponsabilidade ou mesmo de possessão demoníaca, como seria mais fácil de concluir para me poupar energia e facilitar meu trabalho, mas um caso exemplar de loucura, prova de que tudo em excesso, até a alegria, faz perder a saúde ou, antes, de que alegria sem medida e hora é sinal de desequilíbrio mental.

– Mas o senhor está dizendo, então, que ele é realmente alegre, que sua alegria é genuína?

– Ora, alegria, alegria... Não se impressione com a moldura, preste atenção na obra que ela enquadra, esta, sim, é que é importante. Também os índios demonstravam alegria quando os portugueses aqui chegaram, uma felicidade tão genuína quanto a de um cachorro abanando o rabo, fundada na ignorância, e não na consciência, balizada pelo alheamento, e não por escolhas. Receberam de braços abertos quem estava trazendo micróbios, armas e mortes junto com a civilização. Enganar-se com tais comportamentos primitivos do ser humano é retroceder na história! Muitos já acreditaram no mito do bom selvagem, como Montaigne,

Diderot e Jean-Jacques Rousseau, mas os jesuítas já sabiam desde o século XVI que aqueles selvagens, praticantes de canibalismo e outras bestialidades, de bom quase nada tinham. Eram ignorantes, viviam na idade das cavernas e nada conheciam dos avanços da civilização. Quem não conhece fogo e tempero é claro que se alegra com carne crua. Mas isso não quer dizer que sua alegria é genuína. Quer dizer apenas que ele não tem outra referência, que vive nas trevas da ignorância. Basta servir ao tal bom selvagem uma coxa de frango assada e temperada que a alegria se acabará para sempre. Ele ficará perturbado e infeliz toda vez que tiver que comer carne de caça crua novamente.

– Mas o homenzinho de que estamos falando, pelo que já apurei, não se enquadra no perfil do selvagem ignorante...

– Este é o ponto! O senhor é um homem inteligente. Se não é um selvagem ignorante, é um farsante, um enganador que sobrevive das mentiras que conta às pessoas, convencendo-as a viverem em sua aldeia e trabalharem para ele em troca da felicidade aqui na Terra!

– Mas ele já causou mal a alguém, comprovadamente?

– Claro que sim. Ele é muito bem treinado, muito inteligente. As pessoas conversam com ele e acabam acreditando que a felicidade tem endereço, e é lá no raio da aldeia do nanico. Até o seu Amâncio, o farmacêutico, homem respeitado e de conduta quase irrepreensível, esteve para largar a mulher, os filhos, fechar a farmácia e ir embora com o falso profeta. Foi preciso fazer uma censura pública, durante a missa, para que ele voltasse ao juízo. Mas o que me preocupa mais são as crianças e adolescentes, principalmente estes, porque os adultos sempre acabam ouvindo a voz da razão. Agora, os pequenos ainda não têm miolos suficientes para pensar. Acham que a vida devia mesmo ser uma festa.

– O senhor já esteve com o homenzinho?

O padre interrompeu o ímpeto com que vinha apresentando seus argumentos, endireitou a coluna e, depois de uma pausa, levantou-se. Caminhou até a janela:

– Estive uma vez apenas. Eu o encontrei na rua, conversando com algumas pessoas. Fui até o grupo e, com a energia necessária para contê-lo e dar o exemplo a seus interlocutores – meus fiéis! –, mostrei o mal que poderia causar aos mais ingênuos com promessas impossíveis de cumprir, com teorias vãs e mal-intencionadas, falei sobre os mandamentos de Deus, sobre a verdade, e, como sinal de tolerância e boa vontade, ofereci a ele a oportunidade de frequentar o catecismo. Sabe o que ele me disse? "Eu sinto muito por você!". Imagine: "Eu sinto muito" e, como se não bastasse, "por você!", "por você!". Essa é muito boa! O desrespeito típico de um farsante. Tive certeza, então, de que estava diante de um marginal, de um marginal da pior espécie, que é aquele que ludibria as pessoas para lhes roubar não um bem material, mas a própria alma. Um marginal que não respeita nem um sacerdote, um arrogante sem igual. Aí a conversa mudou de rumo. Ele ouviu umas poucas e boas, depois mandei que fosse embora e que nunca mais pisasse na nossa cidade. Ora essa, onde já se viu?!

O padre Licurgo Pessoa alterou-se ao reviver a cena. Estava vermelho, bufava e endireitava o colarinho da batina enquanto fazia um grande esforço para dominar-se. Respirou fundo e voltou à mesa. Sentou-se e, baixando a voz, me contou o que parecia ser um segredo guardado a sete chaves:

– Essa história, porém, pode ser mais grave do que parece. Um caso de demência coletiva, que já chamou a atenção de cientistas brasileiros e europeus. Outro dia li uma entrevista do Dr. Mendes Arruda – biólogo, antropólogo e médico, uma sumidade. Ele mencionava o trabalho desenvolvido por um cientista austríaco de renome numa comunidade de Java, onde as pessoas viviam nesse estado de alegria absoluta, sem conhecer preocupação, angústia ou infelicidade. Uma comunidade inteira de desequilibrados, vivendo livremente, sem controle algum, sem acompanhamento médico e sem assistência religiosa ou de qualquer espécie. Como o ambiente em que viviam era de aparente felicidade, as instituições e a ciência descuidaram deles, só se mobilizando quando esse cientista austríaco voltou da aldeia, após longos anos de observação, completamente transformado. Para pior: simplesmente enlouqueceu, fundou um novo ramo da psicologia e anunciava como ciência o que não passava de pura magia. Seus pares desdenharam, fizeram chacota dele, escreveram artigos para desmoralizá-lo, e o assunto morreria aí, embrulhado em desprezo. Mas algumas das principais instituições científicas europeias se deram conta da grande questão ética que permeava o assunto e passaram a se interessar por aquele bando de primitivos de Java. A loucura – esta era a sutileza de início despercebida –, mesmo que revestida de felicidade e alegria, não deixa de ser loucura, pois mantém a pessoa em estado de alheamento e inconsciência. Eu acrescentaria a concordância do ponto de vista teológico, pois essa felicidade entre aspas gera indiferença e desprezo pelos ensinamentos religiosos. É a vulgarização de Deus, que fica fácil de encontrar, como caixa de fósforos no comércio, tão comum que perde a divindade e não há mais necessidade Dele e de sua igreja entre pessoas tomadas por essa loucura. Veja bem a importância dessa observação, porque quando a ciência e a religião se encontram são grandes os avanços da humanidade. Mas voltemos aos desdobramentos do caso. Foi uma reação à altura da comunidade científica. Uma missão foi montada e viajou a Java, levando da aldeia alguns indivíduos para testes e exames nos laboratórios de Viena, Berlim e Londres. O conflito entre aquele primeiro cientista que esteve lá e o grupo que foi em seguida a Java chegou à imprensa especializada, com a publicação de artigos agressivos de uns contra os outros, e daí virou manchete nos grandes jornais. Foram tão fortes a repercussão na opinião pública e os questionamentos éticos de parte a parte que as pesquisas tiveram que ser interrompidas por decisão judicial. Os javaneses não podiam ficar confinados à espera da sentença definitiva e acabaram voltando para a aldeia, relata o Dr. Mendes Arruda. Com exceção de um, veja bem, que ganhou as ruas e simplesmente desapareceu. Pelas semelhanças com o caso do nosso nanico, é possível estabelecer uma conexão sobre a origem de todo o problema. Pode parecer mera especulação, mas, tomando as semelhanças entre os casos, eu diria que é muito provável que a vila dos pequenos homens loucos do nosso cerrado seja, na verdade, uma ramificação genética da vila dos desequilibrados de Java. Note os detalhes da etnia: a baixa estatura, os olhos amendoados, a pele morena, o rosto arredondado e as orelhas pequenas e de abano.

– O senhor está dizendo que o javanês desaparecido é o mesmo personagem que mora nessa aldeia vizinha?!

– Se você acreditar que ele estava sozinho quando sumiu, essa seria uma hipótese improvável. Mas é óbvio que alguém, talvez umas das partes envolvidas na discussão científica, o levou para algum lugar, longe dos holofotes da imprensa internacional. Por que não o Brasil? Eu escrevi ao Dr. Mendes Arruda relatando minhas suspeitas, e à Polícia Federal, já que se trata de imigração ilegal.

– Mas como o senhor sabe que estão todos loucos na aldeia?

– Ora, basta conversar com o nanico para perceber isso. Pelo que ele fala e anuncia às pessoas, não há moral naquela vila. Não há respeito por laços familiares, não há lei nem igreja, não há autoridade nem obediência. Lembre-se de que quando ele saiu da cadeia levou para a vila seu mais novo amigo: o ladrão que tentou roubar o cego

Aderbal! Veja bem quem o javanês escolheu para levar para dentro de sua própria casa, para conviver com sua família e amigos, se é que ele os tem. Um ladrão de cego! Não bastasse, você acaba de saber como ele me tratou quando aqui esteve, sem nenhum respeito a mim nem temor a Deus!

– E o que responderam o Dr. Mendes Arruda e a Polícia Federal?

– Não obtive resposta ainda, acho que não houve tempo para isso, pois são necessários alguns estudos, análises, comparações etc. antes de um posicionamento.

Agradeci ao padre Licurgo e me despedi, deixando na sacristia um homem atormentado por um inimigo inalcançável. Sua história me pareceu extravagante, mas de uma extravagância inquietante. Diverti-me imaginando quanto tempo ele gastaria conferindo as páginas do *Diário da República* em busca da matéria que nunca seria publicada. Mas não era exatamente bem-humorado que eu me sentia. Ao contrário, a possibilidade de estar à procura de um desequilibrado fazia de minha aventura um risco maior ainda, uma perda de tempo com perigosas consequências.

Capítulo 4

Caminhei em direção àquelas árvores retorcidas do cerrado antes que a dúvida e o desânimo me imobilizassem. Pisava a terra vermelha e dura, levantando poeira miúda e fazendo distância cada vez maior da estrada. Andei horas a fio. Andei. Horas a fio. Andei um cansaço enorme, caminhei uma tristeza sem fim. Queria um rasgo em minha pele, um talho imenso, para esticá-la ao limite e fechar novamente como um balão, cheio do que me faltava ou do que, em mim, estava do lado de fora, tudo o que ainda não me cabia por falta de respostas ou das perguntas certas. Suor gotejava na testa.

Pensava: as minhas certezas não resistem a cinco minutos de perguntas. Uma coleção de distâncias entre o que a boca fala, a cabeça pensa e a vida é. A dor dessa ferida aberta e o retrato da cicatriz, bem ao lado, na mesinha de cabeceira. Tudo é para amanhã porque o presente é apenas a obrigatória passagem. A vida, meu irmão, é logo depois da esquina. Aqui é a expectativa de, é essa angústia por vencer, esse tumor no peito. Não diga, por favor, que o prometido não será entregue amanhã de manhã, quando o despertador tocar. Olhe antes para o meu rosto: tenho rugas e nenhum filho. O sonho pendurado na parede, em moldura italiana.

A natureza ardia. Não via mais a estrada, nenhum sinal de vida humana. Dentro da sacola, uma garrafa de água balançava vazia sobre a muda de roupa, repetindo o barulhinho sequencial do contato do plástico com os botões, para lá e para cá. Sentia fome e dor de cabeça, mas coragem alguma de desembrulhar o sanduíche de queijo e mortadela. Só imaginar a mordida bastava para aumentar a secura da boca. Andava lentamente, a coluna doía na altura do quadril. Sem a menor ideia de direção, continuava seguindo, porque voltar significaria, àquela altura, apenas andar para outro lado, sem certeza de destino. Chorei um pouquinho, imaginando, teatral, quase podendo ver, a lágrima descendo e fazendo um sulco em meio à poeira que deveria cobrir o meu rosto. Tive pena imensa de mim mesmo, e o choro, então, desatou, rompeu o resto de pudor que me vigiava. Desabei, e o contato com o chão quente me trouxe algum alívio, mas nenhum conforto. Queria implorar socorro ou, pelo menos, fechar os olhos e dormir, mas a ponta aguda do abandono a me espetar o corpo intensificava a sensação de cansaço e dificultava qualquer reação. Chorei ainda mais. A dor de cabeça pareceu romper o limite do suportável, contorceu meu corpo em ânsias de vômito. A cada intervalo entre os espasmos, uma sensação de ridículo me confundia ainda mais. O suor do rosto, as lágrimas, saliva despencando da boca em longos fios elásticos, teias do desamparo se misturando no chão vermelho, o homem em sua mais baixa condição, nenhuma dignidade de sobra, apenas a carcaça de animal soberbo. Ri, gargalhei como um demente. Eu era só o que me restava, a mim: fragmentos. E, para minha surpresa, este novo arranjo fazia sentido: tudo o que eu possuía estava ali. Por mísero que fosse, era eu. Só existo quando sozinho? Entregue aos meus farrapos, sem desejo de enfeites e simpatias para agrado de ninguém, tão lixo e tão puro. A morte queria chegar? Sentido para a vida só por ser tão perto de morrer. Diante de mim, Deus e o Diabo se beijavam com a mesma boca, somente a soma dos dois fazia um par de olhos, uma dupla de ouvidos e mãos duas. Ficava um com o agora, o outro com o depois. Fechei os olhos. Lá fora, no cerrado, diferença havia apenas entre viver e morrer. Foi o que vi. Com o olho esquerdo, pois o direito, habituado a vigiar o lado de dentro, não fazia mais qualquer esforço – dormia. Dormia o sono de todos os silêncios.

Capítulo 5

Havia um rio. Poucos metros de onde eu estava caído agonizando entre a vida e a morte, convicto da proximidade do fim, havia um rio. A revelação foi registrada pelos meus olhos surpreendentemente vazios, repentinamente desocupados das vertigens daquelas velhas paisagens minhas. Tão logo as pálpebras conseguiram romper o lacre de poeira e lágrimas, descobri um rio de águas verdes e profundas, um rio vigoroso e calmo, correndo entre árvores, carregando anos de passagem. Estava logo ali, no mesmo lugar onde eu acreditava, pouco antes, não haver nada mais a fazer. A lama que vedava meus olhos para o fora de mim se rompera, a lama que trancava minha alma nos limites de osso e pele do meu corpo estava trincada. Contra esse poder e suas sombras projetadas nas paredes, um vazio em mim se insurgiu. É por que a mente dormia?

Havia um rio perto dali, e eu estava calmo. Houve uma morte perto dali, e me restavam apenas lembranças leves da minha vida. Sem as emoções a carregar a memória, pesada bagagem. Sem exercício de pensamento. As mortes de que a vida precisa. Não sentia mais medo. Como nos tempos de menino, quando muros existiam apenas para delimitar quintais. Algo em mim se deleitava mais uma vez com o prazer de andar sobre eles só para experimentar a sensação agradável da vitória das minhas pernas ágeis de menino sobre o risco da queda. Havia um rio bem próximo, e eu estava vigoroso e profundo, sem vontade de explicação. Sabia, agora, que na extremidade do desespero não existe a queda. O abismo não mora ali.

Havia um rio. Eu me debrucei sobre sua margem e sorvi da água um pouco e me deitei em uma canoa amarrada ao pé de um pau-d'óleo. Nada mais me espantava, tudo podia ser, ao natural, desde que não houvesse qualquer tentativa de dar nome. A vida brotava sem medidas e se rebelava, indomável, no momento anterior ao batismo. A vida sempre existiu, a palavra veio muito depois – pensava coisas assim, estranhas. Soltei a corda da canoa por desejo de correnteza e deixei o rio me levar. Fechei os olhos, não pensar era meu único desejo. Dentro dos meus ouvidos esvaziados os sons se esparramaram como novidade: a água batendo sem descanso na canoa, revezando barulhos úmidos e deslizantes com batidas ocas, o ranger da madeira vergada nos seus encontros de tábuas e pregos, os pássaros cantando ao longe, depois bem perto, voando, o vento batendo na crina da proa, produzindo um zumbido suave e musical. Na popa, uma poça d'água balançava de um lado a outro, em repetição. Marcava um tempo novo para mim, um tempo que relógio ignora e eu, tampouco, conhecia.

Acordei não sei quanto tempo depois com a sensação de chegada. Ouvi um barulhinho de criança segurando o riso, aquele fuzuê de quem imagina ser suficiente cobrir a boca para não produzir som. Percebi a massa verde das copas das árvores enquadrada pelas bordas da canoa. Sobre as tábuas em curva da embarcação, falanges esbranquiçadas surgiram em série, uma coleção de dedos enrugados pela água e unhas de vários formatos. Sobre os nós das articulações brotaram cabelos, surgiram testas e sobrancelhas arqueadas, advindo depois delas pares e pares de olhos arregalados. De repente as sobrancelhas se postaram em linha reta, os olhos se esticaram, e daquele comando nasceu uma algazarra de risos e gritos aflitos, um balanço vertiginoso do barco até que, no levanta e desce das bordas, meu corpo rolou para dentro da água transparente. Quando me pus de pé, o bando de crianças se lançou sobre mim. Antes de me desequilibrar mais uma vez, pude entender o que elas gritavam:

– O rio trouxe mais um presente!

Fui levado para a margem, sacudido como brinquedo, cercado de manifestações de ansiedade e alegria. Mãos diminutas me examinavam, tocavam minhas roupas, cutucavam seus dedinhos afiados no entre das minhas costelas, beliscavam, puxavam meus cabelos, estapeavam e se afastavam em correria para voltar em seguida mais eufóricos ainda, como moscas voando em torno de uma lâmpada acesa. Os meninos exerciam em mim o êxtase da descoberta e, afogado nessas ondas de alegria, fui conduzido em direção a um punhado de casas em linha. Percebi no caminho, a alguns poucos metros da margem, um homem de longos cabelos brancos encostado em uma ruína de muro, um desmuro, de pé sobre uma perna só – a outra dobrada, formava um quatro, de forma que a linha paralela ao chão se encontrava com a vertical na altura do joelho, cravando sobre ele cinco dedos rústicos. Ao nos aproximarmos, em plena algazarra, abalou-se na sua arquitetura pessoal, trouxe o olhar do longe e despejou sobre nós alguns impropérios e maldições. Depois dependurou na boca um sorriso divertido. Os meninos calaram-se de respeito e me empurraram para longe dali. O que vinha agarrado ao meu braço explicou em voz baixa, descompassada pelos passos apressados:

– É Sô Antão procurando o buraco do dia!

Não havia tempo para perguntas, fui conduzido ao encontro do pequeno grupo concentrado ao pé de um jequitibá imenso, no centro da vila.

– Quem achou esse Sinfrônio? – indagou um homem no meio da confusão, apenas para fazer rir as crianças.

Como ninguém havia perguntado meu nome ainda, de Sinfrônio fui batizado naquele exato momento de emoções intensas e pouco equilíbrio, seja pela consumação de fortes expectativas, seja pela precariedade física da minha frágil existência. Momento desmedido, tão esperado e surpreendente, pinguela tosca demais para a difícil travessia entre o lugar que eu tanto procurei e aquele outro, acabado de encontrar. Mesmo sem placa de identificação ou informação verbal de endereço, algo me dizia com toda convicção que eu havia chegado à vila dos pequenos homens loucos. Minhas pernas falharam, desabei, deixando para trás vozes, risos e restos de palavras.

Capítulo 6

Lá vem a barra do dia
Lá vem a Virge Maria
Lá vem um anjo do céu
Pra sua compania
Ô meu Deus quano será
Dia de tanta alegria
D'eu vivê ajueiada
*Nos pé da Virge Maria?**

A vida voltou assim, em forma de música. Primeiro a melodia, depois os versinhos repetidos por uma voz feminina, sussurrada em falsete, talvez para não me acordar, talvez para facilitar a intimidade com a reza. Para além da voz, ao longe, havia latido de cães, o grito preguiçoso de uma mulher chamando alguém e o cacarejar de um galo. Eu era apenas audição e desejo de prolongar aquele momento indefinidamente, só para me esticar bem e sentir em toda a extensão da pele o aconchego do minuto. Mas evitei espreguiçar para não interromper o canto. Como o tempo ainda era um desconhecido para mim, pensei que aquele bem-estar iria acabar em instantes, me esforcei para manter o prazer na dimensão original, mas quanto mais me concentrava, menor ele ficava. Abri os olhos para interromper a sensação de perda, troquei de realidade.

Vi uma mulher parda, de pano amarrado na cabeça, os olhos fechados e uma expressão de quem estava há muito ajoelhada aos pés da Virgem Maria. Ao franzir da testa, as pontas internas das

* *Cantiga de autoria desconhecida recolhida em Araçuaí, no Vale do Jequitinhonha, Minas Gerais, pelo coral Trovadores do Vale.*

sobrancelhas se levantavam e quase se encontravam, puxando os pelos em fila, a cabeça tombava levemente para a direita e os lábios se apertavam na curta pausa entre o nome da Virgem e mais um anúncio do amanhecer. Por certo, o anjo, descido do céu, em auxílio de reza, corria junto com ela a fieira de contas do terço.

O vestido era azul de algodão, estampado de flores. Estava sentada em uma cadeira ao lado da cama, ereta no encosto, as mãos sobre o colo em trabalho constante sobre um terço artesanal, de sementes redondas e vermelhas. Ela abriu os olhos, interrompeu a cantoria e abriu um sorriso de 32 dentes muito brancos. Seu corpo roliço debruçou-se sobre o meu, deitou a cabeça em meu peito e, em seguida, conferiu minha temperatura com o dorso da mão em ambos os lados do meu pescoço:

– A febre passô... O moço drumiu muito, no natural, que a fraqueza era dimais. Peraí, que eu vô pegá o chá.

Voltou logo depois com uma caneca fumegante. Ergui-me sobre os cotovelos e sorvi amarga beberagem. Um perfume de ervas entrou pelas narinas, preenchendo meus pulmões de amparo e meu coração, de cura. Meu corpo animou-se em súbita anatomia da gratidão.

– Muito obrigado! – disse em retribuição.

Ela sorriu e me deu a notícia:

– Foi duas noite e dois dia de sono enfiado. Vosmecê tava seco feito vaso de pranta largado no tempo, chupando cada gota d'água ofricida, os beiço chegava a fazer bico de cria recém-parida, a pele esturricada de tanto sol. Muita febre.

A voz era morna, falava com naturalidade e fluência:

– Num tá morto por milagre: da Virge e dos meu remédio. Oração e medicina foi a salvação de vosmecê. Mas ajudô mesmo foi o seu apego de vivê, que devia de sê muito, senão num escapava, por mais reza, fôia e raiz que eu desse. O moço deve de tê andado muito...

– Não sei mais quantas horas ou dias eu andei procurando.

– Mas o que o moço tava percurano?

– Uma vila, onde moram dois homens pequenos, de barbicha e olhos puxados de orientais. Eu os vi andando pela estrada. Perguntei por eles, me disseram que moravam numa aldeia cerrado adentro. Resolvi encontrar. Será que é aqui mesmo?

– E o que vosmecê qué com eles?

Suspirei, tentando achar uma resposta:

– Não sei dizer ao certo... Respostas a um punhado de perguntas...

– Eita mania que o povo humano tem de preguntá! Se ficasse calado, achava a resposta mais cedo, mas a aflição é a serventia da casa. Apois, vosmecê num é o primeiro e nem há de sê o úrtimo curioso sobre nossa vila. Muita gente fala daqui, qué sabê quem veve aqui, se trabaia ou é vagabundo, se tem fé em Deus ou faz graça pro demônio, mas quase ninguém vem pra vê de perto. Acho que por medo da própria imaginação, ou de andá sem rumo, sem picada por direção, ou medo ainda de encontrá o que o coração pede mas a mente teme.

– Mas, então, aqui é o lugar certo, o que eu estava procurando?

– Carma, que desassossego presta serviço pra doença! Pode sê o lugar, pode num sê, mas com essa aflição toda, o moço num vai encontrá o que percura em lugar nenhum ou nem vai conhecê se tivé bem na sua frente... De qualqué jeito, Mogico mais o irmão dele, o Mingo, parece mesmo com as pessoa que vosmecê falô. Vortaro três semanas atrás, trazeno um home com eles, de nome Bento.

– O ladrão do cego Aderbal...

– Se é ladrão num me pariceu. E óia que eu conheço bem as raça humana.

– De onde são os dois irmãos, de que país?

– Desse mesmo meu e seu. Até onde eu sei, num são do estrangeiro, mas óia que eu sei muito pôco. Vosmecê que pregunte pra eles. Mingo mais Bento viajaro, mas Mogico vem fazê uma visita dia desses.

Respirei aliviado. Uma alegria me relaxou o corpo novamente sobre a cama.

– E você, qual o seu nome?

– Zunga, essa é a minha graça, mas as criança me chama Mãe Zunga. O nome verdadêro, o de registro, é ôtro, mas eu quase nem me alembro. Não por obra de cabeça fraca até pro trivial. Minha rôpa num drome no varal. Mas é porque eu prefiro num alembrá. Apois, nome de batismo que nem o meu só vale pra contar história...

Zunga conferiu a curiosidade em meu rosto, tomou uma respiração profunda, acomodou o corpo na cadeira e começou a contar em franca animação:

– Meu pai nasceu preto e escravo, mas ganhô forria bem miúdo. Cabô ficano na fazenda dispois de livre promode de que num tinha pra onde í: num teve um preto que nem ele que queresse arrastá minino daquele tamaninho por esse mundo de Deus sem dinheiro nem prum prato de comida. Os pai dele já tinha morrido, que naquela época os escravo morria muito novo, na lida da fazenda. Minha mãe era índia, pega quando andava com o pai dela pelo meio do mato, ainda minina, antes do primeiro sangue chegá. Mataro meu avô pelas costa, feito caça, e levaro ela pra fazenda. Meu pai já era homem feito, de idade madura, quando ela chegô. Ficava oiano de longe aquela bugrazinha crescê dentro da casa grande, cuidano das fia do fazendêro. Num deixaro ele chegá nem perto, por causa que tinha fama de namoradô e fanfarrão. E era fama merecida. Era um home forte, de muita saúde e disposição, de boa estampa no falar geral. Sei que, quando minha mãe ficô muié, se encantô por ele, e óia que meu pai já tinha perto de 70 ano. Mas tinha cara de bem mais novo, minha mãe contava. Era calado no social, mas alegre no particulá, quando não tinha gente da famía do fazendêro por perto. Vorta e meia fugia porque, mesmo num seno mais escravo, trabaiava feito um igual. Aí pegavam ele sem precisão de muito esforço, apois com medo do desconhecido, que o mundo dele só ia inté antes da primeira curva, o passo ficava lento e fácil de alcançá. Num batiam com chicote mais não, mas deixava ele fechado no paiol. Teve uma vez que minha mãe saiu tarde da noite, nos escondido, e foi levá um prato de comida prele, com dó daquele home, de não deixá ela dromi, triste demais dentro da jaula. A jinela era fechada de pau roliço, de riba inté imbaxo, e danô-se, que o prato num passava. Aí, ela foi pegano a comida de pôco com a mão dela, fechava os dedo pro mode de passá no meio dos pau e colocava os bolinho na mão dele, em silenço alumiado só de lua, o riso nas boca calada. E, vosmecê sabe, quano uma mão serve outra com tanto carinho, não passa só a comida. Foi só findá o castigo que minha mãe amanheceu grávida, assim ó: vixe! Foi um Deus nos acuda. Vosmecê já viu rês despegada entrá dentro de casa? Foi confusão pió. O fazendêro ficô mais brabo que onça parida, casô os dois na força e dispois mandô o padre ponhá um nome que ele escoieu. Apois! Prefiro Zunga.

– Mas você não tem idade pra ser filha de escravo...

– O tempo corre diferente pra cada criatura. Quando eu abri os óio pela primera veiz, meu pai já contava 70 ano.

Zunga levou a mão à boca mais para sublinhar que para esconder o riso:

– Morreu com 98, ainda macho, dizia minha mãe, trabaiava, caminhava légua, muntava em animal, sungava e apeava sozinho.

Um hômi intêro! Mas, como acontece com toda criatura, tem umas peça que gasta mais que as ôtra. Apois: o coração dele parô sem dá aviso, no meio do momento, a mão sungano água pra boca, cocorado na beira do riacho. Não deu prazo nem pra preguntá o que foi: já caiu sem a alma dentro.

– E o que aconteceu com você e sua mãe?

– Fugimo! Minha mãe saiu vagano nas grota do mundo, me puxano pela mão mato adentro, drumino no tempo, comeno fruta e raiz. Todo santo dia, era o sol se deitá, ela sentava no pé do maió pau de árvore que achava. Chorava, jogava as mão pro céu e chamava por ele, gritava o nome dele feito uma desafirmada. Da primeira vez fiquei assustada, de tristeza e medo de minha mãe tá perdeno o juízo. Chorei baixinho, ela ralhô comigo, mas foi pro mode d'eu chorá mais alto, gritá mais ela o nome dele. Foi desse jeito durante 28 dia, no descanso do sol nós duas puxava os cabelo, injuriava o próprio corpo com tapa, soco e biliscão e desenchia os óio inté a úrtima lágrima. Aí nóis dromia feito duas pedra inté o sol levantá pra lida. No final, eu já tava ficano cansada daquilo, quano, um dia, nóis sentemo no pé duma barriguda das maió que eu já vi, fiquei esperano ela começá, mas ela num começô. Num chorô nem gritô, fechô os óio e num disse uma letra. Ficou ali, no segredo dela, um tempão. Dispois oiô pra mim, riu e se alevantô. Eu vi a notiça da alegria dela chegano, tava na cara dela toda, e aquilo foi um banho de alívio queu tumei. Ela pois que nasceu de novo, passô o resto dos seus dia alegre, me ensinano da vida um tudo, do mais largo ao detalhe mais pequeno. E eu, que num sabia quase nada, só muito tempo dispois é que fui intendê que ela chorava e gritava pro mode de num deixá a tristeza fazê morada no coração dela nem no meu. Foi veneno que ela fabricô no total e deitô fora, escupiu longe, pra mode de que a gente falasse de papai com sodade, mas sem risco de mais padecê. A gente continuô sentino farta dele, mas sem desconsolo, inté fazia pose pra contá de meu pai, as duas sastifeita de dizê que ele viveu mais nós, bem pertinho, exprimentano tanto amô sem pausa.

Zunga me contou que pararam naquelas bandas por causa do grande jequitibá, do rio e do clima fresco, nos mesmos dias em que por ali chegavam Mogico e Mingo, vindos os dois de muitas andanças mundo afora. Construíram as primeiras casas, e, aos poucos, foi chegando mais gente vinda de lugares diferentes.

– Eu nem sabia que tem tanto povo humano andano por aí. Parece inté que marquemo encontro na bêra desse rio. E desse gado de diferentes raça, nesses ano todo, se formô uma vila, os casamento e os nascimento foram se sucedeno, os que era estranho onti fizeram as famía de hoje, que assim é o mundo, feito só de movimento, de quem já foi e quem tá vortano.

– E sua mãe?

– Minha mãe se foi no ano que passô. Foi num domingo, levantô de manhã e passô o dia intirinho trançano uma cama de cipó no alto de um pé de árvore. Eu preguntei pra mode de quê aquela esquisitice, mas ela tava no mais profundo dela e nem me arrespondeu. De noite, me deu um abraço de até já, me abençoô e deitô lá em riba. Eu num conciliei o sono e logo cedinho fui vê minha mãe, mas ela num tava lá mais, nem em lugar nenhum. Sô Décio me contô que viu ela caminhano de madrugada por riba das árvore, de jeito que nem macaco sabe, feito se andasse no chão firme. Tomô um susto danado, chamô, e ela num ouviu, deu adeus, e ela nem arrespondeu, foi ino embora, sumiu no breu.

– Eu sinto muito...

– Apois, num precisa de senti, meu fio, que eu já tinha aprendido a lição: chorei, gritei e puxei meus cabelo com força de quase arrancá fora, inté pará de doê. Do jeito que ela me ensinô, do jeito que eu fiz.

O sorriso de Zunga confirmava o relato. Ela se despediu depois de me trazer um prato de comida. Deixou tudo lavado e arrumado. À porta do quarto, virou-se e se despediu em tom brincalhão:

– Inté amanhã, Sinfrônio!

O ambiente continuou respirando os ares dela, o silêncio era pura memória da presença de Zunga.

Capítulo 7

Levantei-me e do quarto saí para a varanda. A pequena casa estava toscamente mobiliada e vazia. Ninguém morava ali. O sol do final da tarde batia sobre a viga de madeira que um dia sustentara o telhado da varanda e, livre do obstáculo das telhas, projetava a sombra do madeirame sobre o piso de cerâmica encardida. De pé sob o marco da porta, tentava organizar minha memória recente, pondo em ordem sequencial os fatos acontecidos desde que me despedi do padre Licurgo. Não obtive certeza de quanto tempo se passara desde então. Em mim predominava uma sensação mágica, um deliciamento de ser e estar. Virei as costas, voltei ao pequeno quarto e observei o catre encostado à parede caiada, coberto por um colchão de palha, um travesseiro de macela e lençóis remendados. O telhado sem forro mostrava um esqueleto de caibros irregulares e telhas manchadas de velhice e umidade. Sobre a cama, uma janelinha de bandeira única, feita de restos de tábua e pregos entortados, aninhados na pele da madeira à força de martelo. Pela ausência de memória do metal, tão típica dos pregos, eles mesmos transformados no objeto construído: a janela. O chão de cimento vermelho avançava até a porta do quarto e ganhava a varanda, para onde convergiam os cômodos, incluindo um outro quarto de dimensões idênticas.

No banheiro, o piso, em tom de verde, contornava um vaso sanitário, uma pia e um ralo, sobre o qual jazia, abandonado, um chuveiro de latão. Entrando pela terceira porta da varanda, a cozinha, de terra batida. Desse chão, bom de pisar, brotavam um fogão a lenha de três bocas, um banco de madeira e uma bancada de dois metros de cumprimento, com pia, torneira de ferro e um toco de madeira chumbado à parede para a serventia de pendurar-se panos, molhos de chave, chapéus e outros objetos de pouso visível, apegados que são às artes do sumiço.

O lugar onde despertei de minha desidratação concluía uma linha de casas simetricamente assentadas, a separar a mata da vida humana, pois que atrás delas e de seus quintais detinha-se a vista em mato fechado. À frente das fachadas via-se um descampado de terra vermelha batida, com manchas de grama natural e arbustos, que se estendia até a beira do rio. Entre as portas e as águas, bem no meio do caminho, crescia do chão às alturas o imenso jequitibá, rodeado por bancos de madeira. Dali se percebia a longa curva do rio atrasando suas águas, a linha de casas unindo dois pontos da mesma margem, a impedir, como um barbante de alvenaria, que o rio, livre, se espichasse. Nesse intervalo, entre o vir e o ir da água, vivia o vilarejo, como um seio brotando da mata para se banhar na correnteza.

A algumas dezenas de metros além da varanda, em direção ao rio, reconheci o desmuro de Sô Antão. Pude adivinhar sua figura cravada ao chão do outro lado da ruína. Caminhei rente à mata com o desejo de observá-lo à distância sem risco de ser excomungado. Lá estava o velho, imóvel, apoiado nas suas travas e vigas de ossos e unhas, estrutura estável coberta de pele escura, da mesma cor da terra, se misturando, pé e chão, sem divisão aparente. Sobre a cabeça, um chapéu velho de palha destrançada na extremidade da aba. O rosto sereno, os olhos quase fechados, mal piscavam. Para onde o olhar de Sô Antão? Procurando o buraco do dia, o garoto dissera pendurado em meu braço. Desejei com intensidade que ele o achasse naquele exato momento e, depois de observá-lo bem, viesse contar a toda a gente sua descoberta, o mundo flagrado na outra margem do nosso olhar de gente comum, a realidade além da rotina, esparramada e invisível entre os objetos de nossas vidas tão miúdas, regidas todas pela mecânica impessoal do amanhecer e do anoitecer.

O sol já se punha quando Sô Antão, num movimento lento, desfez a pose e deslizou em direção ao solo a perna direita. Depois, com algum esforço, tentou livrar o pé esquerdo do chão. Quando, enfim, conseguiu, vi que da sola do pé brotavam pequenas raízes amarelas e felpudas. Ele retirou um canivete do bolso, sentou-se e as aparou com agilidade. Depois caminhou vagarosamente até a terceira casa sem se dar conta da minha presença. Fiquei ali, paralisado diante daquela anatomia desconhecida, excitado por ter surpreendido a intimidade de um mundo novo, pensando se Sô Antão estava, ele mesmo, além da pele do dia.

No dia seguinte, preferi manter em segredo a cena vista na véspera. Temi pela reação de Zunga. Poderia achar que eu ainda delirava por conta da desidratação ou se zangar por ter desrespeitado a privacidade do velho e da comunidade. Talvez me mandasse embora por causa disso. Ao anoitecer, não me contive e contei a ela o episódio. Censurou-me por ter quebrado o repouso, mas, percebendo minha excitação, sentou-se para ouvir o relato. Retomou seus afazeres em seguida como se nada do que eu havia dito tivesse maior importância:

– Cada um percura do seu modo, mesmo sem sabê o que vai encontrá. O moço num disse que num sabia direito o que veio percurá aqui? É desse jeito. Num importa os caminho. Vivê sem receita dada, no natural de cada um, é o que todo mundo devia de querê. Só que o povo humano veve no desassossego, com os óio ainda verde de num sabê usá, e dana a fazê pregunta, a enchê esse mundo de letra e expricação, sem dá conta de que as queda que vai tumano é porque trupica nas resposta que num enxerga. Desconhece as medida do mundo, apois a pessoa cabe intêra no coração, mas fica sem lugá dentro da própria cabeça.

– Mas eu nunca tinha visto raízes crescendo em um corpo humano.

– Vosmecê de certo já viu outras coisa muito mais assustadora e nunca nem se preocupô. É estranheza que a gente tá acostumada. Quanta bobice: querê expricá o mundo, entendê o profundo! Cabeça é lugar de pensamento, de perdição, só atrapaia o vivê. E óia o volume de gente que cridita que ela, a cabeça, é a morada da pessoa, o próprio ser encarnado. Apois, fala "eu sou" e óia pra onde seu dedo tá apontado: o coração! Pois é aí que a alma mora, a pessoa no mais compretamente. Na cabeça veve as preocupação, as lembrança e o medo: as treis crença mais forte que existe, a religião do mundo! Deve de sê porque a gente nasce primeiro pela cabeça que o mundo fica, assim, tão cheio de expricação, né mesmo? Por isso, Sinfrônio, é que eu te digo pra num fazê tanta pregunta. Alegria existe em toda parte, não é só dentro da pessoa, não. Alegria é fia dos óio da gente, do jeito de vê o de dentro e o de fora. E quanto mais ocê trena os óio para reconhecer a beleza, mais intiligente fica. Por isso, meu fio, deixe Sô Antão, que só ele sabe de Sô Antão.

Zunga trouxe água da cozinha e deixou ao lado da cama. Depois espalhou uma pasta sobre as bolhas em meus braços. Serviu uma sopa, recomendou que eu me hidratasse bastante e se meteu na escuridão da noite. Deitei e sonhei sonhos sem geografia. No dia seguinte, acordei inquieto. Estranhava a ausência das crianças e de qualquer curioso. Zunga explicou que estavam todos proibidos de me ver enquanto estivesse me recuperando. Queria evitar que a excitação dos pequenos acabasse provocando em mim ansiedade e vontade de interromper o repouso. Quanto aos outros, estavam ocupados em seus afazeres: plantando, caçando, pescando, tecendo, comerciando, conversando ou buscando mantimentos e remédios na cidade. Inclusive Mogico. O dia passou arrastado, e eu não conseguia tirar da cabeça as figuras de Sô Antão e dos dois homenzinhos de olhos amendoados. Por tudo que me havia dito o padre Licurgo, imaginava ambos como líderes da vila, mas pela forma como Zunga os havia incluído no meio de todos, envolvidos em rotina idêntica, a dúvida escancarou sua porta e me convidou a entrar: seria o aparente delírio do padre um alerta por mim desprezado? Seriam todos alienados, compartilhariam a mesma loucura? Estaria eu novamente do lado de fora da normalidade? A porta de retorno a ela trancada por dentro, para sempre excluído da convivência com as pessoas de juízo? O isolamento criava compartimentos: ora encantado pelo brilho de Zunga e a quietude da vila, ora espantado com as peculiaridades da vila e a anatomia vegetal de Sô Antão.

Passei a observar as pessoas de longe, o movimento logo ao raiar do dia, a fumaça saindo de toscas chaminés, as portas se abrindo para deixar passar o hálito do café e, em seguida, homens empunhando chapéus sobre as cabeças e restos de conversa sobre os ombros. As mulheres saíam em seguida, apertando o nó dos lenços sobre as nucas, sorrindo com os olhos postos nas nuvens, dando bom-dia a si mesmas. As crianças saíam de casa em correria e só reapareciam para o almoço. Às vezes olhavam em direção à minha casa, abanavam as mãos e se iam, obedientes. Não houve quem desrespeitasse a ordem e viesse me ver.

Capítulo 8

O tempo passava, somente as visitas diárias de Zunga e minhas incursões secretas ao desmuro de Sô Antão diminuíam minha crescente inquietação. Certa manhã, bem cedo, ouvi um barulho de passos e fui para a varanda receber Zunga. Não era ela. Um dos homenzinhos de olhos amendoados entrou sorridente:

– Mogico, seu criado. Bom dia!

– Bom dia!

– O silêncio tem lhe feito bem?

Eu não estava ali quando o momento tão aguardado aconteceu. Pelo menos, não me encontrei em cômodo algum da casa subitamente imensa. Eu era apenas meus bolsos e tratei de enfiar as mãos neles.

– O silêncio... talvez, não sei – respondi procurando meu ponto no mapa da situação, um botão de pausa para conseguir tempo de criar alguma referência, retomar a respiração, realinhar a roupa no corpo, me refazer da surpresa. Desculpe, na verdade estou confuso. Andei muito para encontrar este lugar e, agora, não tenho mais nenhuma certeza.

– A vida é um baralho jogado sobre a mesa. E se a gente pensa que pode botar ordem nas cartas, aí é que a confusão aumenta – respondeu o homenzinho, enquanto se sentava num banquinho e recostava-se à parede. Na verdade, como não somos nós que damos as cartas, nos resta apenas fazer com elas o melhor jogo. Assim é que deve ser. Diga-me: você já está pronto para trabalhar? Poderia me ajudar com a horta?

Foi assim a minha primeira conversa com Mogico. Ele retirou de dentro de uma sacola de lona uma camisa de manga comprida e me entregou para proteger meus braços dos raios solares. Peguei um chapéu no toco de madeira chumbado à parede da cozinha, e saímos juntos. Caminhamos em frente às casas, partindo de um extremo a outro da curva do rio. Num alegre intercâmbio de curiosidades, cumprimentava as pessoas ao longo do percurso. Elas me olhavam de alto a baixo, eu observava as fachadas – de tijolo de adobe, algumas; de pau a pique, outras; todas cobertas de piaçava, variando, principalmente, o capricho no acabamento e na limpeza. Vaso de flor na janela sublinhava uma diferença, era informação objetiva e incontestável passada pela casa sobre seus donos. Vi móveis simples nas salas e copas, lenha fazendo brasa no fogão, bico encardido na boca de criança, bebê amaciando sono no colo da mãe, sofá de plástico estampado, um ralador de mandioca pendurado numa parede suja de fuligem, vi bocas desdentadas, sorrisos muitos, toalhinha de renda sobre a mesa e um velocípede enferrujado com uma roda a menos, vi cachorro cheirando lata no quintal, pé de manacá florido e um papagaio que bicava uma banana, aboletado num poleiro posto ao sol.

Ao fim da linha, divisei quase à margem do rio os longos canteiros dispostos geometricamente. Um velho de cabelos brancos estava sentado sobre um toco em frente aos pés de alface, de costas para nós, tão absorto que não percebeu nossa chegada. Trabalhamos o resto da manhã afofando a terra de novos canteiros, estercando, fazendo pequenas covas e espalhando sementes de pimentão, rabanete e cenoura, colhendo e tirando folhas velhas dos pés. Toda a vida em mim migrou para a ponta dos dedos, o sangue abandonou o resto do meu corpo para irrigar tão somente a pele no contato com a terra, fertilizando as sementes e absorvendo dos canteiros a alegria da vida sem pensamentos. Talvez estivesse tocando a pele do dia. Movi meus pés para certificar-me de que não estavam criando raízes.

Fui devolvido ao mundo pelo toque de Mogico em meus ombros, avisando da hora do almoço. Mas eu preferi continuar o trabalho, e ele se foi, prometendo trazer um prato de comida na volta. Voltei a me encontrar na umidade do canteiro, me integrando às cores das plantas e ao perfume de folhas e de terra molhada. Existir era uma condição minha e dos canteiros, sem distinção, sem fronteira a separar um do outro.

Uma grossa gota de chuva antecedeu em segundos a tempestade. Levantei a cabeça no exato momento em que o velho se voltou de um arranco sobre o toco. Parou com as pernas abertas, as mãos dependuradas sobre os joelhos e três ausências no rosto. Através da cortina de água que desbotava o cenário, vi, num relance, buracos negros onde devia haver os olhos e a boca. O queixo caído, o nariz protuberante e os cabelos brancos, esticados pela água sobre a testa, transformavam aquele homem num espectro; sua existência, numa vaga possibilidade; o contato iminente, em risco temível.

Estava, assim, dominado por aquela visão – o velho, a solidão e a chuva –, quando ela chegou. Vinha aflita, segurando uma insuficiente sombrinha sobre a cabeça. Precipitou-se sobre o homem e o levantou pelo braço como a um boneco sem vida. Estava nesta ginástica impossível – mãos de menos para segurar a sombrinha e tanta velhice – quando se deu conta da minha presença: olhou-me surpresa e foi diminuindo a intensidade dos movimentos até interrompê-los por completo. A chuva grossa transformada em pincel impressionista me deixava entrever apenas seu semblante, os cabelos longos, a sombrinha estampada de flores coloridas sobre a cabeça e o vestido, longo até os tornozelos. Tudo nela, naquele preciso instante, era observação. Mas, sendo tão precário o momento, logo prevaleceu a tempestade. Levantei-me atordoado pela repentina sonoridade da chuva. Antes que pudesse ajudá-la, ela perguntou:

– Sinfrônio?

Capítulo 9

Chamava-se Clara. Ajudei a levar o velho até uma casinha de sapé e paredes de adobe, sob a qual se estendia uma rede. De uma tosca prateleira de tábuas, ela retirou roupas secas e uma toalha, despiu o homem com movimentos mecânicos, sem receber dele qualquer sinal de consciência do que se passava, secou seu corpo, vestiu calça e camisa, penteou os cabelos e o fez sentar-se em uma velha cadeira, posta ao centro do abrigo. Ele ficou ali, personagem solitário, um olhar cego em olhos sadios e a boca teimando em não dizer se sua alma vivia em alienação ou desespero. Em seguida, Clara me levou a uma casa branca, vizinha, de paredes mal aprumadas, pequena e cuidadosamente arrumada. À direita da porta de entrada, sob a janela, encaixava-se um sofá de plástico vermelho. Uma mesa de fórmica ocupava o espaço ao centro da sala e, do outro lado, um armário-cristaleira, do mesmo material da mesa, deixava à mostra copos vazios de requeijão, meia dúzia de pratos e xícaras de vários modelos descansando sobre toalhas de papel cortadas a tesoura, como se de renda fossem. Exatamente iguais à que servia de base, no centro da mesa, a uma estatueta de um toureiro com a espada levantada sobre a cabeça e uma capa segura pela outra mão, em posição estudada de ataque contra um touro ausente da cena – matador e vítima, mesmo invisível, para sempre prisioneiros da luta pela imobilidade do bronze. Na parede principal do cômodo, defronte à porta, restava dependurado um retrato antigo, preto e branco, de um casal e uma menina – eles, de pé, lado a lado, descansavam as mãos sobre o encosto de uma cadeira, na qual posava a criança de aparentes 2 anos de idade. O homem, de terno e chapéu sustentado à altura do peito, exibia um bigode trabalhado, a testa franzida e os olhos apertados de visível irritação – o conjunto lhe conferindo mais pose que autoridade. A mulher, de olhar opaco, não expressava qualquer emoção, a não ser pelos dedos crispados sobre a cadeira. A menina, de olhos alegres e curiosos, desconhecia a silenciosa cena às suas costas. Clara apontou a foto:

– Eu, meu pai, Perseu, e minha mãe, Amália. Costumo dizer que ela não morreu mas sumiu e ele morreu mas permanece aqui. Eu cuido da memória dos dois...

– Mas onde ele está?

– Naquele quartinho de sapé, lá fora. Aceita um café?

Movi a cabeça positivamente enquanto me recuperava da revelação. Causava-me perplexidade e angústia lembrar daquele velho sozinho lá fora, entre grades que só ele conhecia. Acompanhei Clara até a cozinha, onde panelas fumegavam sobre a trempe do fogão a lenha. Ela me serviu o café em xícara de ágata, refez o arranjo da lenha e reavivou o fogo com um sopro lento e profundo. Era uma mulher jovem, magra, rosto de menina, os cabelos presos em rabo de cavalo, sardas sobre o nariz, todo o conjunto em contraste com o modelo antigo do vestido, possivelmente usado pela mãe em tempos passados para ir à missa de domingo. Clara era graciosa, os gestos em contínuo revezamento entre a maturidade e a meninice, a sobriedade brincando com a espontaneidade, o domínio da prática se fazendo por movimentos repentinamente bruscos e inexperientes. Enquanto mexia as colheres de pau nas panelas, Clara retomou a conversa:

– Lá de onde você veio mora muita gente, tem edifícios e luzes nas ruas, carros e roupas bonitas, como nas revistas? – perguntou, tentando esconder a excitação.

– De onde eu vim tem isso e um punhado de outras coisas, umas bonitas, outras não, coisas que geralmente não aparecem nas revistas – respondi.

Ela virou-se para mim, entre irritada e assustada:

– Como assim? Existem coisas que as revistas não mostram, coisas secretas?

Dessa vez quem se assustou fui eu com a ingenuidade da pergunta.

– Não exatamente secretas, mas coisas que não interessam aos leitores porque são muito comuns e pouco valorizadas.

– Como assim?

– Mendigos, velhos jogando dominó, criança brincando no parque, gente esperando ônibus ...

– Eu não estou falando disso. Quero dizer: tem muito mais coisas lá do que as que existem aqui? Coisas que as revistas não contam e a gente não conhece, não sabe o nome, nem pra que serve?

– Por exemplo?!

– Sei lá, como vou saber?!

A velocidade das asas de Clara me deixava perdido. Persegui, aflito, sua imaginação.

– São lugares muito diferentes. Lá não tem tantas árvores nem a tranquilidade daqui. Não é bonito como a vila. As ruas são asfaltadas, as pessoas vão de um lugar para outro de ônibus ou outro tipo de condução porque as distâncias são longas e não dá pra ir a pé. Há muitos prédios de apartamento, barulho e pressa nas ruas, ninguém tem tempo...

Clara não me deixou terminar. Eu devia estar muito prolixo para tanta ansiedade:

– Disso eu já sei, basta folhear uma revista pra saber. Estou falando de coisas diferentes... Coisas como água com gosto, janela que abre pra o lugar que a gente escolher, remédio pra fazer o cabelo mudar de cor, óculos pra rever gente que já foi embora...

Clara calou-se quando viu o espanto em meu rosto. Constrangida, pegou um prato e arrumou a comida rapidamente.

– Vou levar o almoço pro meu pai.

– Clara, por que você não o traz pra dentro de casa?

– Ora, porque ele não quer vir. Só quer saber dos pés de alface. Não sai de perto deles. Se não tivéssemos construído aquela coberta, ele estaria no tempo, tomando sol e chuva sem se importar. Hoje, pelo menos, come e dorme no seco. É assim desde que mamãe se foi... Eu já volto.

Não esperei, peguei a sombrinha de sua mão e a acompanhei até o abrigo. O velho estava no mesmo lugar. A filha deu a comida na boca dele. O mastigar era um dos poucos movimentos autônomos de Perseu. Ela o conduziu até a rede, esticada de uma estaca à outra, em diagonal dentro do cômodo, e o deitou para a sesta. Voltamos para casa sob uma chuva fina.

Clara sentou-se à mesa, puxou para si a estatueta de bronze e, enquanto deslizava os dedos pelo corpo do toureiro, me contou que aquele velho tinha sido até um ano atrás um homem de medidas muito variáveis. De tão apegado à mulher, tinha dificuldade de sair de casa pelas manhãs para trabalhar. Sofria como uma criança ao se despedir dela. Arrumava desculpas – "esqueci o chapéu, acho que deixei o canivete no bolso da outra calça..." – para voltar repetidamente para dentro de casa e, assim, poder dar um último abraço, mais um beijo, perguntar se ela não estava mesmo precisando de nada. Mal enxergava a filha. A mãe pouco falava na presença do marido. Em lugar das palavras, utilizava sorrisos protocolares que, por vazio de significado, se resumiram com o tempo a um leve esticar dos lábios. Assim, o que era para ser um sinal de prazer transformou-se em sestro, repetido tantas vezes o olhar dela cruzasse com o dele.

De tempos em tempos, o pai era dominado por repentina ira: esbravejava, socava os móveis, desabafava um cansaço definitivo daquela vida e anunciava uma radical mudança em tudo naquela casa, que dele não esperassem nunca mais um gesto de carinho, e a filha, em especial, se preparasse para sentir na pele cada nova desobediência. A menina assistia à cena dividida. Afligia-se porque não queria ver o sofrimento da mãe. Para ela, no entanto, esses destemperos eram motivo de alegria. Não havia entre filha e pai nada além de um relacionamento formal. Nas poucas vezes em que ele lhe dirigia a palavra, ela procurava atender prontamente para aproveitar a chance de agradá-lo. A ameaça de castigo – nunca passava disso – era, ao menos, um gesto de atenção, um sinal de que ele sabia da existência dela.

Com o passar dos dias, do ataque de fúria restava apenas uma caricatura, dada a ausência de atitudes que dessem consequência à súbita tirania. O tom de voz, porém, mantinha-se alto em qualquer diálogo, o vasto bigode passava a merecer dele especial atenção e o gestual era enriquecido por uma coreografia pausada e sublinhada de exageros. E só! A isso se resumiam suas ameaças. Como num filme mal dublado, o comportamento e o tom das falas do personagem nunca se encontravam. Com a impossibilidade de manter o discurso, Perseu cedia vez ao silêncio. Prostrava-se, sem lugar para acomodar medidas tão descasadas. Tomada de culpa, a mãe aproximava-se para um breve carinho, para uma rápida palavra de apoio, apenas o necessário para fazê-lo reagir. Porque ele se contentava com tais migalhas e voltava a dependurar nela, qual um cabide, seu desalinho existencial. E, é claro, a esquecer-se da filha. Foi assim, nesse estado de permanente desequilíbrio, a chegada da família à vila. Com a desculpa de encontrar um lugar tranquilo para viver, o pai juntou as economias do ofício de administrador e saiu mundo afora, primeiro de carro, depois de ônibus, a cavalo e, por fim, a pé, até chegar ao lugar em que, teve certeza, os antigos laços de afeto da esposa estariam para sempre perdidos. Clara tinha, então, quatro anos. Sua mãe, nenhuma referência mais de idade, perdera no caminho a vontade, a identidade e o que lhe restava de brilho.

Com a ajuda de vizinhos, Perseu construiu a casa e, valendo-se de seus conhecimentos profissionais, propôs cuidar da organização administrativa e financeira da comunidade, com a criação de um caixa comunitário e o estabelecimento dos direitos e deveres de cada um. Sua proposta gerou profunda estranheza, primeiro porque o que ele queria organizar já estava, para os moradores, suficientemente organizado e, também, porque as palavras do estranho não cabiam naquele mundo. Eram pura arrogância. A desconfiança só foi superada com o envolvimento entusiasmado do forasteiro em diversas tarefas, principalmente na horta comunitária. Em família, a rotina estabeleceu as novas distâncias entre seus membros. A menina fez amigos, frequentava a escolinha construída no quintal da professora Anabela, o pai adaptou-se às novas relações sociais, e a mãe, sem endereço próprio, mal saía de casa. Dedicava-se aos trabalhos domésticos, passava longo tempo com a filha ao colo e reservava algumas horas do dia a escrever uma espécie de diário em cadernos e pedaços de papel que conseguia arrumar, tudo guardado, ao fim, numa caixa escondida em algum lugar no fundo do terreiro.

Os anos se passaram iguais, nessa fronteira permanente de desmoronamento, até aquele dia, 14 meses atrás. A mãe acordou febril, sequer se levantou. O pai não foi trabalhar. Sentou-se na cama, ao lado dela, e iniciou uma sessão interminável de carícias. A filha seguia, cada vez mais aflita, os dedos dele percorrerem sem descanso sobrancelhas, nariz, boca e queixo para, em seguida, subirem à cabeça, sumirem entre os cabelos dela, refazendo, depois e invariavelmente, o mesmo roteiro – sobrancelhas, nariz, boca, queixo e cabelos – incontáveis vezes – sobrancelhas, nariz, boca, queixo e cabelos –, sem se dar conta – sobrancelhas, nariz, boca, queixo e cabelos – da repulsa crescente a se desenhar no rosto da mulher.

Clara gritou junto com o pai quando, aproveitando mais uma passagem do dedo indicador sobre seus lábios, a mãe afundou nele os dentes e só soltou depois de um tempo imensurável, longo demais para o coração da filha. Perseu, ajoelhado, segurava a mão ensanguentada enquanto Amália debatia-se em delírio febril. Caía uma tempestade lá fora. Clara amarrou um pano velho na mão do pai e saiu, sem pegar a sombrinha, em direção à casa de Zunga, puxando-o pelo braço. Voltaram horas depois e deram pela falta de Amália. Sobre a mesa encontraram várias caixas abertas e os diários da mãe espalhados sobre ela. O pai sentou-se e folheou as páginas de um dos cadernos. Do outro lado da mesa, Clara pegou outro e leu, incrédula, os relatos tórridos dos encontros amorosos da mãe com seu amante, descrições pormenorizadas de como faziam sexo, a anatomia do falo e as umidades próprias com que o recebia dentro de si, a paixão intensa, as palavras delicadas sussurradas por ele em seu ouvido e o prazer de retribuir seus orgasmos, sugando da fonte o liquor essencial para espalhá-lo em seguida pelo rosto, pescoço e seios.

Quando Clara lembrou-se do pai e levantou a cabeça, não o encontrou mais, apenas o vazio na boca entreaberta e a ausência no olhar. Correu até o quarto para procurar uma mensagem da mãe ou mesmo um bilhete de despedida. Não havia sinal dela. Foi reencontrar Perseu sob a chuva, sentado diante de um canteiro de alfaces da horta comunitária. Dali não mais se afastou e, quando o fazia, era levado pelas mãos da filha, mas interrompia a caminhada quando se aproximavam de casa. Para lá não aceitava mais voltar.

– Li todos os cadernos depois. Ele, o amante, chamava-se Píndaro e visitava nossa casa, desde nossa chegada à vila, tão logo eu e meu pai saíamos. Mas nada fazia sentido. A começar do nome: é inacreditável alguém se chamar Píndaro! Poderia ser um codinome, mas a descrição física dele, no diário de minha mãe, não tem semelhança com qualquer morador daqui. Eu e meu pai nunca tivemos horário certo de chegar em casa, o que acabaria num flagrante que nunca houve. Além disso, ninguém nunca ouviu falar dele nem viu um estranho entrar aqui. Onde ele poderia morar, sem chamar a atenção dos moradores de uma vila tão pequena? Por tudo isso, cheguei à conclusão de que Píndaro nunca existiu. Era criação dela. Disse isso a meu pai, mas ele não me ouviu. Jamais reagiu, nunca mais falou. Nem ela voltou – dizia Clara quando Mogico apareceu à porta, com meu prato de comida amarrado numa trouxa de pano. Ele já conhecia aquela história, sentou-se à mesa e esperou que terminássemos de almoçar.

– Tenho uma ideia pra tentar trazer seu pai de volta pra casa – disse ele. Vamos plantar uma fileira de alfaces, desde a horta até a porta da sala. Ao cuidar das mudas, talvez ele acabe chegando em casa. Não acredito, sinceramente, que será o mesmo de antes, mas, pelo menos, vai dormir na cama de novo e terá melhor qualidade de vida.

Saímos dali já no final da tarde. Mogico seguia na frente, em silêncio. Eu andava feito um sonâmbulo, atordoado com a história de Clara, sem saber se ela tinha se perdido em meio a tanto sofrimento ou se, ao contrário, havia se encontrado. De forma inconfessável, sua serenidade me ofendia. Sentia, no íntimo, vergonha de mim mesmo, vitimado e abatido uma vida inteira por acontecimentos muito menos trágicos em sua origem. Me perdi, fui parar nos porões do mundo, nos subterrâneos da humanidade, conheci o cheiro ácido dos hospícios, incapaz de uma reação, de uma resposta lúcida às dificuldades. Para que a comparação me diminuísse menos, coloquei Clara sob suspeita, estiquei o indicador de longa unha e finas falanges contra o rosto dela e, no meu íntimo, a acusei de alheamento. Em seguida, voltei minha mira para aquele lugar. Será que havia andado tanto para acabar realmente numa vila de gente maluca? O padre Licurgo tinha razão. Eu era desconforto da cabeça aos pés, abatido pela sensação de desarrumação completa dos meus órgãos, todos fora do lugar, varridos pela tempestade interna. Em seguida, a guinada em direção oposta, bem próprio das borrascas, ventos em todas as direções: eu era um blefe, nada mais que isso. E Mogico, um sábio. Temi seu desprezo ao se deparar com a minha imagem e a de Clara, lado a lado, refletidas no espelho dos seus olhos lúcidos. Chegamos em casa. Ao se despedir, Mogico me disse:

– Você fez muito bem à Clara hoje!

A tempestade cessou de imediato. Da angústia à alegria ao estalar dos dedos daquele homem de olhos amendoados. Fiquei constrangido com a transformação repentina, embora muito aliviado. Agradeci a observação, uma e outra vez, sublinhando minha desmedida gratidão. Quando Mogico se foi, fiquei sem saber onde me encontrar. Onde estão os meus filtros?, perguntei. Na aceitação do possível e do imperfeito, me veio a resposta, de surpresa, imprevista e de fonte desconhecida. Receber como filhos as emoções malsãs tanto quanto as desejáveis, os mesquinhos pensamentos da mesma forma que os sublimes, os gestos de nobreza e os de covardia. Todos eles, meus tijolos, paredes minhas. Mais humildade, meu caro, mais humildade... Não haverá mais espetáculo. Teatro bom é teatro vazio. Por mais que o público goste do que vê, o destino final do protagonista é sempre a solidão do camarim. Que seja assim, pois, a vida: sem plateia para agradar.

Recostei a cabeça no travesseiro. Demorei horas para encontrar abrigo a tantas memórias, as recentes e as mais velhas, suas guias.

Capítulo 10

No dia seguinte, bem cedo, Mogico me surpreendeu na cozinha, abatido pela noite mal dormida. Sentou-se para tomar café comigo. Joguei, pois, minhas oferendas no altar das imperfeições e confessei a ele minhas mazelas, as emoções da véspera, as vergonhosas inseguranças e todos os sinais que crivavam minha insone pessoa de falhas imperdoáveis.

– A vida me deixou assim, formado de pedaços desconectados e fragilmente organizados. Basta um acontecimento inquietante para me deixar em desalinho – desabafei.

– De onde você veio, o que está procurando aqui? Não pense, fale simplesmente o que vier à cabeça – ele me sugeriu com uma suavidade peculiar, capaz de desarmar um delegado agressivo ou alguém inseguro como eu.

Obedeci e não procurei palavras, deixei que elas me encontrassem. Comecei a falar, e uma fluência súbita me surpreendeu e animou. Não tinha preocupação de me proteger da crítica alheia nem de construir um relato preciso, factual, certo de que meu interlocutor era capaz de entender não somente as palavras ditas em estado selvagem, mas, principalmente, os vazios entre elas.

– Eu era menino e tinha a cabeça amparada no colo quente de minha mãe. Dali tinha uma vista privilegiada da solidão de meu pai. Éramos, eu e ele, profunda e silenciosamente unidos pela distância que havia entre nós, pelo que, em nós, era vontade secreta e impossível de convivência estreita, pelo que nele era dor de bagagem e, em mim, era dor de não saber ainda. Ignorava que o colo quente de minha mãe era a impossibilidade do nosso encontro. Como as palavras necessárias não haviam sido ditas, me restou o silêncio, uma pergunta sem resposta, um medo de, mesmo remando com toda a nossa força, não haver porto algum à nossa espera. Para além, era apenas a tristeza sem remédio de minha mãe. O sono fora de hora, a desperdiçar suas tardes, o amor intenso e desgovernado quando acordada.

Eu falava sem tomar fôlego, como se alguém me ditasse as palavras:

– Como também era muito o meu amor, cultivei as cenas dos poucos momentos em que senti as mãos de meu pai sobre os meus ombros, os dedos longos envolvendo minha nuca enquanto caminhávamos na rua, sob a chuva miúda, protegidos, nós, pelo guarda-chuva, e eu, mais ainda, pela capa plástica, amarrada na cintura, imitando gente grande, para a alegria dele, para contentamento nosso. Como nosso amor era imenso e a impossibilidade de dizê-lo maior ainda, cresci culpa de tamanho igual. Não havia possibilidade outra, se enxergava o seu desamparo justo quando procurava, no colo de minha mãe, o conforto para meu desconsolo. Eram tantas as dores flagradas nas vidas que cruzavam a minha, ainda tão curta! Doía demais dentro do meu peito aquele amor absoluto. Eu tinha tudo o que ele não tinha. Sobrava em mim tudo o que a ele faltava. Eu desperdiçava, por fartura, o que, nele, era carência. Só eu tinha o que nós dois desejávamos. Como doía o colo de minha mãe! E quando eu percebi a mão dele gesticulando doida no ar, a mesma mão tão amada e bonita, aqueles dedos longos e macios, raros e desejados, estiquei o meu braço para salvá-lo, estiquei tanto quanto podia, mas não alcancei a mão de meu pai. Eram ainda muito curtos os meus braços. Talvez se me tivesse jogado, se fosse mais corajoso, mas me assombrava tanto o silêncio quanto as incertezas entre nós, a minha absoluta incapacidade de compreender gente adulta. Pudera, meu pai tinha uns olhos estranhos, capazes de traduzir o mundo com a sofisticação da matemática, mas imprestáveis para diferenciar as formas do afeto e das dores, das carências e dos amores. Cegos para enxergar além da sua solidão. Por isso, não nos via mesmo quando a respiração de um filho lhe embaçava os óculos. E havia, ainda, impedindo a coragem de jogar-me, a dor de minha mãe e a certeza de seu colo quente. Eu não podia trocar um abandono pelo outro, escolher a quem trair, preferível aceitar a traição dada, ao natural, a que chegava sem eu chamar, sem necessidade de erguer no ar o punhal de ferir pessoa amada, pois contra a arma já se atirava quem eu queria salvar. O punhal colocado em minhas mãos, à revelia. Se eu pudesse, jogava fora, não era meu.

Mogico não se movia, me escutava atentamente, sem manifestar emoção.

– Foi assim que meu pai se foi, sozinho, gemendo alto seu desamparo. Foi tão triste vê-lo caminhar cabisbaixo pela rua, as mãos entrelaçadas nas costas por pura impossibilidade de abraço.

Senti raiva imensa. Raiva dele, que não soube ser mais velho que eu, raiva de minha mãe, por não o ter acolhido nem me deixado partir, raiva de mim por não ter feito nada, por não ter sido o que era preciso ser. Meus irmãos e irmãs, todos os oito, se casaram, minha mãe entristeceu mais ainda e meu pai deixou de ser visto. Notícias dele só havia as ruins, e havia também, em abundância, por todos os cantos da casa, a raiva. Desenvolvemos o hábito de viver por pura falta de remédio. Sem a maior parte dos filhos por perto, minha mãe passava as manhãs no quintal, dependurando lençóis nos varais, mesmo os secos, recolhendo-os, ainda que molhados, para esticá-los mais à frente. Um exercício inútil para o tempo passar mais depressa, para que a areia da ampulheta terminasse de escorrer. Depois do almoço, cansada de despistar relógios, prostrava-se sobre o sofá da sala e de lá só saía ao cair da noite. Não pude ir embora. Por não encontrar explicações nem conhecer a serventia de viver, dediquei-me a velar o sono dela. Era este o sentido da minha vida: infeliz, mas digno de reconhecimento pela dedicação sem descanso. Os parentes sorriam para mim, e o conforto dos elogios me dava amparo. Virei um retrato na parede, aquela pessoa que eles agradeciam. Vivi muitos anos procurando casamento e um figurino ideal de viver. Essa busca, porém, só encontrava êxito enquanto sonho. As mulheres de carne e osso me tiravam o oxigênio sempre que projetavam sobre a minha alma cansada qualquer expectativa ou demanda de vigília. Era um conflito sem solução: queria travesseiro para deitar minha cabeça, mas não sabia deitar minha cabeça. Havia areia nos meus bolsos e, portanto, nenhum descanso para as mãos. A culpa morava em mim e desabitava meus prazeres. Daquele colo eu não conseguia me levantar e ficava, assim, no centro da impossibilidade que regia a relação dos meus pais. Por dever de compensação, me restava a lealdade canina ao desamparo de meu pai e à dor sem remédio de minha mãe. A vida e suas possibilidades só existiam como espera. Daqui a pouco será bem melhor, é o que me alegrava quando em estado de esperança. O difícil, o incontornável, era a rotina e sua regra imperativa: viver agora.

Vacilei um momento, por medo de fadigar meu ouvinte, mas Mogico me encorajou: "continue".

– Meu pai voltou pra morrer entre nós. Minhas lágrimas correram, mas foi nos meus olhos de menino. Os de adulto, nunca os encontrei. Logo depois foi minha mãe que se despediu, e, como não tinha mais sono alheio a velar nem me reconhecia no espelho, ganhei as ruas feito um sonâmbulo. Fui ser professor das matemáticas que estavam nos livros, conversar palavras dos outros, comemorar aniversários sem nunca ter nascido, alegrar os amigos com as gargalhadas que decorei. Fui acabar de me perder. Estive aonde nunca pensei chegar, misturado no pó dos assoalhos, invisível no breu dos hospícios. Internado como louco, desprovido de juízo, incapaz para o convívio. E, mesmo assim, protegido pela falta de luz, sorria de satisfação por estar mais desamparado do que viveu meu pai, por não ter conquistado para mim um farelo a mais do que ele conseguiu obter. Foi uma das mortes que tive. Mas um certo dia deixaram a porta aberta, e saí. Descobri outros caminhos, fui fazer coisa diferente, viver uma vida minha, andar estradas que escolhesse; palavras, só as mínimas necessárias. Quase virei passarinho, não fosse a mala cheia das quinquilharias inúteis que guardo desde a infância a me impedir, sem saber me desfazer dela, pois que se apresenta ao espelho como prolongamento do meu corpo. Já reconheço a alegria e o prazer, sei deles a cor e a forma, mas ainda feito paisagens vislumbradas. Não estou livre, embora o coração fique descompassado de esperança em momentos imprevisíveis. Preocupações, não as tenho mais, só essa ameaça de velhice ligeira, esse reumatismo de alma que as impossibilidades indestrutíveis me trouxeram. É que continuo velando à distância a memória de minha mãe e cuidando em não conquistar para mim nada que tenha faltado a meu pai. Não aprendi, ainda, a fazer outra coisa com igual competência.

De volta do transe, contei os últimos acontecimentos, do Danúbio, falei de Biguá e Malaquias, do hospício e Saluripe, de Casa Pequena, o prefeito e Gustavo, o general e Amanda. Dei testemunho da ressurreição em vida de um desvalido, morto-vivo, transformado, por si mesmo, no homem mais especial que conheci. Descrevi a mulher, de todas a mais bela, amor encarnado com toda a sua força natural, capaz de transformar pessoas pelo acolhimento de seu olhar, mas – mistérios do mundo de impossível tradução para mim – cega para si mesma. Relatei tudo o que aconteceu desde que o vi caminhando sozinho na estrada, seguido, pouco tempo depois, de seu irmão Mingo. Falei das conversas com o delegado, com o jornaleiro e o padre, e da minha incursão cerrado adentro até encontrar o rio, a canoa e a vila.

– Senti, desde quando te vi naquela estrada, que você guardava as minhas respostas. Seria o mestre a me mostrar como vencer as impossibilidades.

Mogico sorriu:

– Os mestres, jogue-os ao mar sem piedade. Eles já se foram, os que se apresentam agora como tal não passam de impostores. Eu não sou mestre nem quero esse fardo. O que falta a você é paciência consigo mesmo, saber ouvir as suas respostas. O que eu posso ser é esse espelho, pelo qual você se contemplou há pouco sem que fosse preciso te dizer uma única palavra.

Depois de um breve silêncio, continuou:

– De tudo o que o padre Licurgo te disse, ele tem razão em uma coisa: esta aldeia tem um segredo. Há, realmente, um mistério neste lugar. Este é o lugar que muitas pessoas procuraram, vindas de muito longe. Por ser o destino de muitas buscas, e somente isso basta, existe um grande poder nessas matas! O nosso segredo é esse rio. Ele é capaz de transmitir a todos que saibam utilizar suas águas a força de viver como ele, agora, com o mesmo vigor, intensidade e alegria. Para se ver livre das dores do passado, estenda as mãos e beba do rio, banhe as memórias com suas águas. Só de estar aqui, você já está dispensado do esforço de carregar a sua mala de quinquilharias. Seus descaminhos, na verdade, eram os caminhos que te trouxeram aqui.

Eu estava incrédulo:

– Mas eu ainda sinto o mesmo medo. Há pouco caí numa das minhas velhas armadilhas e não acredito em mágica que possa resolver isso de um momento para outro.

– Você mergulha o balde no rio e colhe a água que está passando. Da coleta não faz parte uma gota sequer da água que já passou nem da que está por chegar. Seriam águas impossíveis, não matariam a sede nem serviriam para o banho ou a limpeza da louça. Cada um de nós, porém, sabe da existência dessas águas passadas e futuras. Do contrário, o rio é que seria impossível. Em lugar dele, teríamos terra seca e a vida aqui ficaria difícil. O rio tem memória, o rio tem continuidade, mas sabemos que ele só pode nos ajudar agora, único momento em que é possível mergulhar em suas águas. Não precisamos lamentar pelo rio que já passou ou temer que ele não esteja aqui amanhã, porque ele está aqui agora! Este é o nosso segredo, o segredo da nossa alegria e poder: o rio! Você já está livre, faltava apenas tomar conhecimento disso e adaptar-se a esse novo modo de ser.

– Você está me dizendo que é por causa do rio que Clara parece em paz, apesar de tudo o que viveu?

– Quase isso: por causa dela própria, Clara! Logo depois do desaparecimento da mãe, ela mergulhou no rio. Passou a manhã chorando, não aceitou alimento na hora do almoço. À tarde, gemia baixinho, depois ficou em completo silêncio. Soltou o corpo e boiou por horas num remanso. Quando de lá saiu, a sua aparência era outra. Me disse que tinha descoberto qual era a parte dela na dor da família e qual era a parte dos seus pais. Foi o seu grande achado porque poupou um imenso e infrutífero gasto de energia, que fatalmente teria se misturasse as duas, sofrendo inutilmente pela dor que não era dela, tentando resolver o que não está em suas mãos, por não lhe pertencer. Ela deu um salto para fora do passado, deu seguimento à vida de forma plena e criativa e ainda se capacitou para ajudar o pai.

Pensei nas dores de meu pai e nas de minha mãe e não soube dizer onde terminavam as deles e começavam as minhas. Na verdade, a existência dessa separação foi para mim uma novidade. Lembrei-me das mudanças experimentadas desde a descoberta do rio e da canoa que me trouxe à aldeia. O desejo de descer a correnteza sem remo nem pensamentos, a sensação de vazio, a mente desocupada. O que eu imaginava um oásis, uma sensação isolada, era um processo? Uma conquista?

– O passado não presta à navegação. Ao passado basta ser lembrado e compreendido para que cumpra seu papel de referência. Levante suas âncoras e tire o seu barco das águas traiçoeiras, por mais conhecidas e seguras que pareçam ser. Quando surgir um problema, pergunte: isso é água de beber? Se não for, se for água passada ou futura, que seja tratada como tal, como angústia da memória ou medo do que virá. Assim, sem estar misturados com a vida real, esses problemas podem ser mais facilmente resolvidos.

Mogico voltou ao silêncio e me olhou profundamente. Sabia do impacto de suas palavras e tentava medir minha capacidade de absorvê-las. As surpresas, porém, não tinham acabado.

– Não sou javanês. Na verdade, fui amigo de infância de Licurgo, nascemos na mesma cidade e éramos vizinhos. Não havia dia em que não nos encontrássemos para experimentar o que a vida era para cada um de nós naquela época: uma grande aventura. Andávamos pelos extensos terrenos vazios da vizinhança como dois aventureiros explorando uma selva. Um porco ou um burro viravam, a nossos olhos, animais selvagens. Munidos de estilingues, éramos implacáveis com eles, pobres animais. Soltávamos pipa, jogávamos bolinha de gude, subíamos nas árvores e imaginávamos, sentados nos galhos mais altos, que éramos pilotos de jatos velozes. Numa dessas ocasiões, ele me atirou uma manga como se fosse um torpedo e me derrubou da árvore. A queda me abriu um talho na testa. É esta cicatriz que você vê agora. Desmaiei, Licurgo pensou que eu tinha morrido. Ficou inconsolável, não havia quem o convencesse de que eu não tinha morrido e voltaria para casa tão logo tomasse alguns pontos no hospital. Nunca mais quis saber de brincadeiras perigosas, com medo de me machucar novamente. Era muito divertido, mas nos separamos anos depois, quando tínhamos dez anos de idade, porque o pai de Licurgo, militar do Exército, foi transferido pra outra cidade. Vim a saber que ele tinha se tornado padre, por acaso, ao vê-lo na rua, três anos atrás, de batina, algum tempo depois que ele assumiu a paróquia local. Eu o reconheci de imediato, mas não pude dizê-lo porque não me deixou falar. Passou-me uma descompostura pública e me mandou sair da cidade! Não se deu conta de que falava com seu velho amigo de infância.

– Mas como ele não te reconheceu?!

– Porque ele não me viu e, possivelmente, nem veja a si próprio. É outra pessoa, medrosa e, por isso, autoritária. Tem medo de perder o reconhecimento público pelos bons serviços que presta à cidade. Teme que eu ganhe mais prestígio que ele. Algo o fez caminhar léguas para longe de si mesmo, e essa distância produz muito medo.

Eu mal conseguia acreditar naquela história e ainda tinha perguntas a fazer:

– Mas por que você trouxe para cá uma pessoa capaz de roubar um cego?

– Você está me fazendo uma pergunta de cunho moral. Se fosse amorosa, nem teria sido feita.

– Mas é claro que é de moral que estou falando, afinal não é condenável um homem roubar um cego?

– Faça essa pergunta ao Bento quando ele chegar.

Suspirei. Não conseguia conceber um tratamento generoso a quem havia cometido um crime tão mesquinho, tão covarde. Mas preferi não render o assunto. Acabamos de tomar o café em silêncio, me besuntei com a pomada preparada por Zunga e dali rumamos para a horta. O dia foi de muito trabalho, voltei para casa cansado, sem disposição sequer de espiar Sô Antão decepar suas raízes.

Tomei um banho demorado e dormi. Um vento forte abriu a porta da frente da minha casa, e, por ela, pude ver, no alto da colina, homens a cavalo, cobertos de longas capas e chapéus, rondando o meu jardim. Caía uma chuva fina e constante, fazia frio. Os animais estavam agitados. Relinchavam e escoiceavam o chão duro num ritmo descompassado e metálico. A lua aparecia cheia por uma fresta nas nuvens e iluminava o vapor que saía em jatos das narinas das montarias. Não sentia medo, apesar da clara ameaça representada pelo cerco. Para minha segurança, entre o jardim da minha casa e os cavaleiros estendia-se um terreno lamacento coberto de cadáveres, todos eles identificados e etiquetados com seus nomes e sobrenomes, profissão, idade e familiares.

Capítulo 11

Acordei antes de o sol nascer, com uma sensação de prazer. Meu corpo parecia capaz de uma flexibilidade nunca antes experimentada. Espreguicei demoradamente e repassei pela memória a conversa com Mogico. Eu era a contraprova de mim mesmo – um agora, leve e disposto; e outro, até desfalecer no cerrado, perdido do caminho e tão perto da morte. O bem-estar daquele momento me permitia, por comparação, perceber um novo arranjo interno, notórias as ausências de certas dores e seus pensamentos parceiros. De tão familiares, aquelas velhices acabam virando parte da casa, traços da personalidade, pontos de referência, prazeres inconfessáveis sem os quais não sabemos nos reconhecer ao espelho. O passado ganha espaço próprio, cria hábitos, vicia o olhar, treina a mente para a repetição.

Desviei a atenção novamente para a sensação de bem-estar, com medo de que as sombras me cobrissem de novo. Levantei, abri a janela e tomei uma chuveirada. Eu queria o rio e fui a ele. Surpreendi Sô Antão se preparando para sua busca diária, organizando os ossos para a vigília do corpo. Ele me viu e, em lugar de nova descompostura, me dirigiu um sorriso tão feliz que só podia ser santo. Seu rosto de profundas rugas me recebeu como varanda da alma, ensolarada, perfumada e aconchegante.

– Venha aqui, não tenha medo – disse, estendendo as mãos à procura das minhas.

Ao encontrá-las, riu de satisfação, um riso de sonoridade baixa e contagiante, como se tivesse encontrado um filho que não via há muito tempo.

– Você pode me dar um pouquinho do seu tempo? – perguntou.

– Claro! – respondi, coberto de espanto, sem saber o que dizer para expressar minha gratidão e alegria por sua inesperada atenção.

Ele me conduziu, de mãos dadas, até a beira do rio. Sentamos ao pé de um jacarandá. Sô Antão olhou para mim com aquele sorriso ainda na boca, depositou minha mão sobre meu próprio joelho, deu duas palmadas leves sobre ela e voltou-se para o rio:

– Vamos observar...

Súbito, o barulhinho das águas correndo se fez som nítido e puro, esparramou-se fora da margem, superou todos os limites físicos e foi fazer leve correnteza dentro de mim. Me dei conta de um silêncio interno de grandes proporções, um enorme salão vazio. Das águas subia um cheiro aveludado de terra molhada, misturado ao perfume do mato em torno de nós. A manhã soltava seus pássaros e distribuía seus cantos pelas árvores, sobre nossas cabeças e ao longo do rio, levando meu olhar junto, maravilhado com os reflexos do sol sobre as águas. De seu Antão chegava um perfume de macela e café, mas, mais que isso, emanava daquele homem uma onda de paz quase passível de ser tocada em sua invisibilidade. A paz de Sô Antão era, naquele momento, de todos nós, os seres que compunham com ele a paisagem. Espiei com o canto dos olhos, e ele estava lá, debruçado sobre o mesmo sorriso largo.

– Você está vendo? – perguntou.

– O quê? – respondi, sem conseguir mais discernir os limites do meu corpo.

Sô Antão suspirou profundamente sem desviar o olhar do rio:

– A beleza do mundo!

Ficamos ali por um tempo de impossível mensuração. Ele me olhou, então, como se fosse eu o presente e ele o presenteado, deu mais dois tapinhas sobre minha mão, levantou-se sem dificuldade e me amparou o movimento.

– Muito obrigado pela companhia. Bom dia, meu filho!

Senti mais dois tapinhas sobre o dorso da mão, e ele se foi em direção à sua ruína de muro. Antes que ficasse distante demais, interrompi sua caminhada:

– Sô Antão! O que tem do outro lado?

Ele respondeu pleno de contentamento, como se anunciasse o nome de Deus:

– Nada do que eu esperava encontrar!

Acomodou-se na mesma posição, e minutos depois seu olhar tinha ido para algum lugar desconhecido para mim. Voltei a me sentar e dirigi olhar atento às águas passageiras. Nada me faltava, tudo somado fazia o Universo em mim, dentro e fora, sem separação. Com as mãos em concha, bebi do rio para confirmar a magia do tempo presente. Passarinho pousa, delicado, em galho frágil de uma árvore frondosa e, com seu gesto, permite ao galho a consciência de pertencimento, a percepção da grandeza da qual faz parte. Eu tinha dentro de mim um silêncio. Interrompi os pensamentos, fechei os olhos e mergulhei nele. Não era um silêncio conhecido, mecânico, o oposto do barulho, não nascia do desejo da mente. Era diferente e genuíno, banhado em contentamento. O ar parecia entrar diretamente pelo centro do meu peito, como veludo, sem necessidade das narinas. Na imensidão do escuro, descobri, novamente surpreso, uma presença. Não atendia pelo meu nome nem precisava do meu corpo, morava em minha casa, mas eu nunca tinha me dado conta de sua existência. Tremi como se tivessem me sacudido, e o momento se foi, os pensamentos voltaram. Restou um genuíno contentamento, um estado de graça.

Voltei àquele lugar pelas manhãs, bem cedo. Sentava ao lado de Sô Antão e bebia com ele o não dito. Aquele homem, quase sempre calado, me ensinou o silêncio, me mostrou o caminho de casa. Quase não falava, mas o conhecimento estava em torno dele e podia ser apanhado como fruta madura, desde que eu abrisse mão das palavras e do mundo a que elas pertencem. Eu aprendia porque me bastava estar ao lado dele, sem perguntas, sem demandas de explicação. Quando ele se retirava para o muro, eu permanecia em silêncio. Não fazia um esforço mental, sabedor da dificuldade de calar a mente e silenciar os pensamentos. Transferia todo o poder para o coração, respirava por seu intermédio, e saboreava o indizível, um contentamento sempre repentino.

Capítulo 12

Certo dia, sentado à beira do rio, avistei um punhado de manchas brancas sobre as águas, dezenas delas, mas não pude divisar o que eram. Ouvi uma gritaria de crianças e, em seguida, as vi correndo para a margem. Levantei-me para verificar o que estava acontecendo, e dois meninos vieram ao meu encontro:

– Anda logo, Sinfrônio, que o rio vem trazendo o que nós pedimos.

Crianças e adultos entraram nas águas para recolher a encomenda. Eram dezenas de sacolas plásticas das lojas Barateiras. De dentro delas saíram tambores de variados tamanhos e cores. Como era domingo, os adultos estavam em casa ou sentados nos bancos debaixo do jequitibá. A chegada dos tambores virou uma grande festa no pequeno vilarejo. E eram tantas as sacolas que a cada um coube um instrumento, com direito a escolher o modelo e a tomar parte, ao final, da experimentação sonora das baquetas sobre os couros. Ninguém parecia ter traquejo com tambores, mas isso não resultou, de forma alguma, em constrangimento. Cada percussionista surrava seu tambor sem piedade, indiferentes todos eles ao ritmo e à harmonia. Eram, assim, dezenas de bandas de um músico só, cada qual seu próprio maestro, tocando ao mesmo tempo música alguma. Instalou-se um fuzuê danado, um pandemônio para ouvidos mais delicados.

A alegria chefiava o encontro musical, e eu estava contagiado por ela. As emoções fluíam com energia incomum dos braços para os couros, e vários diálogos se fizeram notar: caladas as bocas, falavam os tambores. A efusão de alguns sugeria a liberação da energia de muitas palavras guardadas: água que rebentou comportas e inundou relações, tornando de fácil identificação o interlocutor sobre quem ela desaguava, seja pela resposta imediata e em igual intensidade, seja pelo descompasso das baquetas surpreendidas. Clara estava de frente para o pai e repicava seu tambor com força, o suor escorria pelo seu rosto e molhava o vestido. Perseu também tinha um tambor, desalinhadamente pendurado ao pescoço, olhos e boca bem abertos, as mãos segurando, sem comando, as baquetas. Me juntei a eles, e, para minha surpresa, o velho reagiu à minha presença com batidas no tambor. Clara me olhou espantada e voltou-se para o pai, observando nele os detalhes para capturar os sinais da emoção que o tocava. As batidas começaram débeis e foram se tornando cada vez mais fortes, numa agitação crescente.

Por esse momento, surgiram os primeiros gritos no meio do grupo e eles puxaram outros e mais outros, até que a vila foi tomada pela sonoridade das cordas vocais misturada ao rufar dos tambores, desgovernados ambos, enlouquecidos os dois. Foi uma explosão de energia, uma catarse, da qual não furtaram participação crianças, jovens, adultos e velhos. Houve gargalhadas e crises de choro, teve gente rolando no chão com dor de tanto rir, teve gente se dobrando em espasmos de tanto chorar. Perseu emitia grunhidos de início e depois gritos. Surpresa, Clara tentava estabelecer algum contato, gritando e repetindo o ritmo do pai no tambor. Ele, no entanto, permanecia só em seu frenesi, cada vez mais agitado. Gritava e agredia o instrumento com raiva até que, incapaz de suportar o turbilhão, ajoelhou-se e chorou, chorou alto como uma criança, o rosto voltado para o céu e os braços estendidos em cruz. Os tambores foram se calando, comovidos com a manifestação do homem até então vazio de significados. Do silêncio repentino só destoou o pranto de Perseu. Um pranto a plenos pulmões, um urro que nascia dentro dele e se prolongava em fôlego longo. Toda a vila conhecia a dor de Perseu, toda a vila imaginava que os olhos de Perseu tinham morrido para sempre e quando viram as lágrimas verterem deles não houve quem mantivesse secos os seus. A aldeia se acercou daquele homem, fechou em torno dele um círculo e derramou um choro coletivo, ao mesmo tempo memória da dor de Perseu e alegria pela vida que ainda pulsava nele.

– Foi a alma dele que derramou, mamãe? – perguntou uma menina de olhos assustados, agarrada ao vestido da mãe.

Clara sentou-se diante do pai e pousou as mãos sobre as suas pernas, a declarar discreta presença sem intenção de interrompê-lo. Ela se refrescava nas lágrimas do pai.

Aos poucos o pranto foi diminuindo, e Perseu se aquietou. Ajudei Clara a levantar o pai e o levamos de volta para seu abrigo. Tentamos antes conduzi-lo até a casa, mas ele estancou diante da porta de entrada e agitou-se. Era o mais próximo que conseguia chegar das lembranças daquele dia distante. Clara esticou a rede sob a coberta de piaçava e o deitou. Em poucos minutos Perseu dormia um sono pesado. Voltamos para casa, e ela se deteve diante da foto da família dependurada na parede.

– Achei que ele estava voltando, que ia falar. Em todo esse tempo, foi a primeira vez que vi uma reação dele, uma expressão no seu rosto, uma emoção. Foi a primeira vez que ele emitiu um som!

– Clara, pode ser que tenha se iniciado um processo de cura. É claro que seria espetacular se ele tivesse refeito contato hoje, mas é preciso ter paciência, estimulá-lo a continuar. Não podemos deixar de reconhecer que seu pai deu um grande passo hoje.

– Eu sei – respondeu ela. Não estou frustrada, pelo contrário. O que sinto é tristeza. É uma ironia, mas nunca estive tão próxima de meu pai, exatamente quando está mais ausente. Ele continua não me enxergando, mas, agora, pelo menos, posso cuidar dele, expressar meu carinho, abraçá-lo. Esse amor me purifica, me traz paz. A tristeza, na verdade, não é por ele, porque tenho como ajudá-lo. É por ela, minha mãe. Sinto tanta saudade! Me pergunto toda noite por onde anda, o que estará fazendo, se voltou para a casa dos meus avós ou se perdeu-se por aí, se tem teto para morar ou se vive como indigente. Essa dúvida me atormenta.

– Por que você não escreve a seus avós?

– Não sei nem a cidade onde moram! Quando saímos de lá, era muito pequena, minha mãe nunca falava de seu passado. Eu não tenho referência sobre eles, e a única pessoa que poderia me dar alguma informação não fala, está alienada do mundo e só quer saber de alfaces. Será que mamãe ainda está viva?

Ouvi um gemido baixinho e a peguei pelos ombros. Ela se aconchegou em meus braços e se deixou ficar. Apreciei cada minuto da presença do seu corpo junto ao meu.

Debaixo do jequitibá, a vila retomava a festa dos tambores. Um homem negro, de cabelos brancos e um apito na boca, chamado Zulu, se dispôs, para contentamento geral, a organizar a bateria. Dividiu as pessoas de acordo com o modelo de tambor que carregavam e ensinou a batida de cada grupo. A agitação musical só foi interrompida para um almoço improvisado. Quando caiu a noite, voltando da casa de Clara, ouvi ao longe uma harmonia de ritmos. Começava a nascer, na vila, sua orquestra de tambores.

Capítulo 13

No dia seguinte, fui cedo para a horta comunitária e separei uma caixa de mudas de alface. Demarquei e preparei a terra dos primeiros metros da trilha verde que, se a ideia de Mogico desse certo, levaria o velho de volta para casa. Ele estava sentado imóvel num toco de madeira diante de um canteiro. Cheguei perto e toquei uma de suas mãos. Não reagiu. Segurei-a com mais firmeza, induzindo-o a levantar-se. Ele não se opôs, permitiu ser conduzido até o local escolhido para iniciar o plantio. Acomodei o seu banquinho e o fiz sentar-se. Mostrei a caixa de mudas e comecei a plantar a primeira. Ao terminar, coloquei em sua mão a segunda muda. Ele permaneceu imóvel. Conduzi sua mão até o canteiro, e, no contato com a terra, seus dedos ensaiaram um débil movimento de cavar. Ajudei-o a alargar e aprofundar a cova e dirigi para lá a outra mão que segurava a plantinha, acomodando em seguida a terra em torno dela e fazendo uma leve pressão para firmá-la no canteiro. Os movimentos eram meus, mas eu os fazia usando as mãos de Perseu. Peguei, em seguida, a terceira muda e a entreguei novamente a ele. Repetimos todo o processo com a mesma dificuldade de plantar manejando uma marionete. Ao final de uma hora havíamos plantado os primeiros metros da trilha de alfaces que poderia levar o pai de Clara ao encontro do homem que ele havia desistido de ser. Deixei-o descansar e fui preparar outra caixa de mudas. Perseu, no entanto, cansou-se do trabalho, e só o retomamos no dia seguinte.

No terceiro dia, com vários metros da trilha verde prontos, ele apertou a minha mão quando levava seus dedos ao encontro da terra. Me dirigiu um olhar pouco mais que inexpressivo. Foram alguns segundos apenas antes de se desligar de novo, mas foi um contato. Contei a Clara, e, desde então, ela não deixou de participar de nossas sessões de plantio. Muito além das mudas de alface, descobrimos no tato outra forma de comunicação – segredos que só se aprende com a dedicação, nunca com o mero cumprimento da tarefa. Tocar demoradamente em suas mãos, manejando-as para a abertura de covas, o depósito das mudas e a cobertura das raízes com terra, gerava intimidade. Depois de alguns dias, já sabia de cor o desenho das unhas, o formato dos dedos e os pelos que cobriam o dorso das mãos de Perseu. Na unha do dedo médio da mão esquerda, uma pequena depressão em linha reta, partindo da cutícula até o alto, a dividia ao meio, sem chegar a lascá-la. A pele na ponta de todos os dedos era encardida pelos muitos anos de contato com a terra úmida dos canteiros. Uma cicatriz deixada por dentes marcava a primeira e a terceira falanges do indicador direito. Esse mapeamento, no entanto, se deu depois. Antes foi o tato, foram nossas mãos sabendo umas das outras, se reconhecendo na faina diária de produzir a trilha de alfaces, o experimento da textura da pele, da flexibilidade dos dedos, da temperatura das mãos. Nossas mãos. Perseu soube de nós por elas; depois, então, soube de si mesmo e, por fim, reconheceu, pelos gestos, um lugar seguro e acolhedor para acomodar seu desamparo. Eram três pares de mãos em trabalho intenso e diário, carregando todas elas as mudas, a terra e as intenções. Mais que pés de alface plantados, elas produziam um mudo diálogo, mudas mensagens de acolhimento. Eram elas – as nossas mãos – as nossas bocas e as nossas palavras. Tudo o que se buscou dizer vidas inteiras se falava ali, no entre dos dedos, no aconchego da pele, no verbo da epiderme. A vida jorrava dos poros e se bastava sem explicações. Entre as dezenas de unhas circulavam nossas almas. Assim foi que, a cinco metros de casa, Perseu subitamente interrompeu nossa atividade, descansou sua cabeça no ombro de Clara e sussurrou:

– Filha!

Capítulo 14

Daquela cena ficou a memória do coração. Não sei dos detalhes do cenário, não me lembro, por exemplo, que roupas usávamos. Sei de algo para sempre gravado no mais profundo do meu ser, em algum lugar da minha existência, muito além dos outros registros armazenados no meu cérebro ao longo da minha vida. Sei da vida que se mostrou ali de uma forma nunca antes percebida. Não posso explicar. Não posso... Apenas sinto as lágrimas escorrerem quando me lembro da cabeça branca de Perseu deitada no ombro de Clara, da voz, do tom, da sonoridade da palavra "filha", do silvo, o sopro de ar e o estalo sagrado do reencontro da língua com o palato para o exercício da fala. Aquela cena sobrevive em mim como uma memória mais profunda, celular, gravada geneticamente no meu DNA, e acredito que essa sensação diferenciada seja resultado do fato de nunca ter participado antes e tão intensamente de uma obra amorosa. Minha vida, um caos até muito pouco tempo atrás, foi harmonia perfeita naquele momento. Eu era meu corpo, minha mente e meu espírito juntos e em sintonia. Éramos, os três – eu, Clara e Perseu –, o todo, a unidade, tudo, o Universo inteiro em apenas um metro quadrado do planeta.

E porque éramos tanto, naquela noite Perseu dormiu em casa. Dormiu em cama de solteiro preparada em outro quarto, não mais aquele em que antes havia dividido o leito, mas não a vida com Amália. Clara, destituída de sua rotina por um vendaval de esperança, havia trocado dias antes móveis e louças com gente da vila, substituiu os objetos de decoração, fez conhecer ao toureiro de bronze a decadência ao pé de uma mangueira no quintal, escolheu novos perfumes para arejar a sala e expulsou da casa todos os vestígios dos fantasmas do passado. Em suas manifestações externas, pelo menos, as lembranças foram desentocadas, desalojadas, despejadas. Ao se ver no espelho, seu pai poderia, assim, redescobrir-se sem ver refletidas, pelos cantos, as caras horrendas do desespero anterior.

Desde aquela cena, surgiu em mim a certeza da existência de algo maior com quem dividir a lucidez, porque, ao exercê-la, a lucidez não é sozinha, não é de um momento ou de um acontecimento separado. É, ao contrário, o todo, o real por detrás das ilusões; não é mérito de indivíduo nem prêmio de um justo, é obra maior, pertencente a outra ordem de grandeza, universal, anterior a todos nós, vem de onde nós partimos um dia para nos perdermos nas ruas. A lucidez não começou a existir a partir daquele momento iluminado, mas estava ali o tempo todo, pronta para ser descoberta. Não pertence a mim nem a ninguém, é de todos nós, é a natureza. Bebi dela como as pessoas dessa vila bebemos do rio. Por não a conhecer, chamei-a Pai. Não sei se foi o melhor batismo, mas desejei com todo ardor ser filho, daquele algo uma parte. Com quem dividir o que nem sabia existir, muito menos estar a meu alcance. Quis pertencer. Por ter o amor habitado meu coração, por ter sido pleno este ser encarnado – liberto, mesmo que por alguns instantes, das armadilhas emocionais do passado –, por ter prevalecido sobre a coroa de minha cabeça a paz, eu pude ser alguém muito diferente dos andrajos que outrora me definiram.

Quando voltei para casa naquela noite, depois de ajudar a deitar em colchão, coberto de lençol e cobertor, o corpo cansado do pai de Clara, encontrei sobre minha cama papel e caneta. Como no dia em que achei a vida quando esperava a morte, na forma de uma canoa amarrada na margem de um rio vigoroso e profundo, foram o papel e a caneta o encontro que eu não esperava, um pequeno milagre a mais acontecendo diante dos meus olhos, antes tão infantis. Sentei-me, depositei o papel sobre a mesa tosca e me preparei para despejar sobre ele todas as belezas que havia acabado de conhecer. Ao final de alguns minutos de dúvida e perplexidade, escrevi apenas uma palavra antes de me deitar: Deus.

Capítulo 15

A notícia da volta de Perseu para casa espalhou-se por toda a vila. As pessoas foram em romaria visitá-lo, e Clara precisou usar da diplomacia e dispensá-las tão logo percebeu a inquietação ameaçar as conquistas recentes do pai. O velho recebeu os primeiros visitantes com olhos assustados, depois se soltou, riu, gargalhou e falou muito, em exagero, mas, de repente, caiu em si, buscou o rosto de Clara, calou a boca e silenciou o corpo. Voltou ao seu novo quarto, não mais à coberta de piaçava. Acabara de perceber o limite exato que separava seu desejo da expectativa alheia. Pela primeira vez, não transferiu a responsabilidade pelo seu bem-estar a ninguém.

Da janela contemplou o rio e decidiu não voltar mais ao trabalho na horta. Queria pescar, e assim foi feito. Vendia, sempre fresquinho, o fruto do seu trabalho. O morto-vivo tornou-se um homem discretamente alegre: por exercício da atenção, não alimentava angústia nem desgastava, em consequência, a espinha com mesuras, conversas sem âncora, com assuntos que só existem do lado de fora. Para Perseu, chamavam tempestade, e ele tomou conhecimento disso rapidamente. O pai de Clara era sua própria antítese, não largava mão da própria companhia nem para agradar a uma autoridade, ao contrário da época em que bajulava todo aquele em quem identificasse as luzes alucinantes do poder. Perseu não alucinava mais.

À Clara dedicava todo o tempo demandado por ela. Presenteava diariamente a filha, por gratidão, com uma flor, uma pedra colorida ou qualquer objeto deslumbrante a seus olhos. A mim tratava como a um velho amigo, não me cobrava o peixe. Falávamos pouco, não por falta de assunto, mas para proteger da vulgaridade das conversas vazias a luz que havíamos encontrado juntos. Nossos diálogos continuavam acontecendo mais pelo contato dos dedos quando nos encontrávamos, nos abraçávamos e apertávamos vigorosamente as mãos um do outro. Almoçava frequentemente na casa de Clara e Perseu. Como o passado e suas dores não eram mais sala de visita, nossas conversas tornaram-se inventários do presente: as minúcias da rotina expostas nos gestos de cada pessoa, os milagres diários quase despercebidos, os sinais revelados nas formas dos penteados e no brilho dos olhos, as humanidades misturadas aos grãos de arroz. Debruçados sobre pratos de ágata, frequentávamos a felicidade em seu próprio ninho, sem esforço de busca, regidos pelos movimentos das mãos no manuseio dos talheres de metal barato.

A horta comunitária ficou sob minha administração e me tomava praticamente todo o dia. Ao deixar o rio de manhã, passava com uma carroça coletando lixo orgânico das casas para a preparação da compostagem. Depois ia ao curral de ordenha do pequeno rebanho bovino da vila para carregar esterco. Misturava tudo, revirava depois o material em decomposição e, uma vez por mês, enriquecia a terra com aquela mistura. Diariamente fornecia legumes e verduras para os moradores.

Esse trabalho, associado à cura de Perseu, me rendeu prestígio na vila. Os presentes – ovos, galinhas, quitutes e queijos – eram tantos que acabavam, muitos deles, repassados a quem me visitava em casa. Esse reconhecimento balizava meus dias, delimitava meu lugar no mundo. Dava-me uma sensação de autoridade em nada comparável à antiga condição de estorvo. Eu tinha progredido bastante, e isso era mensurável a qualquer observador.

Certa vez, Mogico estava a meu lado quando entregava os produtos da horta a um grupo de mulheres. Elas me tratavam com gratidão e se despediram com muitos abraços e bênçãos. Ao se afastarem, meu amigo foi direto:

– Curioso, durante toda a conversa acompanhei seu olhar e notei que ele não pousou em ninguém, mesmo com tanto afeto oferecido a você. Observe: amor-próprio e vaidade não se confundem. Em resposta ao elogio, o amor-próprio retribui a afeição com igual intensidade, dedica atenção. Já a vaidade transforma o reconhecimento em sentimento de superioridade em relação aos outros. A soberba, na verdade, denuncia exatamente a falta de amor-próprio e é um estágio inferior à nossa natureza. Nossa natureza, Sinfrônio, é amorosa, tudo o que não reafirma essa verdade nos afasta de nós mesmos.

Dormi mal aquela noite.

Capítulo 16

Ao final do dia, costumava me encontrar com Mogico, Zunga e quem mais aparecesse, nos bancos em torno do jequitibá, para conversar ao pé de um foguinho miúdo até o sono chegar. A fome não nos espantava, graças aos bolos e café quente levados por Zunga, religiosamente. As crianças eram presença certa, o tempo suficiente para se abastecerem de conforto e segurança. Depois ficavam no entorno, brincando no parque de diversão aberto à noite, tão logo a luz do dia se ia e chegavam os mistérios. O arbusto, atropelado de dia pela indiferença infantil, de súbito abrigava perigos e segredos, escondia sacis e curupiras. A brincadeira durava o tempo que as gargalhadas e gritos dos meninos levavam para atravessar o escuro e se acumular nos telhados, fazendo volume até começar a gotejar e umedecer as paredes. Aí os pais, alertados pelo súbito incômodo, se lembravam de que já era hora de descansar seus filhos no macio dos travesseiros. Sobrávamos nós, os adultos, e nosso prazer de achar assuntos para combinar com as estrelas, de fabricar conversas que trouxessem as almas para fora, a espreguiçar na varanda dos nossos olhos.

Naquelas horas, Mogico assumia a condição de maestro e, com seus gestos de enfeitar palavras, amaciava nossas falas umas às outras. Zunga preferia, na maior parte do tempo, cantarolar baixinho velhas canções ribeirinhas ou indígenas, com os olhos fechados e a cabeça ao sabor do movimento suave das notas quase inaudíveis. Parecia ausente da conversa, mas era, ao contrário, sua forma de envolver-se nela. Ao final, antes de nos recolhermos, contava um caso ou comentava, com uma frase ou duas, o assunto do momento. Mais que um resumo preciso, era um verso, uma prece sobre o conhecimento ainda flutuante sobre nossas cabeças. Ao deitar, era com as palavras de Zunga que eu rezava.

Houve uma noite em especial em que uma senhora, vizinha de Zunga, de nome Zulmira, veio se sentar conosco e, depois de muitos assuntos feitos mais para aninhar o tempo que para desvendar mistérios, suspirou:

– Dava tudo pra voltar à minha meninice, um tempinho que fosse, só para rever meu pai e minha mãe, minha casa, sentir de novo aquela alegria de viver...

Mogico a interrompeu:

– D. Zulmira, acho que a senhora está perdendo um tempo enorme com esses devaneios. Eu me lembro com muita saudade da minha infância, mas não a quero de volta. Prefiro ser feliz.

A mulher espantou-se:

– Mas você conhece parte da vida em que a gente é mais feliz do que na infância?

– Claro, depois que a gente fica adulto! Só o adulto pode conquistar a felicidade. Quer ver? Imagine uma menininha alegre e completamente integrada à vida que a circunda, de tal forma que o mundo lhe pareça sua própria casa. Ela não sabe, ninguém explicou a ela, mas papai, seu grande e amado herói, está ficando surdo e, assim, ela interpreta os gritos dele cada vez mais altos e frequentes como sinal de desamor e se abala dramaticamente. O mundo, antes aconchegante e seguro, transforma-se diante de seus olhinhos assustados: tudo é, de repente, tão ameaçador! Ela tem tanto medo! Sente-se sozinha, desamparada no escuro do quarto quando vai dormir. Chora, tem pesadelos e nem sabe dizer à mamãe o que está oprimindo o seu coração. Não entende o que está acontecendo. Já não pode, também, contar com o papai para protegê-la, ele que era a grande referência de segurança e agora anda tão bravo. Por ser inocente, por não ter filtros e absorver as experiências pelas suas aparências, a nossa menininha já não está tão feliz. Terá que crescer, amadurecer, para ter a chance de corrigir a percepção equivocada e dissolver a dor que carrega em seus ombros ao longo do tempo. Talvez, já adulta, recupere sua unidade interna, talvez volte a sentir-se integrada ao Universo e possa ser feliz, novamente feliz como na infância. O mundo será, de novo, um lugar fascinante. Dessa vez, porém, terá a chance de viver a felicidade de forma duradoura, menos vulnerável aos erros de interpretação dos acontecimentos de sua vida. Poderá sentir o prazer que só a lucidez pode prover. Lucidez, a plenitude sem ingenuidade, a alegria como resultado de um trajeto, como fruto do autoconhecimento.

Zunga interrompeu sua cantoria interna e abriu os olhos:

– O gosto da pera a criança aprende na primeira mordida, mas o gosto da mordida só muitas pera dispois. Era o que minha mãe dizia. Pra mim, por experiença, o gosto da mordida miora o gosto da pera. Apois, escute só essas lembrança. De minina, eu queria devorvê meu nome de batismo praquele fazendêro, o sinhô de meu pai, o dono de minha mãe. Um nome que num prestava pra me reconhecê, mas pra me marcá, gravado com ferro quente na pele da minha vida. E eu vivi assim, escrava do pensamento dele, mesmo dispois de moça: eu sentia um aperreio só de alguém chamá meu nome. Queria isganá aquele home. Minha mãe assuntava: "Reiva é corrente poderosa que nos prende a quem mais a gente qué esquecê, minha fia." Apois, o nome era minha servidão! Mas o tempo foi escola de mais valia: aprendi que nome tem feição, que pudia sê a dele ou a minha. Eita! Ponhei a minha, ué! Foi minha liberdade. Ganhei, por recompensa do céu, muitos ano dispois, um novo batismo. Me alembro bem: eu tinha levado um bando de minino pra passeá na mata. Inclusive, Zulmira, sua neta Marva, que tinha seus quatro ano de idade. Sentemo em roda numa clarêra, pedi preles fechá os óio e ficá ouvino o baruinho da mata. Apois, eu disse, de ôio aberto a gente só conhece um pouco da natureza, que é a parte de se vê, a mais pequena. A natureza toda mesmo, no intêro, a gente só conhece sem uso da palavra, no silenço, os óio fechado de preferença, pro mode de a natureza do de fora da gente encontrá a natureza do de dentro, as duas uma coisa só, sem frontêra de separação. É quano a pessoa se alumeia, fica sem sombra no interno. Mas se o desassossego é muito, a criatura só enxerga uma parte e fica achano que a natureza só existe do lado de fora da sua pessoa, cresce com dor de solidão, mais separado que estrangêro viajante. As criança fecharo os oím, e fiquemo todo mundo calado. Elas, eu não, que já tava mais adiantada nesse tipo de lição e fiquei veno o vento soprano os pé de árvore, balançano as braboleta, levantano os cabelo das criança e cutucano os passarim pro mode de fazê eles cantá. Eu tava supitano de alegria com essas image quando Marva abriu os óio e disse assim, na simplicidade, o dedinho apontado pra minha pessoa, me ofertano nova graça: Zunga! Os minino ficaro repitino aquele nome, feito uma musiquinha, fazeno zumbido com a parte do "zun" e um baruio de queda com a parte do "ga". E eu, com as mão aberta, recebeno aquele presente, sabeno de onde é que ele invinha, mais agradicida que rezadeira com Nossa Sinhora. Apois, pudera, antes eu me chamava das Dor, Maria das Dor.

Capítulo 17

Por aqueles dias, ao final da manhã, a vila se alvoroçou com a chegada de Mingo e Bento, o ladrão de cego. Vinha, cada um, com uma trouxa sobre os ombros. Não chegaram em festa, levantando crianças e abraçando parentes e amigos. Chegaram discretos e traziam, além da bagagem, um olhar atento e a percepção veloz para os menores acontecimentos. A um e a outro pediam notícias sobre determinados assuntos, a todos informavam que não, não estavam muito cansados, mas algo famintos. Sob o jequitibá, rodeados pela curiosidade de uma vila inteira, abriram suas trouxas e espalharam pelo chão toda sorte de objetos: um rosto de marinheiro esculpido em madeira e colado sobre rolha de garrafa, potes farmacêuticos, colares e anéis, pequenos pesos de ferro para balança, um quadro de Nossa Senhora sorrindo com o menino Jesus ao colo, um maço de cartões-postais de muitas partes do mundo presos por elástico de cabelo, armações de óculos usadas, um binóculo antigo com uma das lentes trincada, moldes de madeira para o fabrico de sapatos, soldadinhos de chumbo, dados de variados tamanhos, caixas de diversos tipos e materiais, um compasso, quatro rolimãs, muitas canetas antigas, ganchos de metal, alguns enferrujados, metros e metros de corda, livros de capas coloridas e puxadores de porta, dentre tantas outras mercadorias. Seria possível chamar de quinquilharias a carga, mas, aos olhos dos moradores da vila, ela apresentava uma centena de possibilidades de uso, soluções para dezenas de demandas, mesmo antes sequer imaginadas. Ou simplesmente os deixavam em estado de maravilhamento, aquelas coisas do mundo. Em pouco tempo nada tinha sobrado sobre os panos das trouxas. Eu mesmo, por mera nostalgia de infância, arrematei o marinheiro de madeira. Além de algum dinheiro e dois pratos de comida fumegante, os dois andarilhos tinham agora mantimentos, peças de roupa e galinhas.

À noite, nos reunimos na casa de Mogico para conversar e ouvir as histórias de Mingo e Bento. Eram muitas e pareciam revelar a saga humana sobre o planeta. Contaram a história de um marinheiro apaixonado que, depois de seis meses de viagem, embriagado de tanta ausência, liderou um motim e comandou o navio de volta ao porto. A embarcação chegou tarde demais: a vertigem que o dominara em mar não o deixou em terra. Sem equilíbrio possível nem para um abraço de reencontro, o marinheiro perdeu a noiva, foi preso e, depois de cumprir a pena, seguiu-a o resto da vida, para onde ela fosse, seja à padaria, seja à noite de núpcias.

Houve também o caso do profeta em peregrinação sertão afora, à frente de um grupo crescente de seguidores, sem dizer sermão, sem nada prometer, sem ter destino de chegada. Oferecia, apenas, um outro ponto de vista para a dor de quem o procurava, de tal forma original e surpreendente que os consulentes, de tão desconcertados, perderam a vontade de continuar a vida de antes e inauguraram uma nova.

Estiveram, ainda, com uma família de gente muito triste, sempre vestida de preto. Era o marido, a mulher e duas filhas, todos eles de uma beleza rara e, talvez, única, por dificuldade de encontrar quem estivesse à altura da comparação. Viviam num sítio afastado, sem vizinhos, no meio de mata fechada. O homem, de chapéu de feltro e terno sempre abotoado, só não os escorraçou quando lá chegaram porque a noite caía, chovia torrencialmente e as mulheres imploraram por sua caridade. Mingo e Bento dormiram na coberta do curral e foram surpreendidos no meio da madrugada por um vulto perto de suas trouxas. Fugiu antes que pudessem agarrá-lo. Conferiram seus pertences e encontraram no meio da bagagem uma carta com um pedido de socorro. O homem de preto era um obsessivo, dizia o texto, obrigava a mulher e as filhas a trabalhos domésticos extenuantes. Não podiam ficar desocupadas hora nenhuma. Eram obrigadas a passar água e sabão no piso de toda a casa três vezes ao dia, de manhã, no almoço e ao anoitecer. Os banheiros precisavam ser limpos com água sanitária a cada uso, a comida tinha um ritual de produção exigente, mergulhados os legumes já descascados em banho de água clorada antes do cozimento. As três não tinham tempo para nada e, no caso das filhas, muito menos para encontrar marido. Todos os muitos pretendentes tinham sido expulsos a bala, e as tentativas de rebelião ele as reprimia com surras de cinto, mesmo a esposa, a fivela virada para a vítima. As marcas estavam espalhadas pelo corpo de cada uma, escondidas pelas roupas fechadas. Mingo e Bento partiram antes do dia clarear, comunicaram o fato ao delegado da cidade mais próxima e acompanharam a força policial até o sítio. As mulheres foram libertadas de seu algoz, mas continuaram vestidas de preto, no mesmo isolamento da casa no meio da mata, cativas de seus fantasmas.

Mingo e Bento passaram por uma aldeia de albinos e de lá partiram mais brevemente do que planejavam. Não suportaram o preconceito e os risos de zombaria. Distante dali muitos quilômetros, conheceram uma benzedeira que os curou das dores do corpo. Sem perceberem, a velha substituiu os objetos de suas trouxas por pedras sem valor, prejuízo só descoberto tarde demais. Com vontade de reza, foram a um mosteiro, mas chegaram no dia de visita dos monges à cidade vizinha. O silêncio, absoluto e incontornável, que encontraram no lugar, sem intenção de procura, provocou choro intenso, com modos de interminável. Dormiram depois um sono profundo e, quando acordaram, pareciam levitar. Saíram antes de os monges voltarem, deixando no meio do pátio uma trouxa de presentes e um bilhete de agradecimento.

A conversa seguiu animada noite adentro. Enquanto Mingo falava pausado e sereno e se tornava quase invisível ao narrar as histórias com precisão de detalhes e nenhum envolvimento emocional, Bento era o oposto: se exaltava e revivia as experiências com talento de ator. Sob o feitiço da dupla, mergulhávamos nos enredos e seus personagens como se eles estivessem tomando vida numa outra dimensão, sem osso e carne para serem vistos, mas palpáveis pelo tato da imaginação. E os recebíamos com o coração aos solavancos, ora embebidos em lágrimas, ora sacudidos por gargalhadas. Clara, debruçada naquela janela do mundo, não perdia uma palavra, um detalhe sequer, tragava tudo e queria mais e mais. Nela, a excitação não tinha fim e a curiosidade, igual, estava sempre no começo, sem sinal de esgotamento próximo. As narrativas, de tão fantásticas e dissociadas da rotina modorrenta das cidades que eu conhecia, e tão mais próximas das fantasias de Clara, me fizeram questionar a quem pertencia o olhar equivocado. Ao fim dos relatos, depois de muita andança e tanta distância de casa, perguntei, espichado de prazer na rede de minha nova vida:

– Vocês não sentem saudade daqui?

A resposta de Mingo me causou desconforto e medo:

– Esse rio passa em todo lugar.

Eu me sentia vivendo num oásis da existência, e a afirmação de Mingo eliminava as cercas de proteção do paraíso. Tinha passado por muita coisa para estar ali. Parecia-me, portanto, natural e justo o privilégio de morar naquela vila, inalcançável para a maioria das pessoas. Era uma conquista pessoal, não compartilhável, se dependesse de mim. Só caberia ali, ao meu lado, Saluripe, o general Toinho, Amanda e Gustavo. Os outros não queria.

Depois de servido o jantar, fiquei na varanda conversando com Bento, a quem agora enxergava pela lente de seu impressionante talento de contador de histórias. Falávamos, descontraídos, de nossas experiências. Ao contrário do meu costumeiro recolhimento ante um recém-conhecido, fiz uma narrativa extensa, contei muitas passagens da minha vida. O ladrão de cego, por sua vez, me revelou uma história surpreendente, sem a performance teatral de antes. Nascido de família muito pobre, moravam, ele e os pais, num barraco da periferia de uma grande cidade. O pai, auxiliar de pedreiro, e a mãe, lavadeira, ganhavam pouco, mas davam a ele amor em fartura. Apesar da pobreza, não passavam necessidade, e o menino cresceu sentindo-se protegido e abastecido.

Um domingo, o botijão de gás explodiu. Bento, então com doze anos, estava na casa de um amigo quando foi avisado. Correu até lá, mas era tarde demais. Da antiga vida sobrou apenas o cachorro. Um vira-lata, chamado Pipo, transformado, a partir de então, no seu companheiro de caminhada mundo afora. Não faltou quem quisesse adotá-lo, mas Bento não aceitou. Já não tinha a família que amava tanto e, por impossibilidade de substituição, preferiu não ter outra. Foi preso e internado em orfanatos, mas fugia sempre para encontrar Pipo na rua, esperando por ele. A morte do vira-lata, uma década depois do incêndio, o colocou de novo em contato com a dolorosa emoção, silenciada até então a todo custo. As perdas desabaram sobre sua cabeça com o peso de dez anos de queda. Bento calou-se por falta de vontade de falar e assim ficou, sem saber para onde ir, perambulando por ruas intermináveis, até o dia em que, por raiva, vontade de chutar o mundo e sua falta de piedade, enfiou a mão no chapéu do cego Aderbal. Foi uma humilhação, mas, ao encontrar Mogico na cadeia, teve a sensação de ser abraçado novamente por seus pais. Descobriria, em poucas horas, que estava, novamente, em casa, mesmo trancafiado numa cela.

Capítulo 18

Eu e Clara fizemos das histórias ouvidas na véspera o assunto do almoço com Perseu. Recontamos várias delas, embrulhadas dessa vez por nossas próprias interpretações. Acabamos de comer, lavamos os pratos e, quando voltamos para a sala, encontramos Perseu sentado à mesa e a estatueta do toureiro de volta ao seu lugar. O pai de Clara acabara de abrir a porta do passado para colocá-lo de novo no calendário de sua vida, as águas passadas. Sua filha, desde o retorno, a manteve trancada, com receio de assistir nova queda no abismo, desta vez para sempre, sem chance de volta por cansaço de recomeçar o penoso caminho de resgate.

– Minha filha, você precisa procurar sua mãe, saber o que aconteceu, onde ela está – disse com serenidade, sem sombras de esconderijo no olhar.

Clara, depois de um momento de estupefação e dúvida, sentou-se e acomodou as mãos de Perseu entre as suas. Buscava confirmar por meio delas a sinceridade das palavras ditas por ele. Olhou uma vez mais o pai, à procura de algum vestígio de dor, de algum risco de desabamento. E aí, de inquietos, os seus olhos tornaram-se excitados.

– Onde eu posso encontrá-la, meu pai?

Perseu deu todas as informações necessárias para a busca, a cidade de onde partiram, os endereços dos familiares e amigos de Amália, seus nomes e apelidos, tudo anotado numa caderneta encardida. Clara não se continha. Estava alegre por poder, enfim, procurar a mãe e também pela certeza da cura definitiva do pai, conquista dele, inabalável e protegida de influências alheias. Não havia mais sobre os ombros daquela jovem mulher nenhum grama sequer de peso a ser atribuído a Perseu, o homem que só existia como figuração de pessoa, encarnado em corpo sem recheio de alma, desde antes do desaparecimento da mulher e até muito tempo depois disso. Ele cuidou de eliminar qualquer espaço para dúvida derradeira:

– Filha, eu não moro mais naquele tempo. Sua mãe precisa de você.

Clara escreveu uma longa carta, fez várias cópias e as colocou em diferentes envelopes, cada qual com um destinatário diferente. Mogico as enviou pelo correio na primeira visita à cidade. O tempo passou, e não houve uma resposta sequer. Ela repetiu a tentativa e agarrou-se, uma vez mais, à esperança. Depois de alguns meses, a espera deixou o terreno da ansiedade e passou ao do desengano. Clara pensou em mandar as cartas uma terceira vez, mas percebeu a inutilidade do gesto. Tratou de acomodar a tristeza no mesmo escaninho das tarefas cumpridas. Nada mais poderia fazer, a não ser ela mesma ir ao encontro dos familiares, aventura que não estava disposta a viver, seja pelo medo de deixar a vila pela primeira vez, seja pela desconfiança de fracasso. Nossas vidas seguiram seus rumos, e o tempo, cavalgando pés de vento, sussurrava aos nossos ouvidos o seu segredo. O tempo não pertence a ninguém, mora em lugar incerto, fora do alcance de nossas vistas. Tem sua própria ciência.

Capítulo 19

Mingo e Bento mais uma vez partiram e levaram com eles um pedido de olhar atento por onde passassem, de forma a não perderem a mãe de Clara em momento de distração. Depois da partida da dupla, Clara, diariamente, sentava-se à margem do rio e pedia, em oração, por alguma notícia da mãe. À beira das mesmas águas, eu rezava pelos meus afetos. A saudade deles andava pela minha casa ao anoitecer. Nada pedi, porém, a Mingo e Bento: tinha, ainda, necessidade de fronteira estabelecida entre o passado e o presente. A mesma coragem de Perseu eu ainda não tinha. Temia me perder. Na minha nova rotina, por mais repetitivas que fossem as tarefas e raras as novidades, o tédio não me alcançava. Eu estava no comando dos meus dias.

A produção da horta aumentava e se diversificava. Para melhorar o aproveitamento das verduras e legumes e evitar perdas, criamos um concurso de receitas na vila. Como os prêmios eram menos interessantes que os pratos vitoriosos, a disputa foi abandonada e deu lugar a uma feira de pratos especiais, iguarias, manjares, quitutes e guloseimas. A troca de experiências inspirou a organização de aulas de técnica culinária e, rapidamente, tudo isso foi levado à feira semanal da cidade.

Eu andava feliz.

Capítulo 20

A necessidade de comprar ferramentas me levou pela primeira vez à cidade. Fui na companhia de Mogico. O caminho, para minha surpresa, em contraste com o dia da minha chegada à vila, não era longo e o percorremos em 50 minutos. Chegamos ao nosso destino ainda no início da manhã. Comprei enxadas, ancinho e pás, depois acompanhei Mogico em algumas visitas. Almoçamos na casa de Amâncio, o farmacêutico. O nosso anfitrião estava abatido. Servido o café, depositou sua xícara sobre a mesa sem levá-la à boca e queixou-se de não encontrar mais sentido na vida. Continuava pensando, mesmo depois da reprimenda do padre Licurgo durante a missa, em fechar a farmácia, mudar-se para a vila com a mulher e as filhas e dedicar-se às coisas simples, uma rotina mais próxima dos seus valores. A mulher ouvia o marido com olhar tristonho enquanto as duas meninas pequenas brincavam próximas à mesa. Mogico sorriu para ele.

– Amâncio, você gosta de ser farmacêutico. Acha, sinceramente, que todo habitante da nossa vila é feliz só por morar lá? O sentido da vida, meu amigo, não pode ser encontrado em endereços exclusivos. Se você quer encontrar o divino, não precisa estar dentro de uma igreja. Os altares estão por aí, em qualquer lugar. Se você quer encontrar-se, não precisa ir a lugar algum. A essência é interna e o acompanhará para onde for, imutável, invulnerável e impermeável às tempestades, independente do reconhecimento de terceiros, da profissão exercida e do lugar de morada. Sejamos, portanto, dedicados a nossos talentos, sem idealizações, para não perdermos o caminho, apenas bons instrumentos para a inteligência suprema, sem apego a resultados. Isso é o que cabe a cada um.

Deixamos o farmacêutico reflexivo e fizemos outras compras na parte da tarde. Por volta das 5 horas pegamos o caminho de volta. Como se tivéssemos marcado encontro, Licurgo nos interceptou os passos na esquina da igreja. O padre mal conseguiu disfarçar seu espanto ao me ver ao lado do odiado javanês, meses depois da nossa entrevista. Seus olhos encheram-se de ira, ele estufou o peito e passou entre nós como um corisco. Eu gritei antes que entrasse na igreja:

– Padre, ele não é javanês!

Licurgo voltou-se exaltado:

– Eu não dou ouvidos a um mentiroso.

– Eu peço desculpas por tê-lo enganado. Na verdade, nem sou jornalista. Inventei aquela história para levantar informações sobre a vila que eu queria encontrar.

– Você está em boa companhia. Formam uma boa dupla. Eu não tenho mais tempo a perder com vocês. Adeus!

Entrou na igreja, eu corri atrás dele. Passei à sua frente e fechei o corredor entre os bancos. Licurgo esbravejou:

– Respeite a casa de Deus! O seu atrevimento é uma ofensa; a sua presença, um desrespeito a este lugar sagrado. Vá se juntar àquele farsante, e que o diabo os carregue para bem longe daqui!

Mogico, da porta da igreja, acompanhava a cena.

– Aquele homem não é javanês nem um farsante. É seu amigo de infância, a quem o senhor derrubou de uma árvore com um tiro de manga.

O padre empalideceu e voltou-se para a porta. Fitou Mogico atentamente.

– Repare na cicatriz que ele tem na testa. O senhor não o reconhece? – insisti.

Licurgo caminhou lentamente em direção a Mogico e estancou bem próximo a ele. Examinou-o com os olhos vidrados, incrédulos, pôs a mão sobre a boca e murmurou entre os dedos:

– Pingo! Filho de...

– Jun-ichi Yoshida e Doralice; e você, do coronel Ferdinando e D. Arminda – completou Mogico.

– Não pode ser! Eu mal posso acreditar! Mas você era tão frágil, tão leal...

– Você também era muito leal, Licurgo.

Os braços do padre se abriram para um abraço, a boca libertou um sorriso, mas o gesto não se consumou, subitamente interrompido. Licurgo deu passo atrás, cindido ao meio por emoções fortes e antagônicas.

– Mas o que aconteceu com você? Tinha uma família tão equilibrada... Seu pai era meio exótico, é verdade, mas D. Doralice era mulher temente a Deus, uma mãe muito dedicada. Me lembro da harmonia em sua casa. Você era um menino alegre, sereno, gostava de rezar, mais do que eu até. O que aconteceu, Pingo? Desculpe o apelido, acho que não posso mais chamá-lo assim, mas é o nome que trago na memória, o nome do meu melhor amigo de infância, do mais importante amigo que tive em toda a minha vida. Nem sei ao certo o nome deste homem que está, agora, na minha frente porque não o conheço. Não o reconheço. Por que essa transformação, essa escolha por um caminho tão... tão... errado?

– Não há nada de errado no meu caminho, Licurgo. Realmente, não sou mais o Pingo, mas, para sua alegria e conforto, meu amigo, posso te dizer que o amor que recebi dos meus pais é o mesmo que hoje ilumina meus dias, os valores que eles me ensinaram são os mesmos que ensino aos meus, minha vida é intensa e gratificante.

– Mas eu estudei, me tornei padre, sou o pároco desta cidade, enquanto você anda por aí vadiando, sem profissão conhecida.

– Eu também estudei, me formei, andei mundo e me tornei um homem digno, por caminho apenas diferente, mas, tenho certeza, tão interessante quanto o seu deve ter sido. O que torna este reencontro muito rico, uma oportunidade ímpar que o destino nos presenteou para retomar nossa amizade.

Licurgo recuou ainda mais:

– Não, enquanto você se comportar assim.

– Assim como, Licurgo?

O padre titubeou. Com os olhos pregados em Mogico, sussurrava:

– Meu Deus, me ajude, me diga que homem é este que está diante de mim: o Pingo que eu quero tanto abraçar ou o farsante que planeja esvaziar minha igreja e perder o meu rebanho?

Calou-se, os olhos desviados para o chão, constrangido com indecisão tão exposta. As mãos comprimiam-se em prece, os pés, inquietos, dançavam sua aflição em espaço diminuto, querendo se aproximar do velho amigo, sem saber se seria melhor correr para dentro da sacristia. O tempo suspendeu seus ponteiros. De súbito, Licurgo se recompôs, empertigou o corpo e escondeu a fragilidade.

– Se Deus não me responde é porque não há o que corrigir. Você se transformou em outra pessoa, por isso não te reconheci. Pingo, lamentavelmente, está morto. A alma não se equivoca! Portanto, você perde seu tempo: não vai conseguir manipular meu afeto, não vai me dobrar. Não haverá amizade, sequer convivência, enquanto você se comportar como um desordeiro, sem trabalho, aliciando pessoas de bem com teses pagãs.

– Licurgo, podemos resolver isso com facilidade. Eu o convido a conhecer meu trabalho, a visitar nossa aldeia. Lá encontrará ordem e, além dela, harmonia. Vai perceber que Deus frequenta muitos outros lugares além desta igreja.

– Blasfêmia! Deus só frequenta lugares onde o respeitam e o temem. Você não vai me confundir como faz com algumas pessoas desta cidade. Minha teologia é suficiente para não cair nas suas armadilhas. Pela última vez, eu ofereço a oportunidade de se converter. Aceite ou saia deste lugar sagrado imediatamente.

– A paz não pode ser convertida.

– Cinismo, mentira, trapaça!

Licurgo agitava a cabeça negativamente enquanto se afastava de costas. Virou-se e correu para o altar da igreja. De braços teatralmente abertos, clamou:

– Expulsa de Sua casa, Senhor, essa criatura e me perdoa por não ter percebido a vocação maligna que ele já devia carregar desde a infância. Ajuda-me, oh Deus, a derrotar esse demônio!

Voltou-se furioso e veio novamente em nossa direção. Mogico não moveu um músculo sequer, e foi contra esse espelho de serenidade que a agressividade do padre se chocou. Na lâmina, Licurgo pôde ver refletida a sua ira desgovernada, mas, em lugar de despertá-lo, o contraste o fez perder de vez o controle.

– Eu vou organizar uma cruzada para entrar na vila e resgatar quem ainda for resgatável, cuidar daqueles já aprisionados pela confusão mental e punir seus opressores. Libertaremos todos! Todos! E você será expulso daqui para sempre. Agora saiam, saiam!

Mogico voltou para a vila em silêncio. Fez apenas um comentário sobre o acontecido:

– Licurgo adoeceu. Precisa de mim.

Capítulo 21

O padre cumpriu a promessa. Já no primeiro domingo, com olhos de ver fantasmas, dedicou o sermão da missa à "vila dos pequenos homens loucos". No começo, quase sussurrava, como se revelasse um segredo a poucos, a ser protegido da curiosidade de terceiros, almas do mal encarnadas como falsas ovelhas, disfarçadas e espalhadas pelos bancos da igreja. Na maior parte do tempo, porém, a voz destoou do comum. Em lugar da treinada alternância de tons, permaneceu exaltada. A ira não pareceu santa aos fiéis porque era descomunal, descontrolada e desproporcional aos fatos de origem.

– Essa noite Deus falou comigo em sonho. Estávamos eu e vários de vocês a bordo de uma antiga caravela, como a que Cabral comandava quando descobriu o nosso país. Éramos, agora, como foram antes os portugueses, os evangelizadores. Tínhamos as cabeças cobertas por um véu branco e levávamos nas mãos, cada um de nós, um crucifixo. Na praia, a nos esperar, bestas famintas, metade homens, metade lobos. Nossos canhões não dispararam contra o inimigo um tiro sequer. Desembarcamos sem armas, munidos apenas de nossa fé inabalável. Os monstros nos cercaram, e, então, usamos contra eles os crucifixos como se fossem espadas. Para nossa surpresa, sob o impacto dessa lâmina invisível, eles se dividiam ao meio, como salames, e caíam por terra. Cada metade, porém, voltava à vida, duplicando o exército inimigo. Estávamos cercados, sem saída, e seríamos, sem dúvida, esmagados. Foi quando, por pura inspiração, arranquei da cabeça o véu e pude ver tudo com espantosa clareza: as bestas haviam sido transformadas em homens comuns e corriam para nos abraçar com imensa alegria. Estavam salvos, e nós também!

– Amém! – responderam os presentes.

Licurgo deu as costas para o público e abriu os braços diante do Cristo que pendia crucificado, sem descanso, sobre o altar. Quando virou-se novamente, estava transtornado. Algumas crianças, já suficientemente assustadas, não contiveram o choro. O padre tinha os olhos vidrados, as mãos crispadas no ar, a voz ameaçadora:

– Deus falou comigo essa noite. E, mesmo em sonho, a mensagem foi clara: Ele quer que libertemos os inocentes daquele vilarejo sem nome porque as coisas do demônio não podem ser batizadas. Ele quer que salvemos as suas ovelhas, capturadas por aquele homem das sombras, mais parecido, por disfarce, com um mendigo, mas dono de um talento de falso polemista, capaz de um discurso sofisticado o bastante para ludibriar até os estudados. Deus falou comigo essa noite e dessa vez foi para dizer que não admite mais tolerância, que não aceita mais nossa omissão contra aqueles que profanam o seu templo e aprisionam seus filhos queridos. Ele alertou: não se enganem, o Armagedom está perto, e, antes do julgamento final, Deus quer que organizemos uma cruzada, como a Igreja fez no passado contra os infiéis, para salvar quem ainda for digno de salvamento. Nós vamos invadir aquela vila do demônio para trazer de volta as ovelhas do Senhor e condenar às chamas do inferno os espíritos sombrios que lá habitam. Portanto, ao final desta missa, aqueles que quiserem atender ao chamado Dele permaneçam em nosso templo para se cadastrar. A escolha é de cada um. Os que ficarem, saibam: a derradeira batalha, a mais santa de todas, está começando. Os que se forem, esperem o julgamento final.

O descontrole de Licurgo e o berreiro das crianças esvaziaram rapidamente a igreja. Quase ninguém ficou, nem mesmo o rapazinho corola que fazia as vezes de sacristão. Sentado no último banco, perto da porta, restou apenas Deoclécio, dono da maior mercearia da cidade e amigo do vigário. Tinha o semblante preocupado e perplexo. O escasso apoio, em lugar de provocar um recuo para exame da estratégia, transtornou ainda mais o padre. Foram várias missas de sermões inflamados para bancos cada vez mais vazios. O comerciante tentou dissuadir Licurgo de invadir o povoado vizinho até dar-se por achado. Desistiu dos argumentos e começou a simular preparativos para a grande aventura. Para que racionalidade, se aquela insana cruzada jamais se realizaria? Afinal, não havia adeptos e ninguém sabia ao certo o caminho para o povoado. Esta era uma dificuldade aparentemente definitiva e salvadora. Deoclécio estava até mesmo disposto a passar algumas horas andando a esmo pelo cerrado até Licurgo largar mão daquela sandice.

O plano teria dado certo não fosse o súbito aparecimento, num meio de semana, logo de manhã bem cedo, de um garoto de aproximados oito anos, mensageiro de um convite de Mogico.

– Ele convidou o senhor pra almoçar na vila hoje. Eu vou mostrar o caminho.

– Aquele enviado da sombra preparou a armadilha, mas sou eu que vou pegá-lo! Deus acaba de me mostrar o meio – comemorou Licurgo, eufórico, convencido de que o convite confirmava a cruzada como um projeto do céu e não um devaneio seu, como sugeriu Deoclécio.

Ofereceu água à criança e mandou chamar o amigo. Ordenou a convocação de todos os voluntários da igreja para a partida:

– Diga a eles que Deus mandou chamar! E prepare-se para o dia mais importante de sua vida, o Armagedom chegou!

Deoclécio, a princípio, ficou desconcertado, depois irritado com o imprevisto e, por fim, sentiu dúvidas: vai que o doido do Licurgo interpretou direitinho a vontade de Deus! Por via das dúvidas, fez um último esforço de convocação, mas chegou duas horas depois na igreja, conforme combinado, sem um voluntário sequer para adensar o santo exército de libertação da vila dos pequenos homens loucos. A cruzada tinha fracassado antes de começar, lamentava-se aliviado. Ledo engano: Licurgo indignou-se com a infidelidade de seu rebanho, mas proclamou ao incauto Deoclécio: os seres humanos, na condição de turba, precisam de exemplos de fé para reencontrar o caminho.

– Vamos já! Tome o seu crucifixo e o véu branco e vamos cumprir a missão com que Deus nos distinguiu.

– Mas, Licurgo, eu preciso ir em casa avisar a família, pegar uma muda de roupa, comida, água...

– Deoclécio, você precisa apenas de sua fé. Vamos embora, que o Altíssimo está nos chamando.

E assim seguiram os três, o menino à frente, o padre ao meio com um guarda-chuva preto sobre a cabeça para protegê-lo do sol e Deoclécio atrás, cabisbaixo, com um boné achado na sacristia. Quando se depararam com o rio e a canoa amarrada a um toco,

Licurgo jogou-se ao chão de joelhos e anunciou o encontro de mais um sinal inequívoco da benção de Deus sobre a santa cruzada: haveria uma embarcação para levá-los ao objetivo, assim como previsto no sonho. Ele subiu à caravela já ausente deste mundo, com os olhos arregalados, as palmas das mãos estendidas, o rosto envolvido por um ar de santidade que, desta vez, em lugar de impressionar Deoclécio, assustou-o. Quando avistaram a vila, Licurgo levantou-se sobre o convés da nau e caminhou até a proa, quase virando a canoa. O padre pôs o véu sobre a cabeça, ergueu o crucifixo o mais alto que pôde e deu início à recitação dos salmos com toda força de seus pulmões. Viu, então, uma multidão correndo em direção ao rio e estremeceu com a lembrança das bestas-feras. Tomou-se de pânico, pensou em ordenar a retirada, mas lembrou-se de retirar da cabeça o véu e viu-se cercado por um bando barulhento de crianças. Em seguida, chegaram os adultos, liderados por Pingo. Estava confirmada a última parte do sonho!

– Retire o véu, Deoclécio, estamos salvos! – gritava o pároco, exaltado.

– Que bom que você veio, Licurgo – saudou Mogico.

– Estão todos salvos, graças a Deus! A missão está cumprida. Aleluia! – comemorou Licurgo, abraçando-se ao amigo de infância.

Foram todos para a grande mesa, formada, na verdade, por várias mesas, de diferentes tamanhos e formatos, levadas de várias casas e cobertas por toalhas de cores e estampas igualmente variadas. Sobre elas, as mulheres depositaram travessas e travessas de suas especialidades gastronômicas, preparadas especialmente para receber o convidado de Mogico. Deoclécio, além de surpreso e aliviado com o desfecho da cruzada, foi fisgado pelo ambiente festivo, pela ótima receptividade e, glutão incorrigível, pelos cheiros que subiam das panelas fumegantes e o faziam vislumbrar o paraíso. A alegria, no entanto, foi de súbito interrompida:

– Puta que pariu! Que merda de prato é esse?

O xingamento partiu da boca do padre Licurgo e, claro, causou grande mal-estar. Não bastasse a ofensa a trabalho feito com tanta dedicação, palavrões eram o que menos se poderia esperar de um representante da igreja. Para quem conhecia um pouco a fama do vigário e sabia de seu apego à liturgia do cargo, do beija-mão às demonstrações verbais de respeito e até temor, considerou a frase sinal de desconsideração e soberba. Mogico, no entanto, compreendeu o significado da agressão e abreviou o constrangimento:

– Ora, Licurgo, desculpe, me esqueci que você não gosta de lentilhas. Tenha paciência com este velho que já está ficando fraco da memória.

A intervenção, em lugar de encerrar o acidente, deu novo rumo a ele. O padre percebeu o absurdo das próprias palavras, abateu-se e mergulhou num mutismo durante o resto do almoço. Quando foi servida a sobremesa, estava muito confuso, e Zunga foi buscar umas ervas para acalmá-lo. Estenderam uma rede, e ele dormiu um sono pesado. Ao acordar, não achou mais as próprias referências. Só perceberam que Licurgo chorava depois de muitas lágrimas de desconsolo. Identificaram com dificuldade uma vozinha saindo de dentro da rede a chamar, bem baixinho, o amigo de infância. Mogico foi avisado e correu até ele.

– Pingo, nós conseguimos expulsar os demônios, não foi? Todos eles, não foi?

– Eles se foram, Licurgo, e nunca mais voltarão, eu prometo.

– Peça à mamãe para vir me buscar, mas não conte ao papai que me viu chorando. Ele vai querer me mandar para o convento, eu não quero ir, Pingo, eu não quero...

Deoclécio voltou sozinho para a cidade. Mogico acolheu Licurgo em sua casa e cuidou dele até sua morte. Nesse período, a vila se acostumou a seu comportamento fora dos esquadros, como as inúmeras vezes em que surgiu em disparada, aos gritos de socorro, e se jogou no rio para fugir da perseguição paterna. A criançada adorava essas maluquices do padre, pulava junto com ele nas águas e transformava seu transtorno psíquico em motivo de algazarra tão alegre que o próprio Licurgo se esquecia, rapidamente, do próprio desespero e se divertia tanto quanto qualquer moleque. Com o passar do tempo, foi desfazendo seus laços com o mundo, até desaprender a falar e a caminhar. Na véspera de sua morte, irrompeu das profundezas do silêncio, levantou-se na cama e deu um sorriso tão iluminado que Mogico comoveu-se e abraçou o velho amigo por longo tempo, até perceber o súbito peso de seu corpo: o padre dormia.

Capítulo 22

Eu organizava a lenha para revigorar nossa pequena fogueira quando percebi a transformação nos rostos iluminados de Zunga, Clara e Mogico. Primeiro a surpresa e, em seguida, a alegria. Virei-me em direção à boa-nova e vi Sô Antão chegando, com seu sorriso na varanda e sua capacidade de transformar os minutos em almofadas. Mogico providenciou o melhor banco e o fez sentar-se. Era a primeira vez, nos últimos anos, que Sô Antão desviava-se do caminho entre o muro e sua casa. Como não era dado a falar, tratamos de continuar a conversa para dissipar o torvelinho da novidade e permitir a ele boa acomodação entre nós, livre da solenidade que sua repentina presença emprestava ao momento.

Emoções e gestos sublinhados não combinavam com aquele homem, despojado de todos os excessos. Sô Antão era a essência, e, por isso, o amávamos tanto. Ele trazia a memória de todos nós, muitos rostos em um único ser.

Clara suspirou antes de dizer o quanto significaria para ela reencontrar sua mãe ou, pelo menos, receber notícias dela. Não compreendia o significado da falta de respostas às suas cartas, dada a improbabilidade de que todos os parentes e amigos, embora pouco numerosos, já não morassem nos seus antigos endereços ou já tivessem morrido. Como poderia sonho tão legítimo andar em descompasso tão grande com o tempo? Quando chegaria notícia, por imprecisa que fosse, sobre pessoa tão importante na vida dela? Zunga, de olhos fechados, balançava a cabeça levemente no ritmo de uma canção só por ela ouvida. Mogico acompanhava cada palavra de Clara. Quando ela terminou, o maestro interveio:

– Conheci um macedônio que fugiu da guerra junto com a família quando ainda era muito menino. Cresceu ouvindo histórias sobre tios, primos e avós que tinham ficado na capital, Escópia. Eram passagens curiosas, tristes algumas, engraçadas outras, todas com a função de guardar a memória de personagens sobre os quais nunca mais tinham ouvido falar. Mesmo depois do fim da guerra, notícias não havia. Elas não chegavam nem ninguém ia buscá-las na terra natal. Entre a família que partiu e a que ficou, mais que a distância física, cresceu o medo. Medo de encontrar uma tragédia maior ainda do que a separação já tinha causado. Asfixiado por essa angústia, meu amigo, já rapaz, resolveu viajar à Escópia. Foi movido mais pela necessidade de trazer sossego, menos pela curiosidade. O que encontrou confirmou os temores: não havia sobreviventes. Cenas de violência atroz marcaram o fim de vida de vários parentes. O meu amigo voltou, e o seu relato provocou choro e muita dor. Foi um tempo difícil de lamentações e prostração. Mas o que ninguém esperava aconteceu: eles se viram livres do medo. O resultado foi que, com o tempo, a alegria voltou, eles progrediram, e a vida, antes um fardo, foi redescoberta como oportunidade. Meu amigo curou a ele próprio e toda a família porque foi capaz de agir. Por melhores que sejam as intenções, por mais justas que sejam as causas, por mais sinceras que sejam as orações, somente a ação leva ao cálice sagrado. Só ela derrota o medo.

– Eu devo, então, partir à procura de minha mãe?

– Você, a meu ver, deve fazer qualquer coisa, seja ficar ou partir, desde que seja o que realmente deseja, não o que o medo aconselha. Do contrário, continuaremos sem notícias de D. Amália e ficaremos sem a sua presença. Quando uma pessoa se liberta, toda a cadeia ancestral sente os ares de libertação. O maior bem que você pode fazer por sua mãe é fazendo por você mesma. Ela provará, através da sua felicidade, a felicidade que nunca conheceu.

– Mas como ela pode experimentar isso, se nem sei onde ela está, se nem sei se vive ou já morreu?

– Pouco importa. Imagine um arbusto que nasce ao lado de uma árvore frondosa e é coberto por ela. Veja o galho que dele se estende para além da copa da árvore em busca de sol. As folhas ensolaradas é que garantem a energia para o arbusto todo. Sua mãe, que está mais próxima da base da planta, receberá a sua felicidade, esteja em que mundo estiver.

Clara calou-se. Ninguém disse mais nada. Havia o estalido da lenha no fogo, Sô Antão e sua presença, e um silêncio fraternal. Eu, porém, estava aflito, afinal já conhecia esses caminhos sem bússola. Temia que Clara acabasse se perdendo na escuridão das cidades, me inquietava a ideia de sua ausência. No fundo, não conseguia imaginar deixá-la partir sozinha. Eu precisava acompanhá-la, mas deixar a vila era a última coisa a passar pela minha cabeça. Rejeitava, intensamente, a possibilidade. Mas teria de acompanhá-la ou não teria uma noite de sono. Nos despedimos. Acompanhei Sô Antão até sua casa, com esperança de que ele me contasse algo sobre a mãe de Clara. Tinha certeza de que seus olhos alcançavam muito além do que podiam os meus:

– O senhor sabe de D. Amália?

– Não, não sei.

– Será preciso que Clara nos deixe?

Sô Antão interrompeu seus passos e me olhou atentamente. Sorriu e fez chegar até mim um segredo, sem precisar, no entanto, das palavras mais do que precisaria alguém de uma pinguela para atravessar um pequeno riacho:

– Saiba esperar, que o tempo é Deus caminhando.

Ele apertou minhas mãos e entrou. Percebi, antes que fechasse a porta, as raízes brotando de seus pés. Naquela noite, estranhamente, Sô Antão não as havia aparado.

No dia seguinte bem cedo eu o reencontrei à margem do rio. Ele sentou-se ao meu lado, ficamos juntos em pura contemplação. Um tico-tico doente, sem penas na cabeça e no peito, pousou num galho do jacarandá que nos fazia sombra e se projetava em direção ao rio. Para minha surpresa, Sô Antão se maravilhou, os olhos se abriram mais e ele se movimentou sobre os ossos para acomodar o contentamento.

– Esse passarinho está doente e não vai resistir à primeira chuva. Além do mais, coitado, é muito feio! – comentei.

Sô Antão franziu a testa:

– Esta é a vida desse tico-tico, a experiência dele sobre a Terra, única e incomparável. Se você não consegue perceber isso, seus olhos ainda não nasceram.

Era a primeira vez que ouvia dele uma reprimenda. Permanecemos em silêncio até que se levantou e eu o acompanhei. Me puxou e deitou minha cabeça em seu ombro por alguns segundos, tempo suficiente para aliviar meu desconforto. Depois caminhou até aquela ruína de muro, escolhida para altar de sua existência, e pude observar as raízes em seus pés, ainda maiores que na véspera. Em poucos minutos, seus olhos já haviam penetrado, por fresta imperceptível, um mundo invisível para mim. Notei o desalinho e a velhice de suas roupas, o chapéu de abas destrançadas e encardidas. Lembrei-me de sua boca de poucos dentes e da catarata. Por amá-lo tanto, jamais tinha dado importância a tais detalhes. As imperfeições não estavam, realmente, no passarinho, mas na dormência dos meus olhos para a real beleza.

Ao cair da tarde voltei ao muro e não encontrei Sô Antão. Não o encontrei nunca mais. No lugar em que diariamente organizava o corpo para descobrir a vida longe das aparências, havia um repentino e esplendoroso tamboril, com uma copa ampla e simetricamente esparramada. No lugar de Sô Antão encontrei sua ausência. Em vez da paz ao seu redor, achei uma saudade impossível de acomodar dentro de mim. Recostei a cabeça no tronco da árvore imensa e chamei por ele bem baixinho, para que Sô Antão, de onde estivesse, não pudesse perceber a tristeza na minha voz. Encostei a boca nas reentrâncias da madeira e sussurrei um pedido para ele voltar, mesmo que por uns minutos apenas, só para eu me despedir, para abraçá-lo uma última vez e guardar na memória da pele o calor da sua presença. Deslizei o corpo até o chão e desisti de não o perturbar: reguei com minhas lágrimas as grossas raízes que brotavam do chão.

Mogico e Zunga me acharam no dia seguinte, recostado ao pé do tamboril, em sono profundo. Choramos juntos a falta de

Sô Antão. Em seguida, entramos os três nas águas do rio. Fiquei boiando, sentindo a temperatura da água em contato com o corpo, ouvindo os ruídos úmidos da correnteza, debruçado sobre o vazio em meu peito, à espera dos significados para separação tão difícil de aceitar. Saí do rio horas depois, ao me dar conta de que o meu olhar estava para sempre transformado pelo olhar de Sô Antão.

No dia seguinte, construímos ao pé do tamboril dois bancos de madeira para acolher as visitas que chegavam sempre à hora do pôr do sol. Zunga transferiu para lá a reza nas noites de lua cheia, cerimônia antes realizada junto ao jequitibá, em memória da mãe, sempre acompanhada por muitas crianças. Desamarrava, solene, o lenço e deixava cair até o tornozelo uma extensa cabeleira completamente branca. Ajoelhava-se sobre um tapete, e duas meninas tratavam de ajeitar os cabelos em torno dela, tal qual um manto. Ao fim das orações, algumas em língua indígena, ela enrolava uma trança e a acomodava no alto da cabeça, presa novamente pelo lenço.

Capítulo 23

Usava um vestido sujo de algodão branco. Sobre a cabeça, um pano amarrado atrás das orelhas, insuficiente para guardar volumosa cabeleira, e uma trouxa, igualmente brancos e encardidos. Pela mão levava um garoto de cinco anos, de roupas surradas, a bermuda presa na cintura por um barbante imundo, o bucho levemente inchado. Ela parou sob o jequitibá e esperou, o olhar vasculhando as casas. Eram os dois pretos, muito pretos, as carapinhas sem corte e cuidado. O menino, sorridente, contemplava o rio e suas águas convidativas. A mulher, pura atenção. Passava do almoço algumas horas, a tarde já tinha cumprido sua primeira metade.

De junho era o início; aquele, o dia mais importante de minha vida, embora eu não tivesse a menor ideia disso quando desci da carroça e fui ao encontro dos dois. Antes que a lua atravessasse a meia-noite, eu estaria transformado.

Chamava-se Luzia, tinha a voz rouca e o olhar antigo, de muitos séculos de caminhada, sem esforço de agradar ou interesse de manter distante um desconhecido. Era ao natural, na velocidade própria do momento. A serenidade dos que já aprenderam muito, embora ainda fosse nova. Procurava pouso e comida. Bernardo, vestido de luz, andava em corpo de menino. Para além da carne e dos ossos, havia a sua presença. Agachado à sua altura e completamente entregue à experiência, qualquer interlocutor era capaz de receber, no coração, diretamente, tudo o que o menino queria dizer. Só assim era possível ouvir Bernardo, porque de sua boca não vertiam as palavras, apenas sons carregados das emoções do momento, não esculpidos pelo verbo. Da luz, fonte original, os olhos de Bernardo ofereciam a ela, cintilância, a umidade para se banhar antes de alumiar o mundo ao redor. Remansos. As mãos em floreios gestuais, suaves murmúrios, quase musicais. Não conhecia timidez, e deixou explícito seu desejo de descanso, dormir em cama com lençol e acordar de frente para a mesma janela todas as manhãs. E, claro, esperava amigos para nadar no rio e subir em árvore. Para ele, o curto trajeto até minha casa, no banco da carroça, foi divertida aventura, acompanhada de gritos de estímulo à mula Margarida e do manuseio de um chicote invisível. Fui parceiro, atraído pelo frescor de Bernardo, nenhuma bagagem aparente para estorvar a caminhada. Deixei os dois tomando banho e fui procurar Clara. Assoviava um encantamento.

– Ô moça, apesar de não ser minha casa, seja bem-vinda. Qual a sua graça?

– Boa tarde, Luzia. Meu nome é Clara. Cadê seu filho?

– Esse menino não é filho meu, não. Catei no mundo para não sofrer abandono.

À noite, sentados ao pé do jequitibá, conversávamos, Luzia no centro das atenções. Contou que trabalhava fazia poucos meses em casa de família. Dividia o serviço com Ambrosina, a mãe de Bernardo, antiga no emprego. A patroa lhe pareceu boa e atenciosa, pois deixava Ambrosina criar o menino desde seu nascimento na casa, emprestava livros e revistas para Luzia, sabedora do seu gosto pela leitura. Ambrosina morreu de madrugada, mas só se deram conta do ocorrido quando Luzia foi apressá-la para ajudar a preparar o café da manhã. Bernardo chorou muito, depois adormeceu com a cabeça sobre o ventre da mãe. Mas, certamente, choraria mais ainda se a patroa conseguisse seu intento de mandá-lo a um orfanato. Mesmo depois de Luzia anunciar que ficaria com a criança, a patroa não concordou, disse que não a conhecia direito, não tinha pegado confiança ainda.

– E danou-se a chorar, chorava que não podia mais, um desespero não confessado. Eu percebi aquelas contradições todas nos arrodeando. Eu, que sempre fui invisível para os olhos de gente branca e rica, pude observar o momento em que a patroa se apagava e ficava mais invisível ainda que eu, só que ela desapareceu dentro dela mesma, muito pequeno seu território pessoal, impenetráveis fronteiras, altas muralhas. Não tinha mesmo choro que fosse suficiente. Pobre mulher! O que pode um ser humano fazer com os incômodos que a vida sempre traz? Ninguém nasceu para viver só no macio. A vida é um desassossego permanente, não adianta não querer. Se resistir, o preço é alto: vai precisar matar de si um pedaço, que vida não vivida é antecipação da morte. Sofrimento que vira solidão, desperta tristeza ou cresce tumor. Eu tô sempre pronta porque aprendi que alegria e bem-estar não andam com pernas próprias, mas montados nos ombros do desassossego. Eu já sabia disso. Não tinha pra onde ir, peguei o menino no colo e sumi no mundo, no meio da noite, antes que dessem conta.

Bernardo era órfão fazia dois meses. Brincava com as outras crianças no meio dos arbustos, todas elas seguras de pertencer àquele lugar. Inclusive Bernardo. Tão à vontade, parecia ter nascido naquelas paragens, menino-peixe daquele rio, agarrado ao seio materno que nascia na mata e ia se banhar na curva das águas. Suado, parou para tomar fôlego, debruçado em minhas pernas. Enlacei o menino, como se o fosse prender, mas a intenção maior nem era de brincadeira, mas dar vazão ao afeto que me pressionava o peito. Ele deu risada, livrou-se da minha armadilha e sumiu no escuro, atrás dos companheirinhos. Clara levantou-se e foi também. Pirilampos em torno de Bernardo, luzes em pleno baile, brincadeira de acender e apagar, a lua garimpando prata nos olhos do menino. Perfumes de ipomeia e de flor-da-lua, cheiro doce de dama-da-noite, acolhendo a correria da meninada, puro cuidado, ao som dos bichos que passam a noite com saudade dos bichos do dia, o sapo-bode, a rã-cachorro, em coro com metais, o sapo-martelo, o sapo-ferreiro, criançada fazendo bico para imitar a rãzinha-assobiadora. Gargalhadas de Clara entre os arbustos. Cantoria em torno da fogueira, sapo-cururu na beira do rio, quando canta, ô maninha, é porque tem frio. Bernardo na noite.

Ao pé do fogo, circulavam as canequinhas fumegantes com café. Zunga cantarolava bem baixinho. Luzia, de tanto gostar daquele jeito, imitava seus modos, tentava achar sua própria melodia. Eu contemplava as águas do rio, calado, observando o flagrante do amor com suas rendas e bordados, sem perder detalhe. Com um sorriso terno no canto da boca, Mogico nos olhava.

Quando voltamos para casa, Bernardo agarrou-se ao meu pescoço. Eu o segurei firme contra meu peito, demoradamente. Sentia o coraçãozinho dele batendo apressado, no mesmo ritmo do meu. Batíamos o mesmo coração. Aquele abraço foi para mim um agasalho, e eu sequer sabia que sentia frio.

Clara acompanhou a cena. Colocou as duas mãos em concha sobre a boca, o olhar fixo em mim e na criança, como se recebesse uma revelação. Quando recolheu as mãos, vi que sorria, observei sua forte emoção. Nada precisava ser dito: entendi que acabava de ganhar uma família, assim de repente, como costuma acontecer quando se está no fluxo da vida, solto sem medo na correnteza desse rio, ciente de que os acontecimentos, nessa condição, seguem uma lógica própria, ancorada no coração, mas além da capacidade de compreensão humana. Me veio à memória os tempos do Bar Danúbio e tudo o que lá aconteceu. Da escuridão eu estava livre, de solidão eu não padecia mais. E essa libertação vinha sendo preparada desde um tempo insondável, bem antes daquela noite – minha, de Bernardo e Clara –, quando nós três selamos nosso encontro no pequeno quarto da casa, agora nossa. Tomei um susto com o homem forte e sereno surpreendido no espelho. Não tive dúvida: era eu. Profundamente eu, sem esforço, sem idealização, sem necessidade de defesa ou ataque para proteção do meu espaço no mundo. Ao contrário, por desnecessários, joguei fora naquele instante todos os argumentos para justificar meus erros e inseguranças. Sequer precisava das mágoas por tudo de mal que me haviam feito. Esses ressentimentos evaporaram subitamente, ao me dar conta da importância de cada acontecimento e de cada pessoa na construção do homem agora flagrado no espelho. Eram partes fundamentais do inteiro, frações sem as quais o todo não poderia existir. O perdão chegou em carruagem de gala, me trouxe alegria instantânea, mas logo desapareceu por tornar-se, também ele, completamente desnecessário: nada havia a ser perdoado. Nenhuma palavra, gesto algum poderiam ser dispensados para a definição dos rumos da minha vida. O amor me transformou em quem eu sempre fui, antes invisível por debaixo dos escombros do passado. Senti gratidão por meus pais terem me dado a oportunidade da vida e por terem vivido tão intensamente seus desafios. Graças a essa intensidade era possível, naquele momento, entender o significado do que fizeram, caminho sinalizado para que eu pudesse assentar meus passos.

Naquela noite, Clara não quis ir para a casa de seu pai. Dormimos – eu, ela e Bernardo – entrelaçados na estreita cama de solteiro. Família.

Capítulo 24

A primeira consequência do novo arranjo em nossas vidas foi a casa reformada. Ampliamos os dois quartos, pintamos as paredes e trocamos alguns móveis. Clara trouxe flores e enfeites. Luzia mudou-se para a casa de Zunga e, de tão inseparáveis, a chegada de uma virou notícia de que a outra vinha em seguida. As duas encheram a casa de alegria, chás, bolos e biscoitos. Perseu, eufórico com o neto repentino, andava com ele por toda a vila, exibindo seus feitos, enaltecendo suas qualidades. Aos cinco anos Bernardo aprendeu a pescar com o avô e ficava horas na canoa, ouvindo as histórias contadas por ele.

E, como o amor era muito, precisei encontrar novos caminhos para realizar seus planos. Quanto mais feliz me sentia ao lado de Clara e de Bernardo, mais queria ser útil para outras pessoas. Os dois, logo descobri, não eram o foco exclusivo dos meus atos, nem minha razão de ser, mas a calha por onde eu fazia escorrer minhas águas abundantes. Não atender aos apelos dessa nova energia seria impossível, como escolher a morte em pleno domínio da alegria. Com o oxigênio inflando meus pulmões com um volume surpreendente, como deixar de respirar? Não bastasse, reter o fluxo seria transformar a vida de Clara e Bernardo em um tormento, com excessos de atenção e, na sequência, cobranças e outros desequilíbrios. Porque é assim: significados não exercidos adoecem mais que a falta deles. Desconfio.

Solto nessas águas, fui até a escolinha de Anabela, instalada em seu quintal. Com minha experiência de professor, ajudei a montar uma programação escolar mais completa, tanto com as matérias clássicas – linguagem, matemática, ciências naturais e humanas – quanto com as essenciais – as artes, os esportes e os assuntos do espírito. Separei as tardes para dar aula, junto com Anabela, e convidamos Zunga, Luzia e Mogico para ensinar às crianças os caminhos de se conhecerem melhor. Mingo e Bento ficaram ainda mais populares com suas palestras sobre suas observações de viagem. Montamos um belo projeto pedagógico, centrado no apoio aos alunos para descobrirem e desenvolverem seus talentos. A partir daí as oficinas foram brotando e se diversificando.

Junto com Perseu e pessoas interessadas, organizamos melhor as atividades produtivas da vila, do pescado aos hortifrutigranjeiros, passando pela produção culinária. Criamos a marca Coisas da Vila e levamos, semanalmente, os produtos à feira da cidade. O sucesso nos surpreendeu, favorecidos os produtores pela crescente curiosidade sobre nossa vila, graças à pregação persecutória do padre Lázaro. A notícia sobre sua decadência física e mental, bem como a acolhida e cuidados que Mogico deu a ele, acabaram por atrair, mais que curiosos, simpatizantes. Aproveitavam o passeio para visitar o padre Licurgo.

Em pouco tempo, passear no nosso povoado virou programa de domingo. A trilha foi melhorada e sinalizada, as pessoas podiam fazer o percurso a pé, a cavalo ou de bicicleta, além do trecho do rio, a bordo de canoas. Surgiram desse movimento pequenos restaurantes domésticos, a lojinha de produtos da horta, bolos, biscoitos e doces, e uma sucursal da farmácia de Amâncio, onde se podia encontrar, além de remédios, folhas, raízes e outros elementos da medicina popular. Foram organizados campeonatos de natação nas águas do rio e brincadeiras para as crianças, sob a coordenação de Zunga. Os tambores da vila, agora impecáveis, se apresentavam na feira e nos fins de semana. Eram oferecidos, também, cursos de diferentes ritmos de batuque.

Para mim, a inspiração de tudo, claro, foi o general Toinho e Amanda, a mudança que eles fizeram acontecer em Casa Pequena, e, certamente, adorariam ver reproduzida na vila. É fácil identificar agora: tanto lá como na vila, o amor foi a energia transformadora. Eu digo isso e acho graça porque até algum tempo atrás o substantivo estava para mim associado apenas a novelas de TV. De olhos fechados, eu só acreditava no escuro. Nem me dava conta da dimensão que nossas ações podem tomar quando o coração desperta bem no centro da arquitetura da pessoa. Sobre Deus, não me interesso mais por perguntas e ensaios de respostas. Basta sentir que Ele é essa lucidez que me guia e torna tudo incrivelmente fácil de fazer e acontecer.

Capítulo 25

O sinal de uma nova mudança em minha vida chegou numa manhã ensolarada, na forma de uma garrafa que veio boiando na correnteza do rio até encalhar em frente a meus pés, como se tivesse chegado ao seu destino. Era muito antiga, de vidro grosso e escuro, tampada por uma rolha, como as usadas para levar mensagens nas histórias de pirata. Retirei a rolha, mas não havia nada dentro. A carta só chegou de tarde, pelas mãos de Bento, mais uma vez de volta, ele e Mingo, depois de nove meses de andança. À noite, na casa de Mogico, Bento me chamou até a varanda:

– Eu sei que você não me pediu que fosse até lá, mas não pude resistir quando passamos no trevo de Casa Pequena. Estive com um amigo seu, e ele me pediu que te entregasse esta carta. Desculpe se as notícias não são boas. Eu não devia ter passado por lá, não tinha esse direito, mas, agora, não posso deixar de te entregar a encomenda. Sinceramente, eu peço que me perdoe.

Bento me deixou só. Fiquei um bom tempo com o envelope nas mãos, sem abrir. Estava dividido entre a saudade e o medo. O que estivesse escrito ali teria um impacto de fortes consequências, e isso me deixava muito assustado. Eu não tinha planejado aquele momento e detestei Bento pela invasão de um espaço fechado à visitação. A paz ameaçava escapar, mas eu não podia jogar fora ou esconder aquela carta. Não tinha escolha: precisava ler as notícias que não tinha pedido. Juntei coragem e abri o envelope para descobrir, na letra de Gustavo, as notícias da morte do general Toinho e do desaparecimento de Amanda. Sentado sobre o parapeito da varanda, descansei o ombro no pilar que apoiava o telhado. Fustigava um prego torto, esquecido há anos na carne da madeira, procurando produzir ferimento que transferisse para o tato a dor do coração.

Do retrato do general Toinho em minha memória, a gratidão era a moldura. Foi o sol da meia-noite. Graças a ele e à sua coragem serena, compreendi que as minhas pernas podiam, também elas, ser reinventadas. Fiquei dono da minha história, tomei posse da minha vida. Mas sem lamentar tempo perdido. Entendi: quem anda em linha reta não aprende nada e ainda sente a mesma dor de quem arrisca, ou dor pior ainda. Tal qual o general, retirei minha bagagem do quarto escuro e fui ver o movimento da rua, a vida em seu curso real e intenso. Somos mesmo seres de muitos devolteios. Será que Amanda se reencontrou como artista de circo e desistiu de voltar para Casa Pequena? Pode existir algo maior, mais belo e transformador que o amor entre ela e o general e o movimento que lideraram na cidade? Tudo é possível, eu sei, mas se muitas são as voltas, algumas nos devolvem ao ponto de partida ou nos levam a lugar algum. Viram labirinto, o buraco da falta quando nada mais falta. Amanda sumiu de tanto procurar? Imersa em sua busca incansável, talvez nem tenha se apercebido de que não havia coisa alguma a encontrar, nada a ser resgatado em lugar diferente do que já tinha chegado. Por certo já se esquecera das perguntas a fazer para as respostas que já possuía. Foi minha intuição. A bela Amanda, e seus olhos tão pacientes para ver pessoas, não se reconheceu à frente do espelho. Não viu suas asas de fada enlaçadas e presas, a direita no que tinha passado e a esquerda no que poderia ter sido se a vida fosse outra. São imagens que não aparecem no espelho, águas de ontem, imprestáveis para o uso, passarinhos delicados que se transformam em feras. Desejei que o sangue que tingia o prego torto, cravado na pilastra da varanda, escorresse para sempre, amém.

Capítulo 26

Cheguei em casa molhado de rio ao raiar do sol, mas Clara, de tão ansiosa, não me deixou dormir. Tomei um banho, fizemos um café, e ela me contou o que tinha se passado na sala da casa de

Mogico enquanto eu lia a carta de Gustavo. Bento e Mingo estiveram com os familiares de D. Amália, mas as portas se fecharam tão logo se identificaram. A família, toda ela, tinha repulsa por Perseu e debitava na sua contabilidade de culpas e pecados o triste destino de Amália e sua família. Não queriam notícias nem mesmo de Clara, queriam esquecer pai, mãe e filha.

Quando já estavam para desistir, um primo da desaparecida os procurou em segredo. Chamava-se Píndaro, o insólito nome do diário secreto de Amália. Tinha sido seu primeiro namorado. Contou que ela estava num convento, numa pequena cidade ao norte, para onde foi depois de rápida passagem pela casa dele. Chegou como quem implora um copo d'água depois de atravessar desertos. Pediu ao primo, de volta, por tudo o que é mais sagrado, o amor da adolescência. Píndaro, mesmo solteiro, não pôde matar a sede de Amália. Para ele, aquele amor era uma linda história do passado e só isso podia ser. A prima percebeu a resposta ao sentir os braços do primo se afrouxarem ao redor de sua cintura, enquanto os dela o apertavam em abraço de nunca mais soltar para nunca mais perder.

A mãe de Píndaro interferiu, passou uma descompostura na sobrinha, lançou sobre ela a culpa por toda a dor que se abateu sobre a família, ao abandonar a todos para seguir o marido destrambelhado. Contou do sofrimento dos pais dela até o último suspiro de cada um dos dois, a insônia à espera das notícias que nunca chegaram, noites a fio contando cada dia, todos os meses, os anos somados de ausência da única filha e da neta. Que ela fosse embora e não causasse mais sofrimento a ninguém. Amália não foi de imediato. Chorou seu luto no coreto da praça, onde dormiu as três noites que passou na cidade. Partiu sem se despedir. Meses tinham se passado quando Píndaro recebeu uma carta dela. A mãe tirou das mãos do filho o envelope e o rasgou ao ler o remetente. Ele, em lágrimas permanentes, que ora escorriam só por dentro, ora derramavam para o lado de fora, catou no lixo os pedaços, descobriu juntando fragmentos o destino da inesquecível namorada e os guardou numa caixinha, como lembrança do amor que foi um dia. De um amor condenado, que ainda era e não podia mais, mas muito bom de recordar para se sentir vivo ainda uma vez.

Clara estava decidida: queria ir ao encontro da mãe no convento e me pedia que a acompanhasse. Eu a abracei demoradamente:

– Nada mais pode ser sem você.

Nada mais podia ser sem Clara e Bernardo. Li para ela a carta de Gustavo, e decidimos que viajaríamos juntos, os três. Visitaríamos o convento, Casa Pequena, o Bar Danúbio e a casa de Saluripe, e voltaríamos com D. Amália. Era o plano. Fomos, eu e ela, contar a Perseu a novidade. No caminho, as mãos dadas, a conversa animada, risos escorrendo de nós, refrescantes. Qualquer parte do mundo podia ser porto de chegada.

Despedimos de todo mundo e, no dia seguinte, partimos bem cedo. Não levávamos muita bagagem por desejo de breve regresso. Bernardo, a princípio, não queria viajar, mas, quando soube que viveríamos uma grande aventura para resgatar sua vovó e trazê-la de volta para casa, vibrou e, encarapitado em meu ombro, comandou nossa caravana com gritos de entusiasmo. Acenamos para Mogico, de longe. Dentro do rio, ele amparava o corpo inerte do padre Licurgo num banho de relaxamento. Fui profundamente grato a ele. O homenzinho de olhos orientais, com seus modos de cuidar, acolher e ensinar, tinha me ajudado a escrever importantes capítulos da minha vida.

Depois de carregar tantos medos vida afora, eu estava calmo. Depois de tantas perguntas e dúvidas, eu estava vigoroso e profundo. Eu, Ângelo, ex-indigente de hospital psiquiátrico, também conhecido por Professor, hoje sou Sinfrônio por batismo da alegria. E esta é a minha família, minha mulher, meu filho e a pessoa em que me transformei. A vila é minha casa por escolha. Não podem mais ser perdidos o lugar e a vida que assentei sobre este chão. De igual forma, não é mais desejável uma cerca de proteção em torno desse espaço de existir. A frase dita por Mingo, a mesma que um dia me provocou desconforto, era, naquele momento, minha alegria e segurança:

Esse rio passa em todo lugar.

FIM

AUTOR Chico Mendonça
CAPA, PROJETO GRÁFICO E DIAGRAMAÇÃO Conrado Esteves
IMAGEM DE CAPA Jasmim Paixão
REVISÃO Valter Braga

EDITORES Alencar Perdigão
Cláudia Masini
Luciana Tanure

Contato com o autor: chicomendonca.literatura@gmail.com

Dados Internacionais de Catalogação na Publicação (CIP)
Câmara Brasileira do Livro, SP, Brasil)

Mendonça, Chico
A vila dos pequenos homens loucos / Chico Mendonça. --
1. ed. -- Belo Horizonte : Quixote Do, 2020.
ISBN 978-65-86942-05-7

1. Ficção brasileira I. Título.

20-42555 CDD: B869.3

Índices para catálogo sistemático:
1. Ficção : Literatura brasileira B869.3
Maria Alice Ferreira - Bibliotecária - CRB-8/7964

Quixote+Do Editoras Associadas
www.quixote-do.com.br

[1ª edição 2020]
Esta obra foi composta em Fournier e impressa
em papel Pólen Soft 80g. na Artes Gráficas Formato
para a Quixote+Do Editoras Associadas.

FSC
www.fsc.org
MISTO
Papel proveniente de
fontes responsáveis
FSC® C092828

PRINTED WITH
SOY INK®